ZHONGGUO XIAOSHUO
100 QIANG

中国小说 100 强（1978—2022）

我想去西安

陈 仓 著

北京联合出版公司
Beijing United Publishing Co.,Ltd.

图书在版编目（CIP）数据

我想去西安 / 陈仓著. -- 北京 ： 北京联合出版公司, 2023.9

（中国小说100强）

ISBN 978-7-5596-7082-3

Ⅰ.①我… Ⅱ.①陈… Ⅲ.①长篇小说－中国－当代 Ⅳ.①I247.5

中国国家版本馆CIP数据核字(2023)第117928号

我想去西安

作　　者：	陈　仓
出 品 人：	赵红仕
出版监制：	张晓冬　范晓潮
责任编辑：	高霁月
特约编辑：	和庚方　刘沐雨
封面设计：	武　一

北京联合出版公司出版
（北京市西城区德外大街83号楼9层　100088）
北京兴星伟业印刷有限公司印刷　新华书店经销
字数157千字　650毫米×920毫米　1/16　16.5印张
2023年9月第1版　2023年9月第1次印刷
ISBN 978-7-5596-7082-3
定价：58.00元

版权所有，侵权必究
未经书面许可，不得以任何方式转载、复制、翻印本书部分或全部内容。
本书若有质量问题，请与本公司图书销售中心联系调换。
电话：010-65868687

中国小说100强（1978—2022）丛书

编委会

丛书总策划

　　张　明　著名出版人
　　张　英　资深媒体人

编委主任

　　吴义勤　中国作协副主席
　　　　　　中国小说学会会长

编　委

　　吴义勤　中国作协副主席、中国小说学会会长
　　宗仁发　《作家》杂志主编
　　谢有顺　中山大学教授、中国小说学会副会长
　　顾建平　《小说选刊》副主编
　　张　英　资深媒体人
　　文　欢　作家、出版人

总　序

"中国小说100强"（1978—2022）是资深出版人张明先生和腾讯读书知名记者张英先生共同策划发起的一套大型文学丛书。他们邀请我和宗仁发、谢有顺、顾建平、文欢一起组成编委会，并特邀徐晨亮参与，经过认真研讨和多轮投票最终评定了100人的入选小说家目录。由于编委们大多都是长期在中国文学现场与中国文学一路同行的一线编辑、出版家、评论家和文学记者，可以说都是最专业的文学读者，因此，本套书对专业性的追求是理所当然的，编委们的个人趣味、审美爱好虽有不同，但对作家和文学本身的尊重、对小说艺术的尊重、对文学史和阅读史的尊重，决定了丛书编选的原则、方向和基本逻辑。

从文学史的角度来说，1978年以后开启的新时期文学是中国当代文学的黄金时代，不仅涌现了一批至今享誉世界的优秀作家，而且创造了许多脍炙人口的文学经典，并某种程度上改写了20世纪中国文学史的版图。而在中国新时期文学的经典家族中，小说和小说家无疑是艺术成就最高、影响力最大的部分。"中国小说100强"（1978—2022）就是试图将这个时期的具有经典性的小说家和中国小说的经典之作完整、系统地筛选和呈现出来，并以此构成对新时期文学史的某种回顾与重读、观察与评判。呈现在读者面前的这套丛书是对1978—2022年间中国当代小说发展历程的一次全面、系统的整体性回顾与检阅，是中国当代文学经典化的重要成果，从特定的角度集中展示了中国新时期文学在小说创作方面的巨大成就。需要说明的是，与1978—2022年新时期文学繁荣兴盛的局面相比，100位作家和100本书还远远不能涵盖中国当代小说的全貌，很多堪称经典的小说也许因为各种原因并未能进入。莫言、苏童、余华等作家本来都在编委投票评定的名单里，但因为他们已与某些出版社签下了专有出版合同，不允许其他出版社另出小说集，因而只能因不可抗原因而割爱，遗珠之憾实难避免，而且文学的审美本身也是多元的，我们的判断、评价、选择也许与有些读者的认知和判断是冲突的，但我们绝无把自己的标准强加于别人的意思。我们呈现的只是我们观察中国这个时期当代小说的一个角度、一种标准，我们坚持文学性、学术性、专业性、民间性，注重作家个体的生活体验、叙事能力和艺术功力，我们突破代际局限，老、中、青小说家都平等对待，王蒙、冯骥才、梁晓声、铁凝、阿来等名家名作蔚为大观，徐则臣、阿乙、弋舟、鲁敏、林森等新人新作也是目不暇接，我们特别关注文学的新生力量，尤其是近10年作品多次获国家大奖、市场人气爆棚的新生代小说家，我们禀持包容、开放、多元的审美立场，无论是专注用现实题材传达个人迥异驳杂人生经验、用心用情书写和表现时代精神的现实主义作家，还是执着于艺术探索和个体风格的实验性作家，在丛书里都是一视同仁。我们坚信我们是忠实于自己的艺术理想、艺术原则和艺术良心的，但我们并不认为自己的角度和标准是唯一的，我们期待并尊重各种各样的观察角度和文学判断。

　　当然，编选和出版"中国小说100强"（1978—2022）这套大型丛书，除了上述对文学史、小说史成就的整体呈现这一追求之外，我们还有更深远、更宏大的学术目标，那就是全力推进中国当代文学"经典化"的历程和"全民阅读·书香中国"建设。

从 1949 年发端的中国当代文学已经有了 70 多年的发展历程，但对这 70 多年文学的评价一直存在巨大的分歧，"极端的否定"与"极端的肯定"常常让我们看不到当代文学的真相。有人认为中国当代文学达到了前所未有的高度和水平。王蒙先生在法兰克福书展上就说：中国当代文学现在是有史以来最繁荣的时期。余秋雨、刘再复甚至认为中国当代文学的成就远远超过了现代文学。也有人极端否定中国当代文学，认为中国当代文学都是垃圾。他们认为现代文学要远远超过当代文学，中国当代文学连与现代文学比较的资格都没有。比如说，相对于鲁（迅）、郭（沫若）、茅（盾）、巴（金）、老（舍）、曹（禺）这样大师级的人物，中国当代作家都是渺小的侏儒，根本不能相提并论，两者比较就是对大师的亵渎。应该说，与对中国当代文学的肯定之声相比，对当代文学的否定和轻视显然更成气候、更为普遍也更有市场。尽管否定者各自的角度和出发点不同，但中国当代作家、作品与中外文学大师、文学经典之间不可比拟的巨大距离却是唱衰中国当代文学者的主要论据。这种判断通常沿着两个逻辑展开：一是对中外文学大师精神价值、道德价值和人格价值的夸大与拔高，对文学大师的不证自明的宗教化、神性化的崇拜。二是对文学经典的神秘化、神圣化、绝对化、空洞化的理解与阐释。在此，我们看到了一个非常有趣的悖论：当谈论经典作家和文学大师时我们总是仰视而崇拜，他们的局限我们要么视而不见要么宽容原谅，但当我们谈论身边作家和身边作品时，我们总是专注于其弱点和局限，反而对其优点视而不见。问题还不在于这种姿态本身的厚此薄彼与伦理偏见，而是这种姿态背后所蕴含的"当代虚无主义"。这种"虚无主义"的最大后果就是对当代作家作品"经典化"的阻滞，对当代文学经典化历程的阻隔与拖延。一方面，我们视当下作家作品为"无物",拒绝对其进行"经典化"的工作,另一方面又以早就完全"经典化"了的大师和经典来作为贬低当下泥沙俱下的文学现实的依据。这种不在同一个层面上的比较,不仅毫无意义,而且只能使得文学评价上的不公正以及各种偏激的怪论愈演愈烈。

其实,说中国当代文学如何不堪或如何优秀都没有说服力。关键是要进行"经典化"的工作,只有"经典化"的工作完成了才有可能比较客观地对当代的作家作品形成文学史的判断。对当代的"经典化"不是对过往经典、大师的否定,也不是对当代文学唱赞歌,而是要建立一个既立足文学史又与时俱进并与当代文学发展同步的认识评价体系和筛选体系。当然,我们也要承认,"经典化"问题是一个非常复杂的问题,并不是凭热情和冲动一下子就能完成的,但我们至少应该完成认识论上的"转变"并真正启动这样一个"过程"。

现在媒体上流行一些对于中国当代文学经典化冷嘲热讽的稀奇古怪的言论,其核心一是否定中国当代文学有经典、有大师,其二是否定批评界、学术界有关"经典化"的主张,认为在一个无经典的时代,"经典"是怎么"化"也"化"不出来的,"经典化"是一个实实在在的"伪命题"。其实,对于文学,每个人有不同的判断、不同的理解这很正常,每一种观点也都值得尊重。但是,在"经典"和"经典化"这个问题上,我却不能不说,上述观点存在对"经典"和"经典化"的双重误解,因而具有严重的误导性和危害性。

首先,就"经典"而言,否定中国当代文学早就不是什么新鲜事,对当代文学的虚无主义态度在很多人那里早已根深蒂固。我不想争论这背后的是与非,也不想分析这种观点背后的社会基础与人性基础。我只想指出,这种观点单从学理层面上看就已陷入了三个巨大误区:

第一个误区,是对经典的神圣化和神秘化的误区。很多人把经典想象为一个绝对的、神圣的、遥远的文学存在,觉得文学经典就是一个绝对的、乌托邦化的、十全十美的、所有人都喜欢的东西。这其实是为了阻隔当代文学和"经典"这个词发生关系。因为经典既然是绝对的、神圣的、乌托邦的、十全十美的，那我们今天哪一部作品会有这样的特性呢？如果回顾一下人类文学史，有这样特性的作品好像也没有。事实上，没有一部作品可以十全十美，也没有一部作品能让所有人喜欢。在这个问题上，我们应该明确的是，"经典"不是十全十美、无可挑剔的代名词，在人类文学史上似乎并不存在毫无缺点并能被任何人所认同的"经典"。因此，对每一个时代来说，"经典"并不是指那些高不可攀的神圣的、神秘的存在，只不过是那些比较优秀、能被比较多的人喜爱的作品而已。从这个意义上说，当今中国文坛谈论"经典"时那种神圣化、莫测高深的乌托邦姿态，不过是遮蔽和否定当代文学的一种不自觉的方式，他们假定了一种遥远、神秘、绝对、完美的"经典形象"，并以对此一本正经的信仰、崇拜和无限拔高，建立了一整套关于中国当代文学的伦理话语体系与道德话语体系，从而充满正义感地宣判着中国当代文学的死刑。

第二个误区，是经典会自动呈现的误区。很多人会说，是金子总是会发光的。但对文学来说，文学经典的产生有着特殊性，即，它不是一个"标签"，它一定是在阅读的意义上才会产生意义和价值的，也只有在阅读的意义上才能够实现价值，没有被阅读的作品没有被发现的作品就没有价值，就不会发光。而且经典的价值本身也不是固定不变的。如果一个作品的价值一开始就是固定不变的，那这个作品的价值就一定是有限的。经典一定会在不同的时代面对不同的读者呈现出完全不同的价值。这也是所谓文学永恒性的来源。也就是说，文学的永恒性不是指它的某一个意义、某一个价值的永恒，而是指它具有意义、价值的永恒再生性，它可以不断地延伸价值，可以不断地被创造、不断地被发现，这才是经典价值的根本。所以说，经典不但不会自动呈现，而且一定要在读者的阅读或者阐释、评价中才会呈现其价值。

第三个误区，是经典命名权的误区。很多人把经典的命名视为一种特殊权力。这有两个层面的问题：一，是现代人还是后代人具有命名权；二，是权威还是普通人具有命名权。说一个时代的作品是经典，是当代人说了算还是后代人说了算？从理论上来说当然是后代人说了算。我们宁愿把一切交给时间。但是，时间本身是不可信的，它不是客观的，是意识形态化的。某种意义上，时间确会消除文学的很多污染包括意识形态的污染，时间会让我们更清楚地看清模糊的、被掩盖的真相，但是时间同时也会使文学的现场感和鲜活性受到磨损与侵蚀，甚至时间本身也难逃意识形态的污染。此外，如果把一切交给时间，还有一个前提，那就是对后代的读者要有足够的信任，要相信他们能够完成对我们这个时代文学的经典化使命。但我们对后代的读者，其实是没有信心的。我们今天已经陷入了严重的阅读危机，我们怎么能寄希望后代人有更大的阅读热情呢？幻想后代的人用考古的方式对我们这个时代的文学进行经典命名，这现实吗？我不相信后人对我们身处时代"考古"式的阐释会比我们亲历的"经验"更可靠，也不相信，后人对我们身处时代文学的理解会比我们亲历者更准确。我觉得，一部被后代命名为"经典"的作品，在它所处的时代也一定会是被认可为"经典"的作品，我不相信，在当代默默无闻的作品在后代会被"考古"挖掘为"经典"。也许有人会举张爱玲、钱钟书、沈从文的例子，但我要说的是，他们的文学价值早在他们生活的时代就已被认可了，只不过很长时间由于意识形态的原因我们的文学史不谈及他们罢了。此外，在经典命名的问题上，我们还要回答的是当代作家究竟为谁写作的问题。当代作家是为同代人写作还是为后代人写作？幻想同代人不阅读、不接受的作品后代人会接受，这本身就是非常乌托邦的。更何况，当代作家所表现的经验以及对世界的认识，是当代人更能理解还是后代人更能理解？当然是当代人更能理解当代作家所表达的生活和经验，更能够产生共鸣。因此，从这个角度来说，当代人对一个时代经典的命名显然比后代人更重要。第二个层面，就是普通人、普通读者和权威的关系。理论上，我们都相信文学权威对一个时代文学经典命名的重要性，权威当然更有价值。但我们又不能够迷信文学权威。如果把一个时代文学经典的命名权仅仅交给几个权威，那也是非常危险的。这个危险表现在什么地方呢？就是几个人的错误会放大为整个时代的错误，几个人的偏见会放大为整个时代的偏见。我们有很多这样的文学史教训。在这个问题上，我们既要相信权威又不能迷信权威，我们要追求文学经典评价的民主化、民主性。对一个时代文学的判断应该是全体阅读者共同参与的民主化的过程，各种文学声音都应该能够有效地发出。这个时代的文学阅读，最理想的状态应该是一种互补性的阅读。为什么叫"互补性的阅读"？因为一个批评家再敬业，再劳动模范，一个人也读不过来所有的作品。举个例子：现在我们一年有5000部以上的长篇小说，一个批评家如果很敬业，每天在家读二十四小时，他能读多少部？一天读一部，一年也只能读三百部。但他一个人读不完，不等于我们整个时代的读者都读不完。这就需要互补性阅读。所有的读者互补性地读完所有作品。在所有作品都被阅读过的情况下，所有的声音都能发出来的情况下，各种声音的碰撞、妥协、对话，就会形成对这个时代文学比较客观、科学的判断。因此，文学的经典不是由某一个"权威"命名的，而是由一个时代所有的阅读者共同命名的，可以说，每一个阅读者都是一个命名者，他都有对经典进行命名的使命、责任和"权力"。而作为一个文学研究者或一个文学出版者，参与当代文学的进程，参与当代文学经典的筛选、淘洗和确立过程，更是一种义不容辞的责任和使命。说到底，"经典"是主观的，"经典"的确立是一个持续不断的"过程"，"经典"的价值是逐步呈现的，对于一部经典作品来说，它的当代认可、当代评价是不可或缺的。尽管这种认可和评价也许有偏颇，但是没有这种认可和评价，它就无法从浩如烟海的文本世界中突围而出，它就会永久地被埋没。从这个意义上说，在当代任何一部能够被阅读、谈论的文本都是幸运的,这是它变成"经典"的必要洗礼和必然路径。

总之,我们所提倡的"经典化"不是要简单地呈现一种结果,不是要简单地对一个时代的文学作品排座次,不是要武断地指出某部作品是"经典",某部作品不是"经典",不是要颁发一个"谁是经典"的荣誉证书,而是要进入一个发现文学价值、感受文学价值、呈现文学价值的过程。所谓"经典化"的"化"实际上就是文学价值影响人的精神生活的过程,就是通过文学阅读发现和呈现文学价值的过程。可以说,文学的经典化过程,既是一个历史化的过程,更是一个当代化的过程。文学的经典化时时刻刻都在进行着,它需要当代人的积极参与和实践。因此,哪怕你是一个对当代文学的虚无主义者,你可以不承认当代文学有经典,但只要你还承认有文学,你还需要和相信文学,还承认当代文学对人的精神生活具有影响力,你就不应该否定当代文学经典化的重要性。没有这个"经典化",当代文学就不会进入和影响当代人的生活,就失去了存在的意义。每一个人,哪怕你是权威,你也不能以自己的好恶剥夺他人阅读文学和享受文学的权利。

从这个意义上说,当代文学的经典化当然是一个真命题而不是一个伪命题。在一个资讯泛滥的时代,给读者以经典的指引是文学界、出版界共同的责任,而这也是我们编辑出版这套书的意义所在。

最后,感谢张明和张英先生为本套书付出的辛劳,感谢北京立丰天文化传播有限公司、北京金圣典文化有限公司的资金支持,感谢全体编委和北京联合出版公司各位编辑,感谢所有对本套丛书的出版给予大力支持的作家和他们的家人。

是为序。

吴义勤

2022年冬于北京

目 录
Contents

麦子进城____1

我想去西安____57

女儿进城____109

那年的口罩____168

留　鸟____194

后　记____243

麦子进城

一

腊月二十二的时候,麦子悄悄地离家出走了。

麦子刚刚九岁,她爬上一辆银色的大巴,由西向东在312国道上奔跑着。随着大巴出了陕西,过了南阳到了信阳,直朝上海逼近的时候,那零零星星的雪花,就悄没声息地变成了雨。

夜已经深了,乘客在卧铺上呼呼地睡着,除了此起彼伏的呼噜和一两个梦呓,只有梳着马尾巴的麦子一个人,睁大了眼睛好奇地看着窗外。窗外除了星星点点的灯光之外,其实是一片漆黑的,什么也看不见。但是她不时地摸一摸车窗,发现外面越来越温暖。麦子想,离上海越来越近的时候,像从冬天进入春天一般,怎么就越来越温暖了呢?难道自己快要见到爸爸的原因吗?

麦子会心一笑,嗯,应该是要见到爸爸的原因!她已经两年没有见到爸爸了。

麦子不停地在车窗玻璃上写字,她一遍一遍地写"上海",一遍一遍地写"我想"。车窗玻璃上开始结着一层薄霜，写下的字是很清晰的。当天气越来越温暖的时候，她写下的"爸爸"两个字就模糊不清了。

二

麦子模糊不清的爸爸叫陈小元。

此时，陈小元踏着浓浓的夜色刚刚下班，他疲惫地走到楼下的时候，就能听到出租屋里一片哄笑，都过了晚上十二点，几个室友仍没有睡，还在说笑着，兴奋地讨论着女人。陈小元一打开门，卖菜的老王就问，陈记者，过年你回家吗？

陈小元笑了笑，没有吱声。装修工小李则说，人家回去干什么？人家早就是城里人了。卖菜的老王说，老婆没有在城里，算什么城里人？男人把公粮交给哪里，哪里就是自己的家，陈记者的家应该在陕西吧？小李说，老王你平时把公粮交到了洗头房，洗头房就是你的家吗？老王说，家不家先不说，我警告你小子，这几天最好忍着点，不要躲在被窝里乱来。

小李有点不好意思地说，谁乱来了？我看你乱来还差不多！老王说，你小子，大家四个人，挤这么小个房子，别说你打个飞机，你就是打个蚊子，我都听得清清楚楚的，离过年还有几天了，你得节省着点，把子弹留着回家用，不然我看你怎么交差，你刚刚结婚才一年多，如果回家子弹空了，你那小媳妇还不和人一样跑掉了？

还有一个卖猪肉的老吴，他一直没有哼声，只是埋头抽烟。他听到老王的话一时来了劲，把烟头一掐，就光着屁股跑到厕所里，撒尿去了。老吴一边撒尿一边说，老王你操这份闲心干吗？人家能把自己的飞机打下来，也能把老婆的飞机打下来。老吴从厕所出来，经过陈小元的时候说，陈记者，你说是不是？

陈小元是一家报社的记者，说是记者不是很确切，因为在报纸上见到的陈小元，名字前边的称呼是"见习记者"。因为不在编，还没有考取记者资格证书，也没有新闻出版部门发放的正规记者证，所以他已经"见习"好多年了。

按说陈小元这种身份，与卖菜的老王、装修工小李，还有卖猪肉的老吴，是住不到一个屋檐下的，但是陈小元刚刚买了房子，位于松江区的期房，交房还要几年时间，为了节省费用还房贷，他不得不住进了群租房。这套群租房位于普陀区，不到三十平方米的一室一厅，共用着一个厕所，放着一张架子床，两个单人床，每个床位月租八百块。靠窗的架子床上铺睡着小李，床边的墙上挂着一个安全帽；下铺睡着老王，床边堆着几根白萝卜和一个台秤。两张单人床，一张上边睡着满脸横肉的老吴，旁边有一把屠夫用的杀猪刀，上边沾满了血和猪毛。还有一张床是陈小元的，旁边摆着一台电脑和几本书、几张报纸。他是一个记者，这是他必备的劳动工具。

记得陈小元刚住进来不久，就是八月十五中秋节，那天上海的天空少有地蓝。陈小元下班后，一进出租屋，老王就冲着陈小元说，你知道今天是什么日子吗？陈小元明白是八月十五中秋节，他不可能不记得这个日子，但是他还是没有吱声。小李坐在架子床上，一边朝着窗外用手机拍照一边说，今天的月亮好圆啊，你们说说，是不是上海的月亮，真比咱农村要大？

那时老吴刚收摊回来，正在厨房里，把卖剩下的几根排骨，放在锅里炸。老吴冲着小李说，城里女人的奶子都比咱农村大，月亮应该也大一些吧？小李你还不赶紧给咱弄点货回来？小李跳下架子床，很快就提回来一扎啤酒，老王、小李与老吴三个人坐在窗前，一边吃着老吴的炸猪排，一边喝酒。

陈小元一直不愿意加入，说是还有事情要做呢。小李说，你要写新闻吗？陈小元说，是呀，今天的月亮二十五年一遇，是个大新闻啊。小李说，这么大的月亮，我们河南老家能看到吗？陈小元说，当然能看到了，不过我们陕西，这阵子正在下雨。

老吴一口气自己喝了几杯子，说话就有些放肆。他提起一瓶啤酒，用牙齿一咬，就把瓶盖子给咬掉了，然后往陈小元怀里一扔说，你就别装了，不管怎么说，你只是像城里人，你一直是想家的，城里人有谁会想家呢？看你进屋后一直盯着月亮的那个样子，比看到女人的一只大奶子还兴奋。

陈小元着实是在装，他知道城里人确实是不会在乎月亮的。但是他进屋后，一直就安静不下来，他一直在惦记着窗外，他希望看着那只月亮从东到西，直到它慢慢地滑落下去。陈小元在电脑上一边敲字，一边喝完了一瓶啤酒，很快就喝高了，建议把战场搬到楼下。他们几个人坐在楼下的草坪上，接着喝酒，看月亮，然后谈论各自的女人和奶子。

那天晚上，四个人都喝多了，都喝醉了，平时遮着掩着的事情，全都一股脑地从心窝子里掏了出来。小李说，我入洞房的那天晚上，我老婆好像没有流血，只流了一点兑水的西瓜汁，你们说说是怎么回事呢？老王说，你傻呀，说明你老婆结婚前已经让人给睡了呀。小李说，怎么可能？！我们两个从小一起长大的。

老吴说，我那个女人呀，跟村长有花头。老吴说着的时候，还嘿嘿嘿地笑了几声。老吴说，村长是谁你们知道吧？是我亲叔叔呢！你们明白了吧？老王点了点头，陈小元不吱声。只有小李说，我还是有点不明白，就是说，你叔叔把你的女人给睡了？老吴点了一下小李的额头说，小李你并不傻呀！我到现在也分不清，儿子是不是自己的。小李说，什么意思？就是说，你那儿子有可能是你的兄弟？

小李说完，几个人哈哈地笑了。只有老吴不再笑，又灌了一瓶酒，哭号着说，咱们长年不在家，我儿子是谁的，有什么重要呢？只要他是我儿子就行了！而且吧，有人帮我养着儿子，照顾着女人，这就行了。

陈小元也许受了老吴的感染，也许是彻底喝醉了，把自己的事情也抖了出来。这时候，大家才明白陈小元其实并不是单身，他在陕西老家是有老婆的。陈小元说，你们都比我强，她们不管咋的，还守在家里，起码还等着你们回家过年，但是我那老婆跟人跑了，连个影子都没有了，留下一个孩子，她叫麦子，我那可怜的麦子啊……有一年过年回家，发现家里冰锅冷灶的，没有一点要过年的样子，只有女儿麦子一个人坐在门口使劲地哭。自己一问才知道，老婆早上出门后就再没有回来，她是与一个药材贩子一起走的。陈小元在家里找到一张纸，上边有老婆的留言——

你一年才回一次家，我再也忍受不住了，我和一个守寡的人有什么差别呢？所以我走了，我与另一个男人到南方过年去了。我知道你在外打工也不容易，也很苦很累，但是城里与农村不一样，城里有小姐，你可以找小姐，但是农村什么都没有，我今年不到三十，是最需要的时候，可以说天天晚上，天一黑我就需要，看到外边的苞谷扬花了我就需要，看到一条鱼游在水里我也需要。

但是你总不在身边，我不能再过这种独守空房的日子。我走，唯一对不起的是麦子，我就把她留给你吧。你如果还要外出打工，那就把麦子寄养到姑姑家去吧。

这是陈小元第一次对人提起自己的经历，以往别人问他家在哪里，有没有老婆孩子，他都是不置可否的，特别是城里人问他的时候，他均是轻轻一笑了之，让人觉得十分神秘。他之所以这样，关键不是自己老婆与人私奔是件丢人的事情。在如今这个大变迁、大分离的年代，男女出轨已经成为常态，这就是为什么原来男女同居是非法的，现在已经合法化的原因了。陈小元怕的，是城里人知道自己的身世后，那些的眼光。

他们看城里人的眼光与乡下人的眼光是不一样的，看城里人的眼光是弯曲的，是柔情似水的，而看乡下人的眼光是直的，是冰冷的，是白刀子进红刀子出的。不但眼光待遇不同，就连你过个马路、扔个垃圾，城里人与乡下人受到的道德评判都不一样。如果是城里人过马路闯了红灯，他只要对交警说"阿拉忙啊"，交警就会立即放人；乡下人闯了红灯，他一开口，哪怕是普通话，交警也会罚款二十块，外加一句"你看看这些乡下人连路都不会走"。城里人把垃圾扔到了垃圾桶外边，可以理解为"投篮失误"，如果是乡下人的话，可以判定为"素质不高"。

中秋节后的第二天早上，几个室友分别的时候，小李冲老吴说，你昨天晚上说的是真的吗？老吴说，什么真的假的？小李说，你儿子可能叫你哥哥呀。老吴一时没有反应过来，用助动车推着半头血淋淋的猪，边走边说，他有可能是我的弟弟，我怎么会是他哥哥呢？老王用三轮车推着蔬菜，与老吴一起出门了。老王说，这不是一样的吗？

小李又盯着陈小元一边看一边怪笑。陈小元说，你笑什么笑？以后还托我买火车票吗？小李讨好地说，陈记者，这个我明白的，你放心好了，你老婆根本没跑，还在家里闲着呢。

陈小元已经不记得阳历是几月几日，是星期几，他只清楚地记得，这是农历腊月二十二。他不是因为快过年了，才这么糊涂的，到上海多年了，他什么都改变了，从一身名牌，到剃得发亮的光头，到轻描淡写的脚步，到说"阿拉"的那个口气，完完全全已经是一个城里人了，以至于有人问他家是哪里的时候，他只要会心一笑就蒙混过关了，人家就相信他是城里人了。

陈小元唯一没有改变的就是计算日期，别人都是以阳历计算的，他则还是以农历计算的，不过他这种计算方式，从没有表露出来过。一表露出来身份就露馅了，因为只有农民才会用农历，现在的城里人有谁还记得农历呢！为了不要搞错了，陈小元在写新闻的时候，从来不写具体日期，只写"昨日"、"前日"或者"近日"。陈小元只是在心里默默地记着，到了每月十五，他就会抬头看看天，心说十五了应该有月亮了；到了立秋，他又会添加一件衣服，心想节气不饶人，天果然凉了。

陈小元爬上自己的床，然后倒在床上，静静地听着老王、小李和老吴三个人说笑着，他们似乎十分兴奋，说到给孩子们买什么礼物，说到给村里人买什么东西，特别是说到老吴。老王说，我们平常不在家，家里修路啊种地啊，都得村长关照着，所以回家少不了送几条子烟，老吴你呢？你回去送什么？小李说，老吴恐怕给村长送酒比较合适。老吴说，送个球酒，我看送一把刀子比较好，现在还真有用刀子做礼品的。

老吴说着，就看了看床边那把带血的寒光闪闪的杀猪刀。

说到关键的时候，他们就问陈小元一句，陈记者，你说对不对？陈小元开始还吱一声，后来就不吱声了。不是他睡着了，他与他们一样失眠了，离过年越近就越容易失眠。

陈小元想到了女儿麦子的话。麦子说，爸爸，你说话会算数的吧？陈小元说，当然算数了，怎么你是不是考了一百分？麦子说，是呀，不是一个一百分，我考了两个一百分，所以你无论如何也得回家。陈小元说，哪两个一百分？麦子说，语文与数学啊。陈小元说，数学考一百分可以，我小时候也考过一百分，但是语文你确定也是一百分？作文呢？作文也是满分吗？麦子说，小学三年级，哪里有作文呀！陈小元说，你一个拼音、一个标点符号也没有写错吗？麦子说，是呀，这分数是老师给的，你是不是要耍赖呀？今年过年是不是又不回来了呀？没有妈妈了你就不要我了对吗？

麦子说着说着，就哭了。陈小元说，你要我回去干什么呢？麦子说，还能干什么？我想爸爸了，我几年都没有见到爸爸了，我都不知道爸爸长什么样子了！他们说你长得像猪？真的吗？陈小元说，爸爸是属猪的，爸爸也想麦子，只是还不确定有没有空，这样吧，万一我回不去，那你过来吧？

陈小元盯着驳落的天花板心想，今天是腊月二十二了，不对，已经过了晚上十二点，应该是二十三了，还有七天就过年了。陈小元的电话响了。此时已经凌晨一点，大家都猜到了是谁打来的。这么晚的电话，如果不是骗子的话，只有那个叫小四川的女孩了，因为只有这么晚小四川才会下班。

三

小四川在电话里说，元元哥，你过来不？陈小元说，这么晚了，过来干什么？小四川说，能干什么啊，耍呀！陈小元说，你不忙了？小四川说，要过年了，有些顾客已经回家，没有回家的顾客，现在也不敢出来，得忍着回家对付老婆，所以啊今天晚上，我一个人都没有，我还闲着呢，你快来救救我吧。

陈小元说，不了，我也得忍着，也得过年了。小四川说，你也回家吗？还以为你今年不回去，我们可以一起过年呢。小四川说到过年，情绪一下子就有些低落，把电话给挂了。

不一会儿，出租屋响起了敲门声，陈小元以为有人走错了。往往有人晚上走错了房间，不然怎么会有敲门声呢？陈小元把门打开的时候，看到的却是小四川。陈小元，你来干什么呢？小四川说，我这是送货上门啊。陈小元说，这个时候，你看看里面，还有三个人，个个都如狼似虎，平常把他们赶出去就行，现在半夜三更的，让人家去哪里呢？

小四川挤进门，咯咯地笑着说，那你们就一起耍不行吗？陈小元没有再说什么，他知道这是小四川说着玩的。

小四川在附近的按摩房上班，虽然说是给人按摩和洗脚的，陈小元明白她真正是干什么的。小四川第一次与陈小元发生关系之后，老王曾经在那家按摩房里碰到过她，而且上钟的正好就是她。她看见老王是和陈小元住在一个房间里的，就主动换了人，换成了另外一个小姐妹。事后，她把这事告诉了陈小元，陈小元就说，你傻呀，有钱不赚？小四川说，我可以赚别人的钱，但是他是你的熟人，我怎么可以赚你的钱，再赚你熟人的钱呢？这让你觉得我不干净，人说眼不见为净，你不知道我和谁在一起，你就会觉得我是一个干净的人。

老王、小李与老吴，刚刚还在吵吵闹闹，现在却突然一下子都"睡着"了，而且发出了巨大的呼噜声。小四川东看看西看看，咯咯咯地笑着说，你还说不方便，他们睡得这么死，别说我们两个耍那么一下，我们就是把天捅个大窟窿，他们怕也不知道吧？

小四川一下子爬上了陈小元的床。陈小元则站在床下，很为难地说，你以为他们真睡着了吗？他们这是装的知道不！小四川说，让他们装好了，权当免费拍三级片给他们看吧。陈小元说，而且我今天没有心情。小四川说，你刚在外边耍过了？陈小元说，哪有啊，除了你，我谁都不耍。小四川说，是不是因为我便宜呀？那好，我今天给你半价。陈小元说，半价也不要，除非你把他们赶出去。

小四川又咯咯地笑了说，原来你是怕他们呀。小四川拍了拍墙，喊叫着说，老王，小李，老吴，天亮了，你们应该上工了。

老王和老吴装作醒了，各自就爬起床。老王说今天刚好要早点去蔬菜批发市场进货，老吴说今天要去屠宰场杀猪，于是两个人在凌晨两点不到的时候就出门了。他们出门的时候喊叫了半天小李，小李硬是没有声响，也许他真睡着了，也许他没有别的去处。而且他是睡在那张架子床的上铺，室与厅之间虽然没有门，但是彼此是看不见的。

陈小元等了半天，还是爬上床，抱着小四川睡了。陈小元一抱小四川，整个人就失去了控制。说实话，小四川除了说话的声音是软的，她的整个身子也是软的，特别是陈小元自己正好是三十如狼的年龄，如果全部都是不要钱的免费的晚餐，他可以天天要，而且一天可以要那么几次。但是自己面对的，是收费的女人，所以他必须节省。

陈小元之所以找小四川而不找别人，一方面是小四川对自己收费确实便宜，有时候一高兴还会免费给他服务，而且和他除了有肉体之间的交易之外，还有心灵上的交流。他们两个人在做爱之前，会聊聊最近的工作，聊聊最近的心情，完事后还会聊聊各自的老家和青春年少时发生的事情。

所以在这个城市，小四川是为数不多的知道陈小元底细的人，特别是知道陈小元是农民出身，有一个与人私奔的老婆，还有一个寄养在姑姑家的女儿，她甚至知道这个女儿的名字叫麦子。每次分手前，小四川都会问一句，麦子最近怎么样了？小四川对自己的优惠和关心，让陈小元有时候分不清楚她和自己到底是什么关系。是情人关系吧，他们之间还存在着某种交易，如果说是纯粹的性交易吧，她对自己那么不同，让陈小元感觉到她根本不是冲着钱来的。

小四川躺在陈小元的怀里说，我今天来不是让你耍的。陈小元说，那你来干什么呢？是按摩房人多，床给人占了？小四川说，不是说了，快过年了，都没有什么生意，我一个客人都没有接到，不信你摸摸？陈小元笑了说，这有什么不一样吗？小四川把陈小元的手，放在自己的乳头上说，你这样的老手竟然不知道？有了人它就是软的，没有人你一摸它就硬了。

陈小元一边抚摸一边说，那你是想我了，还是没有生意，找我来弥补一下？小四川说，我害怕。陈小元说，害怕什么？不会有人逼你吧？小四川说，不仅没有客人，小姐妹又基本回家了，所以一个人不敢睡觉，你过年真的要回家吗？陈小元说，还没有定呢。小四川说，你老婆都跑了，还回家干什么呢？要我看，你把麦子接来算了。

陈小元有点不高兴了，他最害怕的就是接麦子来上海，不是他不想女儿，他很多次都想把女儿接到上海，让她看看繁华的大世界，但是一旦把女儿接来了,他的身世不就全部曝光了吗?那些戴着有色眼镜的同事与朋友,不全都知道他是个农民,他有一个家庭在农村,而且还有一个女儿也是农民?他这么多年精心伪装的城里人的形象,一个成功人士的形象,高级白领的形象,不就全部土崩瓦解了吗?

陈小元更怕的,是城市太复杂,怕影响了麦子,让麦子学坏了。陈小元说,你不让我回家干什么!我又不是你老公。小四川说,你如果不回家,我们就可以一起放鞭炮,一起吃年夜饭,一起去逛庙会。陈小元说,就这些吗?小四川说,当然不止,起码我就不孤单不害怕了,你知道我一个人根本不敢睡觉,在老家的时候,整个村子黑灯瞎火的,我一个人也不敢睡觉,那时候怕鬼,现在到了大城市,到处都是灯火通明,人多了,热闹了,但是更加不敢一个人睡觉了,不但怕鬼而且还怕人,总觉得身边跑来跑去的,看得见摸得着的,也许他们都是人,也许他们都是鬼。

小四川这些话引起了陈小元的共鸣,在这个城市里,在陈小元伪装的城堡里,很少有人能够引起陈小元的共鸣,原因是他们不知道陈小元的底细,也不知道陈小元的心思,所以他们所说的话往往还会引起陈小元深深的反感,而这种反感陈小元还不敢表露出来,还要与他们附和着,只有这样,才能证明自己与城里人是一伙的,才不会受到没有必要的伤害。

小四川说着话,像害怕什么似的,又朝陈小元的怀里钻了钻。陈小元摸了摸小四川的下巴说,还有别的吗?小四川说,你呀,想让我表态对吧?那我郑重承诺,你如果不回家,能陪我在上海一起过年,我全部免费服务怎么样?陈小元说,这还差不多!

说着,陈小元一下子翻起身,骑到了小四川的身上。他太需要发泄了,不仅仅因为伪装太累。

陈小元和小四川把一张床，弄得似乎要散架了似的，发出超常的吱吱声，而且小四川还"老公老公"地尖叫起来，这声音传出窗外，让人误以为里面发生了抢劫。突然，小四川熄了火，拍了拍陈小元的屁股说，你看那是什么？会不会是鬼呀？陈小元被吓了一跳，抬头一看，有一双眼睛在厕所里发出绿色的光芒。

陈小元此时才发现，他们一时得意忘形，疏忽了房间里还有小李。

确实是小李。小李在厕所干什么，陈小元与小四川都是明白的，只是他们不知道小李什么时候下的床，又是什么时候来到厕所的。其实小李在床上开始是真的装睡，在陈小元与小四川聊天时，他还真的睡着了，但是后来被陈小元他们两个的欢呼声给惊醒了。他醒来后实在难以把控自己，他多么希望像老王所说的那样，忍受几天，留点子弹回家，用在自己的老婆身上。但是他最后没有忍住，说实在的，陈小元与小四川也太放肆了，放在谁身上也是忍受不住的。没有办法，他偷偷地下了床，躲进了厕所，开始是想把厕所的门一关，什么事情也就过去了，但是门一关就更加难受。

陈小元大喝一声说，小李你在干什么？！

小李被发现后，一边提起裤子一边说：你们真是一对畜生！他像是委屈地哭，也像是痛恨地骂，更像是一种精神的崩溃，大声号叫着冲出了门。这声音让陈小元与小四川有些同情起了小李。

小四川说，小李真可怜！他上次去我们按摩房，找了一个小姐妹，人家说一次五百块，他舍不得；人家说打飞机便宜，只要八十块，他还是舍不得，说这个自己会。他说自己一年都没有碰过女人，他就是想碰碰女人，哪怕亲亲女人的脸，或者碰碰女人的手。最后，小姐妹收了他二十块，让他随便摸一摸，没有想到他一碰到小姐妹的脸和手，浑身就一阵发抖，你知道他怎么了吗？陈小元说，他怎么了啊？小四川说，他放水了，同时也忍不住哭了。

　　陈小元与小四川再没有心情把剩下的事情做完，平躺在床上看着天花板发呆。小四川想着一天天逼近的春节，而陈小元想着小李。在这个大城市，据说有六百万的外来工，那么会有多少个小李呢？当晚会有多少小李一样的号叫呢？

　　天亮后，小四川从陈小元的出租屋离开的时候，还是没有忘记问一句，你家麦子呢？麦子怎么样了？陈小元还像从前一样，没有回答小四川，只是背过身，掏出手机看了看，因为手机上的屏保就是麦子。

　　这张照片是几年前自己回家时照的，那时候麦子才七岁的样子，她蹲在一片雪地里灿烂地笑着。陈小元每次看到这张笑脸，他的脑海里都会浮出又一番景象，那是自己最后一次离开的时候，麦子从姑姑家一边追出来，一边哭喊着"我要爸爸"。她的哭让陈小元走出几丈远之后，又不得不再转过身朝回走，就这样一直闹了半天，连第一趟班车都耽误了，直到第二天天不亮，麦子还没有醒来，陈小元在麦子的熟睡中离开了。后来听麦子的姑姑自己的姐姐说，麦子醒来后到处哭着找爸爸，在门前的大路上奔跑着喊"我要爸爸"，直到麦子哭累了，哭不出来了，才在迷迷糊糊中睡去，从此麦子经常会从睡梦的哭喊中惊醒。

四

　　当小四川和陈小元说起麦子的时候，麦子正坐在一辆大巴上一夜未睡，仍然处于不安与兴奋之中。她睁大了眼睛看着窗外，迅速后退的树木和白房子，还有一片片池塘，让她明白自己在一点点地靠近爸爸。麦子想象着，自己突然出现在爸爸眼前，爸爸会是什么样的表情呢？他会不会被吓晕过去呢？会不会忍不住哭呢？他会不会不认得自己了？如果他认不得自己，那该怎么办？

她终于打开了车窗，不时地把手伸到车窗外，开始接住的是一些小水珠，再后来只有淡黄色的阳光。风灌进了车厢，把一些乘客给吹醒了。

司机打了一个喷嚏说，这丫头，你这是干什么呢？把风放进来把我给吹感冒了！麦子就笑了。麦子说，我在看路还有多远呀。司机说，你又不开车，操什么心呀？麦子说，我要见到爸爸了，叔叔我们还有多久呀？司机说，现在刚过南京，还要两个多小时吧。

麦子说，叔叔你可以开得再快点。

司机说，我已经开到一百公里了，你这么着急干什么呢？

麦子收回了手，把车窗给关上了，麦子有点伤感地说，我两年没有见到爸爸了。

司机从后视镜里，奇怪地看了看麦子，然后说，为什么这么久？麦子说，爸爸忙啊。司机说，连自己女儿都不要了？现在好多人一进城呀，就丢下老婆孩子不管了！麦子有点生气地说，要不要关你什么事情啊？！司机有点不好意思地回过头说，爸爸恐怕都不认识你了吧？你还认识爸爸吗？

麦子没有再说话，死死地盯着窗外急速后退的花草树木。她不知道爸爸见了自己，还认识不认识自己，但是爸爸长什么样子，她一点都不清楚了，她只知道很想爸爸，但是爸爸在她心中，像是一团墨汁洒在纸上，模糊得根本认不出这纸上画的是什么，有时候像树叶子，有时候又像一根被折断的树枝。

万一爸爸不认识自己，而自己也不认识爸爸了，那应该怎么办呢？

大地已经越来越宽阔，房子越来越密集，道路也越来越多。车窗外的情况，越来越超出了麦子的想象，在陕西塔尔坪的时候，房子只有一排，大多数是一层的瓦屋；路只有一条，这是唯一可以通往县城的小路，只能勉强地通过拖拉机；村外有一条小河，水很浅，一眼能看到水底游动的小鱼儿；天空狭窄得只有一条缝，几乎没有一片完整的白云。麦子暑假的时候，随姑姑去过一趟县城，走过一段312国道。在国道上，她看到一辆大巴车，车窗后面挂着"西安—上海"的牌子，不时地被人拦了下来。

当时，麦子就问姑姑，"西安—上海"是什么意思？姑姑告诉麦子，这是每天的班车，是通往上海的班车，你爸爸要从上海回来，坐这趟班车最方便了，睡一晚上就到了，如果坐火车得到西安倒车，起码需要好几天。麦子又问姑姑，坐一次多少钱？姑姑告诉麦子，一千三百多公里，大概三百块吧？

姑姑当时并没有在意麦子，但是麦子却悄悄地记下了，她知道自己要去上海的话，只要爬上这辆车，就可以直接跑到上海。

有一次，姐姐打电话给陈小元，说你得关心一下麦子了，麦子放学以后不做作业，而是跑到山上挖药，听老师说成绩有些下滑。陈小元很着急，就给麦子打了电话。陈小元说，麦子啊，你这么小，要那么多钱干什么呢？麦子说，我也有花钱的地方呀，比如哪一天去看爸爸，坐车就要三百块呢。陈小元说，你现在是学生，得好好学习，你把学习搞好了，我就回去看你。麦子说，怎么样才算学习好呀？陈小元说，有一门功课考一百分，我就回家看你。麦子说，你说的是真的吗？你说话要算数啊！

这次谈话之后，麦子并没有停止上山挖药，挖柴胡也挖苍术，但是学习并不耽误。她白天上山的时候还背着书包，药挖累了就坐下来，坐在山头上，拿出课本看书；天黑回家以后，她还继续看书。

放寒假前，麦子给陈小元打了一个电话，欢喜地说，你是我爸爸对吧？陈小元说，看这丫头说的，我不是你爸爸，谁会是你爸爸呢？麦子说，大人说话是不是要算话？陈小元说，那要看什么事情了。麦子说，我考了两个一百分，你说了，无论再忙，你都要回家过年。陈小元其实也很想回家过年，很想陕西的那个叫塔尔坪的小山村，有时候不仅仅想麦子，还想那里的小路，想那里的瓦屋，想那里的小河，甚至想小河里自由的小鱼儿。

陈小元明白，是自己在城里伪装得太久了，你得伪装自己很优雅，得伪装成一个真正的上海人，连说话的口气与走路的方式，都得伪装成一个城里人。而且在城里，空气是混浊的，人心是险恶的，生命是堕落的。说白了，在城里生活最累的是心。所以，他就特别想念农村。只有回到农村，走在那条蜿蜒的小路上，走在覆盖着白雪的麦地里，躺在喜鹊的鸣叫声与鸡犬相闻声中，呼唤着一缕缕清新的空气，那种感觉才是自由自在的，才会是安全的，才会是没有罪恶感的。

但是，他不敢回家的原因有很多。首先是无法面对空荡荡的家，自从老婆与人逃跑、麦子托付给姐姐照顾之后，他一回家就会面对姐姐的唠叨。姐姐会说，弟弟啊，你得把那女人给揪回来，这样子算什么？离婚没有离婚，跟别人逃跑了，这口气你能忍，我们忍不下去呀！我们在村子里抬不起头啊！

其次是回家过年，陈小元无法应付那么大的开支，除了路费之外，还要给左邻右舍买东西，起码得买几十包大白兔奶糖，一包二十多块钱，村里人还不见得稀罕；会有大帮子朋友来家里看自己，一来就得喝酒抽烟，你喝陕西本地的西凤酒，抽陕西本地的猴王，人家会在背后说，大上海混的呢，一月拿几万块工资，这个太小气了吧？所以起码得拿茅台和上海产的中华招待。许多人或许就冲着这个来的，谁让你如今是城里人了，是上海人了，不抽你的喝你的，哪还有机会呀？

还有，陈小元在单位事情多，从来没有吐露自己的身世，单位只知道他籍贯是陕西的，没有人知道他家在哪里，都以为他早就在上海安了家，所以每到过年过节时，就会安排他值班，他根本不敢申辩，也不想申辩，就没有时间回家了。

陈小元对麦子说，我说过回家，但是没有说具体什么时候回家呀。麦子说，你答应的，你还像爸爸吗？爸爸说话能不算数吗？麦子说着说着就哭了。陈小元说，爸爸是记者，记者是要值班的，所以我明年春天回去吧，春天回去也好玩一点，我也想满山的连翘花了。

麦子说，你耍赖的话，我就去上海找你！说着，就生气地把电话给挂掉了。

放寒假后，麦子从姑姑家里偷偷跑出来的时候，她没有敢提前通知爸爸陈小元，她明白一旦让陈小元知道了，那她就跑不掉了。她想到上海以后，再给爸爸打个电话，让陈小元去接她一下，这样还可以给爸爸一个惊喜。但是现在，麦子有些害怕了，而且有些迷茫了，如果不是太阳升起来了的话，她已经分不清东南西北了。

麦子对司机说，叔叔你帮我个忙行吗？司机说，你要在半路上下车吗？麦子说，不用，我没有手机，等会儿到上海了，麻烦你给我爸爸打个电话，让他来接我一下。司机说，现在已经到上海地界了，上海地方大着呢，现在就打吧，不然把你弄丢了怎么办？

司机接到一张纸，上边写着陈小元的电话号码，说着，就拨打了出去。但是电话一接通，就断掉了，再打就关机了。司机说，你会不会记错号码了？麦子说，不会呀，怎么会记错呢！司机说，如果你爸爸把电话换掉了呢？或者是他不在上海呢？麦子说，不会的。

司机放下电话后，对麦子开了一个玩笑，你这么大个小丫头，如果找不到你爸爸，到站后我就把你卖掉。

小四川离开时，陈小元把她送出了门，然后拿出钱包，掏出两百块钱给小四川。小四川说，这次是送货上门，所以就免费吧。陈小元笑了笑说，你赶紧拿着去吃点早餐，楼下的东北大饼还是不错的。小四川接过钱，有点不高兴地说，你们这里还真是高大上，竟然有两百块钱的大饼！

小四川上班的按摩房就在附近一条小巷子里。陈小元与小四川的认识比较简单，有天晚上下班时路过这条小巷子，他忽然感觉自己的头发有点长，就想顺便理个发。他一头钻进了一家叫小扬州的按摩房，钻进去以后才发现，按摩房里没有人在理发，只有几个花红柳绿的女人坐在沙发上。

陈小元说，能理发吗？按摩房的前台说，我们只按摩、洗脚与洗头，不理发。陈小元说，不理发洗什么头呢？前台说，我们这里标着的是按摩房，标的又不是理发店。陈小元一下子明白了，自己遇到了传说中的红灯区，正想退出的时候，被几个女人给拦住了，一个说，洗个脚踩个背吧，另一个说，做个指压放松一下吧。陈小元与几个女人绕来绕去，就吵了起来。

这时候，小四川上场了，用一口四川话说，大哥，你要理发对吗？不嫌弃我来帮你吧。小四川拿来一把剪刀，把陈小元按在了椅子上，说，如果理不好，你可别怪我呀？我可是第一次给人理发。陈小元已经坐下来了，只能硬着头皮让小四川给自己理。

小四川几剪刀下去，就把陈小元的头剪得跟狼啃了似的。陈小元开始还很生气,但是看到小四川很认真,就跟和谁较劲一样,剪了一遍又一遍,把陈小元的头发剪得越来越短。陈小元就忍不住哈哈大笑起来,小四川也笑了,噘着嘴巴说,把你的头发理坏了,你不会让我赔吧?陈小元说,当然得赔,你看看快成光头了。小四川说,你说过不能理成光头吗?

　　小四川一气之下,干脆自作主张给陈小元理了个光头。理完光头,小四川说,大哥,只能这样了,你说怎么赔你吧?陈小元对着镜子,摸了摸自己的光头,再次哈哈大笑了起来。他发现自己的头发软,而且三十岁就生了白头发,所以理个光头还是蛮适合自己的,觉得自己一下子气派多了。

　　陈小元说,你剪掉了我的头发,当然要赔我头发。陈小元说完,付了钱,扭头就走了。

　　自此之后,陈小元就开始剃光头了,因为剃光头没有多少技术含量,干脆一不做二不休,每次都跑到小扬州按摩房来找小四川。每次去,小四川说,我还欠你一样东西呢。陈小元说,你欠我什么?小四川说,欠你几撮猪毛,如果不还你,每次见你我的心就发慌。

　　夏天的一个晚上,小四川非得让陈小元躺到包间里去剃光头。小四川不但替陈小元剃了头发,还贴着陈小元的脸为他剃了胡子。剃完胡子,小四川一把搂住了陈小元,一边脱衣服一边说,我欠你的,今天就得还你。完事之后,小四川趴在陈小元的胸脯上说,这下我们是不是两清了?陈小元说,你欠我的是头发,你给我的是什么?小四川说,我给你的,不比头发金贵吗?你看看头发再剃也不会痛,但是我给你的时候我会痛的。陈小元说,所以呀,这次是我欠你的了。

　　这次走出小扬州的时候,陈小元把三百块钱塞给了小四川。

　　从出租屋分手的时候是早上六点多,虽然还没有到上班时间,但是陈小元已经毫无睡意了。他想起了小李，想起了小李刚才的号叫，于是踏着一轮刚刚升起的太阳，准备提前出门上班去。他在楼下遇到了小李，小李一个人仰躺在草坪上，痴痴地看着天空发呆。

陈小元想上去安慰一下小李，这时自己的手机响了，是一个陌生的电话。这个陌生的电话正是从开往上海的大巴上打来的，但是陈小元的电话仅仅响了两声，就没电了，自动关机了。他并不在意，如今各种推销太多了，特别是清晨或者深更半夜的时候，打来的电话基本都是搞推销的疯子。

五

腊月二十三的清早还是晴天。上海天晴的时候，太阳一出来还是比较暖和的，就是寒冬腊月也有十度左右的气温。到了上午，天一下子阴了，随后偶尔也会飘下几片雪花，不过还未落地就化掉了。上海天阴之后就会起风，风是海风，阴冷而潮湿，空气中就像有无数把小刀子，在划来划去，显得十分刺骨。

陈小元起得比平时早，所以赶到单位的时候，其实还不是上班时间，但是主任已经在拍桌子了。主任说，陈小元啊，你看看几点了！陈小元说，八点多一点，还不到上班时间呢。主任说，你是什么行当的？你是记者！记者有上班下班这个概念吗？我们强调过多少次了，必须保持二十四小时开机，昨晚偷情了还是干吗了，竟然把手机给关了。

陈小元掏出手机，装着糊涂说，哎呀，忘记充电了，主任你说吧，是着火了？还是翻车了？陈小元在单位负责突发新闻，这是单位里最苦的，无论刮风下雨，还是半夜三更，有事了，就跟救护车似的，必须第一时间赶到现场。跑突发不像其他条线，打打电话，跑跑场子，基本都有红包拿，但是突发新闻不一样，不是家破就是人亡，没有人愿意接受采访，稍不注意还会遭到人家的谩骂。所以，这种活，只能摊在陈小元身上，谁让你陈小元是"见习记者"呢。

主任笑嘻嘻地说，今天这个新闻，不是杀人，也不是放火，更不是抢劫，但是算不算强奸呢？这就是你要采访的重点了。主任似乎有点兴奋，碰到好新闻大家都比较兴奋，但是从来没有看到主任这么眉飞色舞过。陈小元已经背着包，准备出发了，主任似乎一时还不想切入主题。主任说，陈小元你说说，这个社会真有处男吗？陈小元说，怎么会没有，这要看多大年纪了，在什么地方了，在这样的大城市的话，在中学恐怕已经很难找到处男了吧？如果在西北那些比较偏远的地方，二十多岁的处男到处都是的。主任说，处女呢？陈小元说，越偏远，处女就越多，因为思想比较保守，诱惑也比较少，比如在城市吧，到处都是洗头房夜总会，而在西北农村，连理发店都没有一个，自然就干净了许多。

主任说，我们就从这个话题入手吧。陈小元说，主任啊，你还没有说三个W是什么呢。主任又一拍桌子说，是这样的，昨天晚上，确切地说是今天凌晨，有个男人把另一个女人给那个了。陈小元说，是强奸吗？主任说，不好说，这是一个比较二的事情，有个进城不久的农民工，好像是陕西农村的，陈小元你祖籍是陕西的吧？陕西还有没有亲戚？

陈小元还是像从前一样，不置可否地笑了笑，然后就急急地出门了。因为自己手机没有电，一时又找不到匹配的充电器，所以陈小元出门前，只好用座机给线人打了一个电话，约好了见面采访的地点。

线人说，犯事者姓余，是个十七岁的男孩，在一家房产销售公司上班，专门做销售的。原来，这几天小余的同事上网，让他看了一些郭美美自拍的照片，当然多数都是三点式的。小余躺在床上就死活睡不着了，心想自己与郭美美差不多年纪，人家什么花花绿绿的事情干了一大堆，但是自己如今连女人的内部结构长什么样子都不清楚，甚至连亲嘴是什么滋味都没有尝试过。他有些不甘，在床上想来想去，脑海中一下子撞入了一个女人。

这个女人二十六七的样子，也是小余他们公司的，不清楚具体做什么工作。虽然已经冬天了，她仍然还穿着一件牛仔超短裙，长头发，白皮肤，比较特别的地方，是她的嘴唇比较厚，而且总是翘着，似乎有点挑逗的样子。她就住在小余斜对面的一间宿舍里，每次下班上班都会在楼道碰到她，他看到她的嘴唇，心都会随之一紧。

线人讲述时，嘴唇动了一下，接着说，小余实在忍受不住，有一天的凌晨就去了斜对面，比较巧的是他一推门，门竟然开了，对面并没有上锁。小余轻手轻脚地来到她的床边。她开始是趴着睡的，他只能看到她的背和一头黑发。她的背比平时看到的更加瘦削，几乎能够看到那一根根翘起的骨头，但是她很快就翻了一个身，这可吓了小余一跳，小余以为被她发现了，于是转身准备逃跑。但是，她四仰八叉地仰躺在床上，发出一阵嘬嘴的声响，睡得更香了。

小余看着她雪白的大腿，看着她半露在外的胸脯，当看到她的嘴唇的时候，他再也忍受不住了，于是弯下腰，用自己的嘴巴堵住了她的嘴巴……这个女人被惊醒了，她以为自己做了春梦。她伸出手轻轻地拍了拍自己的胸口，开始睁着一双迷离的眼睛左顾右盼。

线人说，我跟小余是室友，睡在一个宿舍里，他鬼鬼祟祟出门的时候我是知道的，他回来的时候我也是知道的，我看到他慌慌张张的，就问他是不是得手了。他坐在我的床边，整个身子都在发抖，而且一把抓住了我的手。他从斜对面跑回来后，外边一点动静都没有，我也就放心了，当时还笑话他说，你这个傻瓜，是不会呢还是不敢？小余迷茫地看着我说，你指的是什么？我说，把她拿下呀。他说，把谁拿下？我说，还能有谁，那个翘嘴巴呀，你每次看到她，眼睛都是直的，以为我不知道吗？他说，我已经拿下她了，你快点说说怎么办？我听他这么说，一时十分吃惊。

　　小余跑到门口隔着门听了听，除了偶尔有人冲厕所的声音外，一切都是那么寂静。他把宿舍的门反锁了，然后接着对我说，你亲过嘴吗？我说，当然亲过了，至少亲了不下十个吧。他说，你吹牛，今年才多大，怎么可能呢？他得意地笑了笑说，我终于尝到亲嘴的味道了。我说，你刚才所说的拿下，就指的是亲嘴对吗？你刚才亲了她的嘴对吗？她是你亲到的第一个人对吗？他说，是呀，我是不是很纯洁？我们农村的人都一样，不结婚是不会乱来的。

　　我有些意外地问，尝试过后有什么想法吗？他说，之前挺想的，但是亲过之后，感觉也没有什么，不是甜的，也不是香的。我说，是不是苦丝丝的，有点凉拌苦瓜的味道？他说，是呀是呀，你怎么知道的？我当时就哈哈大笑了起来，我说你没有看到她老是涂着口红吗？你吃了人家的口红了。

　　陈小元对线人的说法表示怀疑，问这是真的还是你想象出来的？线人说，当然是真的，我一句都没有瞎编，那个陕西二货如今被关在派出所，你去派出所让他自己告诉你好了。

　　陈小元采访完了线人，就又去了派出所，了解的情况与线人所说的，基本是相符的。犯事者小余是一个瘦弱而腼腆的男孩，他一脸羞愧地坐在陈小元面前，陈小元每问他一句话，他都会脸红。

小余说，当时他亲完了那个女人，他回到宿舍以后就再没有入睡，开始是慌张，随后是兴奋，哪怕是吃到了苦丝丝的口红，那也让他兴奋不已。进城这么多天了，看到光天化日之下，两个中学生相拥在一起，看到闪烁的霓虹灯之下，男男女女肆无忌惮地调情，他以前所以为的高尚，慢慢变成了无耻。亲过厚嘴唇后的第一个早晨，当麻雀叽叽喳喳地把世界叫醒，他又陷入了深深的自责当中，他感觉现在的自己已经不是昨天的自己，昨天的自己是干净的，是纯洁的，连那种身体里的萌动也是踏实的。但是现在的他有些躁动与不安，除了第一个吻到的厚嘴唇之外，再看到有些好感的其他女人，他都有一种莫名其妙的内疚。

也许为了躲避厚嘴唇，小余比平时早起了一会儿，当他打开门像小偷一样走出宿舍的时候，在楼道的转角处，恰巧碰到了厚嘴唇。她正在上楼，他看到她翘着嘴唇从身边经过的时候，整个身子抖得更厉害了。厚嘴唇已经走过了，却突然回过头，盯着他说，就是你，昨天晚上就是你这个流氓，大家快来抓流氓啊！

凌晨的事情，到天亮的时候才爆发了。这座楼是专门供外来务工者住宿的，算是集体宿舍，来自各个公司的都有。厚嘴唇是上海本地人，家在青浦郊区，因为离家远，也住了宿舍，不过她住的是单间。她一喊叫，把大家给吵醒了，纷纷从宿舍里涌出来，不明白到底发生了什么。

线人当时也在场，赶紧冲到厚嘴唇的身边说，你能不能小声点？她说，我为什么要小声点？线人说，如果你搞错了怎么办？她说，怎么会搞错呢！他真的耍了流氓。线人说，什么时候？她说，昨天晚上我睡着的时候呀。线人说，昨天晚上的事情你怎么现在才说呢？她说，我被他弄醒后，以为是在梦中，就迷迷糊糊地又睡了，今天早上一醒来，才发现有点不对劲。线人说，哪里不对劲了？她说，你看看我的嘴唇！他把我的嘴唇咬破了。

线人说，你应该高兴才对？她说，你放屁，他耍了流氓我为什么要高兴？线人说，你跟多少人亲过嘴？她说，这个你管得着吗？线人说，但是他是第一次！他把第一次亲嘴的机会给了你，所以你把他给放了吧。厚嘴唇一时不知道怎么回答，松了手，人就给放掉了。看到小余一溜烟地逃跑了，她嘿嘿一笑，有些懵懂地说，胡扯！简直是胡扯！你以为他是小毛孩子呀！

不知道谁已经拨打了110，几名公安人员赶了过来，然后就把小余给抓了。

审讯已经结束了，小余对陈小元说，我想自杀。陈小元说，为什么呢？他说，我变了，以后我娶了媳妇，我不知道怎么对她交代。陈小元说，你要交代什么？他说，交代我犯下的事情。陈小元真想告诉他，什么也不用交代，现在都什么年代了，谁会在乎这个呢？人人都在变，都在解除身上的枷锁，谁又会给对方一个交代呢？即使他因为亲一个嘴被关了起来，在这个隐形罪犯到处都是的年代，已经不是丢人的事情，仅仅是一个笑料罢了。

但是陈小元什么也没有说，他找到了负责这个案子的民警。陈小元问，他这个情况严重吗？民警一听就笑了说，陈记者呀，你也是男人，严重不严重你明白的。陈小元说，我真的不明白，这算强奸未遂吗？民警说，如果这样认定的话，这天下男人不都在犯罪吗？从心里讲，我办了这么多案子，什么样子的都碰到过，这样的是第一次，我倒是蛮同情他的。陈小元说，那你能不能手下留情，给一个宽大处理？

民警看了看在不远处坐着的厚嘴唇说,这小子其实也没有想怎么样,就是好奇,想亲个嘴而已,所以如果那个女人不纠缠的话,我们也想批评教育一下,然后把他给放了。

厚嘴唇在不远处的一间房子里,已经做完了笔录,走出来时碰到了陈小元。陈小元站起来,拦住她问,我是记者,我想采访一下,你有什么想法吗?厚嘴唇的情绪已经缓和多了,她冲着陈小元一笑,说我能有什么想法,只要依法处理就行了。陈小元说,如果警方把他给放了,你同意吗?你能原谅他吗?她说,他是我们同事呢,看在同事面子上,我也不追究了。

陈小元与厚嘴唇边走边对话的时候,小余就在后边远远地跟着。他低着头,不停地掐着自己的胳膊。陈小元把厚嘴唇送出派出所,又回身对民警说,你能把他交给我吗?民警说,交给你们记者,有什么不放心的,我觉得他也不坏,你好好教育教育他就行了。陈小元临走时,民警起身拍了拍小余的肩膀说,你这小子,叔叔私下叮嘱一句,以后再遇到这种事情哪里都可以解决,别弄出鸡零狗碎的小事给我们人民警察添麻烦。

就这样,陈小元在采访结束的时候,把这个犯事的家伙给领了出来。走出派出所,陈小元想给主任打个电话汇报一下,但是当他掏出手机,才想起手机是关机的。小余讨好地递上自己的手机说,陈记者,谢谢你呀,你用我的吧?

陈小元拿小余的手机打了主任的电话,主任在电话里说,这个新闻刺激吧?今天我给你一个整版怎么样?陈小元说,主任你别提了,是个假新闻,纯粹是假新闻,让我白跑了一趟。主任说,怎么可能?线人说得有鼻子有眼睛的,怎么可能是假的呢?陈小元说,线人,那个公寓,还有派出所,我都见了,人家说根本没有这回事,只是大家无聊时说着玩的。主任漏气地说，我说呢，这社会，狐狸精可能是有的，怎么会有这样的人呢？

陈小元放下电话，回头盯着小余看了看。小余有点不好意思地说，真不知道怎么谢你。陈小元说，你以前不认识我吗？小余说，你是上海人，是大城市人，我刚刚从山里出来打工的，还不到三个月呢，怎么可能认识你这么大的人物。陈小元说，你是陕西的？小余说，是呀，你是不是听到我的口音了？我是陕西的，我是陕西丹凤的。陈小元说，你是陕西丹凤什么地方的？你们那个镇叫什么？小余说，我们那个镇叫石门镇，我是余家村的，我姓余，叫余发财，陈记者你怎么了，你是不是怕我跑掉了？

陈小元不动声色地说，是呀，警察把你交给我，让我教育教育你，你如果跑掉了，跑到其他地方，不是亲个嘴什么的，而是真把哪个女人给办了，那我怎么办？

其实陈小元从见到余发财第一眼的时候，从他说话的口气，还有从他行事的样子，陈小元明白他应该是陕西的，而且就是陕西丹凤的，甚至是他们一个镇的。陈小元似乎在哪里见过这个孩子，也许就是好多年前的余家村。女儿麦子寄养的姐姐家就在余家村，自己则是塔尔坪村的，两个村子都属于石门镇，相距也就三十多里路。

陈小元突然想起了麦子。从自己食言之后，麦子几乎每天会打电话，催自己过年回家，陈小元虽然并不想回家，他还是愿意接到麦子的电话。自己手机没有电了，如果麦子打电话来，大半天都是关机，那会不会担心呢？有一次，陈小元去地震灾区采访，麦子打电话时自己不在服务区，可把麦子给急死了，她在电话机旁整整守了一夜，电话接通后，麦子第一句话就是"哇"的一声哭了。还有一次，麦子生病了，开始是瞒哄着陈小元的，但是后来高烧不退，一下子烧到了三十九度，迷迷糊糊中在呼喊着爸爸。姐姐这下慌了，打电话给陈小元，陈小元却关机了。

陈小元跑了几个超市，没有找到万能充电器。余发财一直跟在身后，陈小元说，你跟着我干什么？还不回去上班？余发财说，出了那样的事，我哪有脸回去啊？你收养了我吧。陈小元说，我收养你？怎么个收养法？余发财说，我叫你爸爸吧。

陈小元笑着说，放屁！我哪能生出你这么大的儿子！余发财看陈小元一直在掏手机，明白他要打电话，又把自己的手机递过去说，爸爸，我把手机送给你吧。

余发财虽然一脸幼稚，个头却比陈小元还高一点，他叫了一句"爸爸"，吓得陈小元一哆嗦。陈小元说，你再这样叫，就马上给我滚，要叫你就叫我叔叔。余发财嘿嘿一笑，说叔叔，你是不是等电话？陈小元说，是啊，不等电话我要手机干什么？余发财说，我有个办法，你把手机卡取出来，装在我的手机里不就行了？

陈小元拿过余发财的手机，把自己的手机卡装上去，手机便一直吱吱地叫个不停。有的是移动小秘书来电提醒，有的是短消息。陈小元一看，拨打过自己的，有几十个电话，就两个号码。有一个区号0914记不具体，知道是姐姐打过来的，另外一个打得最多，一直拨打了几个小时。

陈小元觉得应该有急事，没有急事不可能打得这么频繁。陈小元先回了姐姐的电话，姐姐一接通就说，弟弟呀，你咋就关机了呢？不得了，出大事了。陈小元说，老家又有谁去世了吗？你慢慢说吧。姐姐说，是麦子！麦子你见到了吧？陈小元一听是麦子，一下子比老家亲戚去世了还紧张。陈小元说，麦子不是在你家吗？我怎么会见到她呢？你是不是说梦话呀？姐姐说，麦子不见了，她跟同学到县城去玩，撂一下句话就跑掉了，她说是到上海找你去了。陈小元说，她什么时候走的？坐汽车还是坐火车？姐姐说，昨天下午走的，拦了一辆大巴，问过了，从咱们这里到上海，每天就一趟班车，早上八九点钟能到。难怪前些日子，在312国道上，她问怎么去上海，车票需要多少钱，原来她早就谋划好了。

陈小元放下电话，立即爬上一趟地铁，往上海最大的长途汽车站赶，一边赶一边又拨打了另一个电话。电话打过去，一直不在服务区。陈小元查看了两个短信，第一个是麦子发来的。麦子说：爸爸，你在哪里？你为什么一直关机？我已经到了上海，早上就到了上海。另一个短信是大巴司机发的。司机说：我是大巴司机，你是不是有个女儿叫麦子？请赶紧来接她吧，不然就丢掉了。

陈小元赶到长途汽车站一问，人家说，这些车是私营的，根本不停正规车站。余发财一直跟着陈小元，他嗫嗫嚅嚅地说，妹妹来上海了对吗？我就是坐大巴来上海的，停在闵行区的中春路上。陈小元说，具体门牌号码是多少？余发财说，我哪里记得啊！不过旁边好像有个古镇，还有一座寺庙。

陈小元明白，余发财所说的，应该是七宝古镇。在赶往七宝古镇的地铁上，陈小元终于打通了司机的电话。司机说，你怎么就关机了呢？我打了几个小时的电话啊，我从上海返程的时候，想把她一起再拉回去，不然让人拐卖了怎么办啊！但是这孩子死活不肯上车，她说她肯定能找到爸爸的。这孩子到上海来，提前没有告诉你吗？是不是她私自偷跑出来的？我看呀，你们这些有知识的人一进城啊，就把家给甩弃了，但是老婆可以不要，重新娶个城里女人，在城里安个小家过好日子，孩子永远都是自己的，不能不要啊。

陈小元想插话，一直插不进去。他不停地瞅着地铁上的视频，看着时间一秒一秒地跳动。陈小元几乎用哀求的声音说，我说大爷，你能不能让我插一句？我就想问问你，我女儿下车的地方具体在哪里？

手机里响起了一阵汽车喇叭声与一声尖厉的刹车声，司机终于说，中春路涞亭路交叉口，有个星光酒店，就在酒店的停车场。陈小元说，谢谢大爷，我先挂了。

陈小元一看时间，已经是下午三点多了，六七个小时过去了，他不知道麦子还在不在车站。这是她第一次出远门，过去她跑得最远的，只有县城了，县城多简单，县城的人多单纯，比如还有余发财这样连亲嘴都没有过的家伙。但是在上海呢？陈小元不敢再往下想了，他看着窗外呼呼后退的影子，真想跳下地铁自己飞过去，飞到女儿的身边。

余发财安慰陈小元说，叔叔，你放心吧，妹妹不会有事情的。陈小元狠狠剜了一眼说，你给我滚开，快给我滚开！余发财不敢吱声了，似乎这一切都是自己造成的。如果不是看了郭美美的照片，不是自己一时糊涂，想尝试一下亲嘴的感觉，陈小元就不会有这样的采访任务，他也就不会顾不得给手机充电了。

六

陈小元下了地铁，来到中春路星光酒店前的停车场。大巴司机也很担心，又打电话来问，你们找到了吧？陈小元说，刚到呢，还没有看到麦子。大巴司机说，平时他们就把车停在那里，然后下客再上客，十二点准时出发返回。当时乘客都下了车，他怕麦子走丢，而且外面风大，特意把麦子送到酒店大堂。大巴司机最后说，卧铺票是两百八十块，这孩子说只有一百八十二块，我们也没有计较，离开时忘记问她，身上有没有饭钱。

陈小元说，让你费心了。大巴司机说，我们都是乡亲嘛，听麦子说，你名字叫陈小元，是我们丹凤的名人，说不定哪天还求你呢，现在在外边混，说不定哪天事情就来了，就说那个停车场吧，一会儿保安找你要盒烟抽，一会来几个交通督查，说你不能随便下客，就连旁边扫地的也来找麻烦，到时候你得给我们撑腰啊。

陈小元不耐烦了，没有等他说完，就把电话给挂了。

星光酒店其实不大，是一个不上星的快捷酒店，位于一个农贸市场的大院子里，院子里除了酒店，还有菜市场和许多商店。由于天气阴沉沉的，五点的时候天就黑了，路灯还没有亮，但是酒店、超市、小吃店已经开灯了，是华灯初上的时候了。陈小元直奔酒店大堂，说是大堂其实就屁股大个地方，摆着一套沙发，一个茶几，还有一个客人登记的前台，旁边有一道偏门，是酒店内部的保健按摩房。

陈小元着急地四下打量了一圈，并没有看到麦子，小孩子倒有一个，跑过去一看，人家是来上海旅游的，爹妈都在身边呢。陈小元又问前台，你看到一个孩子了吗？前台指了指大厅的孩子说，孩子哪里没有，那里就有一个。陈小元说，我是指一个小姑娘，八九岁的样子，一个人从乡下来的。前台说，下午的时候看到一个小姑娘，梳着马尾辫子，穿着一件红棉袄，一双黑布鞋，一看就是乡下孩子，在这里站了几个小时。我们问她大人呢？她摇摇头。我们让她坐一下，她也摇摇头。她会不会是哑巴？

陈小元说，那孩子呢？前台说，哎，那孩子呢？那孩子怎么就不见了呢？会不会被人给拐跑了？现在人贩子可多了，你看看，新闻里正说着呢。

这时酒店电梯口的视频里，正在回放一则寻人启事，一位母亲哭着说，自己的女儿叫夏渝，因为上错了车，与家人失去了联系，如果有人提供线索，家属奖励五万元。随后新闻里说，警方已经确认，这名女孩已经遭到了杀害。

陈小元没有看完这条新闻，就慌慌张张地推开了酒店内的保健按摩房。按摩房里边开着空调暖气，有些闷热，空气浑浊，坐着几个穿着暴露的女子。她们见了陈小元，纷纷站起来说，要洗头还是指压？陈小元说，我来找人，想问一下，你们有没有看到一个姑娘？梳着马尾辫子的姑娘？一个妹子听了，立即站起来拉住陈小元的手说，大哥呀，人家把辫子一剪，你就认不得俺了？陈小元摆摆手说，我找一个小姑娘，九岁的小姑娘。这位妹子说，这么小的我们没有，我们有十六岁的，不过人家现在正忙着呢。

陈小元觉得有点乱，于是说，我在找自己的女儿，下午从这里走丢了。这位妹子一下子变了脸，很不高兴地说，我们这里都是当妈的，请你快出去吧，把风都放进来了，真是冷死了。

陈小元退出来后，余发财看着保健按摩房的招牌说，叔叔，按摩房是干什么的？陈小元看他迷茫的样子，还是回答他说，是专门打架的。陈小元匆匆地走出了酒店，余发财在后边屁颠屁颠地跟着问，是摔跤吗？怎么只有女的，没有男的啊？陈小元回头斜了一眼余发财，说地主你知道吧？余发财说，怎么不知道，我爷爷就是大地主。陈小元说，这是专门给地主捶背捶腿的地方。余发财说，你在骗我，地主早被打倒了，哪里还有地主呀?！陈小元停下来，指着余发财说，你真是个乡下的瓜子，赶紧给我找人吧！

菜市场已经关门了，门口到处扔着烂菜叶子；还有各种建材商店，已经贴出回家过年关门歇业的信息。超市倒是开着，但是麦子应该没有逛过超市,她冷的话敢不敢进去躲躲?有些小吃店也开着,麦子饿了渴了,应该懂得坐下来吃口饭喝点水,但是她的钱估计全买了车票,身上恐怕已经没有分文。

超市到处挂着过年打折促销的标语,里边闹哄哄的,都是在购买年货的市民。陈小元在超市里急急匆匆地走着,看到小孩子就追过去,但是找了好几圈,都让他失望了。大概六点钟的时候,余发财跑过来告诉陈小元,酒店背后有个穿红棉袄的丫头,你过去看看是不是麦子妹妹?

陈小元跑到酒店背后,远远地看到有一家巴比馒头店,店门口摆着几个蒸笼,码着热气腾腾的白馒头。门口的阴影里,果然站着一个孩子,她背对着馒头店,在四下里张望着,她有些消瘦,小小的个子,在后脑勺上拖着一根马尾辫子,上身穿着一件显得有些宽大的红棉袄。两年前,陈小元离开麦子的时候,她就是这么瘦,就是这么高,就穿着这件红棉袄。陈小元根据那件红棉袄,可以百分之百确认,她就是麦子,自己的宝贝女儿。

陈小元扬起手,正要开口喊叫麦子的时候,他被麦子的一个动作给吓住了,手一下子僵在了半空。

麦子的动作是那么熟悉,几乎与自己小时候一模一样。他很小的时候就已经住校了,学校有一个食堂,一早一晚两顿饭,全是连糠带皮的糊汤,没有菜,没有盐,没有油。他每天晚上都被饿得两眼放光,于是像老鼠一样四处溜达着找吃的。春天时吃过野草,刚钻出泥土的野草嫩嫩的,还真好吃;但是到了冬天,唯一绿色的是松树叶子,却像针一样根本就无法吞咽。

有一天黄昏,他饿得实在心慌,就在学校外边的街道溜达了一圈又一圈。街上有一家小饭馆,门口的蒸笼上像小山一样,码着热气腾腾的白馒头。他口水直流，第一次萌生了偷的念头。他成功地偷了一个馒头，躲在街道尽头的墙根下，大口大口地吞咽着。从此，他被饿得头昏眼花的时候就走出学校，来这里偷一个白馒头，直到从这所学校毕业，从来没有被人发现过。

陈小元长大以后，重回那条街道时发现，小饭馆依然开着，还在卖着白馒头，只是那个漂亮的老板娘已经变成了老大妈。

陈小元专门坐下来，仅仅要了两个馒头。老板娘说，你是不是姓陈，叫陈小元？陈小元说，对呀，你怎么认识我？老板娘说，你在这个学校念过书，我怎么会不认识呀。陈小元吃完了馒头，临出门的时候，老板娘说，馒头还是当年那个味道吧？陈小元一愣，有点不好意思地说，当年？呵，比当年更好吃了。他从来没有在这里买过馒头，他一下子明白了，当年自己偷馒头的时候，不是人家没有发现他，而是人家没有戳穿他而已。

这段经历，陈小元不止一次讲给麦子听过，麦子每次都问，为什么要偷呢？陈小元说，我饿呀，没有办法呀。麦子问，那怎么偷呢？陈小元就给麦子示范了一下，逗得麦子咯咯地笑了，说自己哪一天饿了，也要去偷馒头吃。

没有想到，麦子的话兑现了。麦子的动作是那么熟悉，几乎与陈小元小时候一模一样。她装作若无其事的样子，背对着那家巴比馒头店。她的左手，从前边绕到了右边，顺着腋窝悄悄地伸向了背后。不过，她的个子太低，必须踮起脚尖。

巴比馒头店里也是一个漂亮的老板娘，她正在忙着和面。她一边和面一边抬头朝外张望，她似乎发现了什么异样，然后不动声色地从店里走了出来，看着那只从腋窝下伸出来的小手在一点点地靠近着她的馒头。

一个馒头被抓住了！当麦子拿着馒头准备离开的时候，老板娘才拦在了麦子的面前。双方躲闪了几个回合，老板娘干脆一伸手，把麦子手中的馒头打落在地，然后恶狠狠地说，这哪里来的乡巴佬、小乞丐，竟然敢偷我的馒头！

　　麦子惊恐万分地瞪着一双眼睛，还没有反应过来的时候，陈小元加快脚步冲了过去，大喊了一声，麦子！爸爸在这儿呢！陈小元跑到老板娘面前，推了一把老板娘，质问，谁是乡巴佬？谁是小乞丐？谁偷你的馒头？陈小元说着，拉起老板娘的手，把五块钱"啪"的一声拍在老板娘的手心。

　　老板娘一时也没有回过神，不知道到底发生了什么，赶紧从地下拾起馒头笑着说，误会了，真是误会了！

　　老板娘把馒头递给麦子，麦子没有接。麦子说，我爸爸在，谁稀罕呢。

　　麦子说着，一下子扑进了陈小元的怀里，忍不住"哇"的一声哭了。

　　余发财把那个馒头接了过来，递给麦子说，饿了吧？快吃吧。

　　麦子问陈小元，他是谁呀？余发财说，我是你哥哥，你是我妹妹，你不认识了？

　　麦子说，爸爸，你在上海又给我生了个哥哥？难怪你老是不想回家呢。陈小元说，别信他胡扯。余发财说，麦子，你再看看我，你真不认识我了？我是余家村的，依着你姑姑，你应该叫我表哥。麦子认出了余发财，笑着说，呵，你就是那个逃学的家伙？你竟然跑到上海来找我爸爸了？

　　余发财转身对陈小元说，哎呀，原来你就是陈小元叔叔呀，我当初真是冲着你来的，但是一到上海，发现地方这么大，人这么多，我只听到过你的名字,却不知道你长什么样子,所以我就放弃了,谁知道一不小心就遇到了。

原来,余发财高中毕业的时候没有考上大学,家里人让他复读,来年再考,起码也得考一个大专,他也满口答应了,但是开学后不久,发现他根本没有在学校,而是逃学了。当时,他也不知道自己应该去哪里,只知道要跑到一个很远的地方去打工。那时候陈小元的名声在石门镇比较响,所以陈小元就是他心目中的远方。他爬上一辆开往上海的班车,下车后就被房产销售公司招去了。

余发财到房产公司不是盖房子,也不是卖房子。他根本不相信房子会那么贵,感觉像是天文数字一样。他到房产公司上班第一天,指着玻璃窗上贴着的房源,见到同事就问,你们是不是写错了,一套房子几百万甚至上千万,上海有这么有钱的人吗?他不敢卖房子,一见到客户就躲,所以这家公司招他不干别的,而是让他专门到大马路上向汽车司机发放小卡片,也就是发放小广告,发小广告才是他真正的工作。

在坐地铁回家的路上,陈小元问麦子,为什么要偷呢?麦子说,我饿呀,没有办法呀。陈小元说,你没有钱吗?麦子说,我的钱花光了。陈小元说,听姑姑说,你挖药不是赚了很多钱吗?怎么就花光了呢?麦子说,我买车票了呀,剩下一点钱我要留着给爸爸买礼物呀,我说过要买个布娃娃送给爸爸,让它代替我陪着爸爸,不然爸爸太孤单了呀。

麦子整整一天一夜滴水未进,就是为了把钱省下来给陈小元买一个布娃娃,让陈小元一个人在上海不再孤单。陈小元听了,眼泪忍不住唰唰地流了下来。

麦子也问了一个问题。麦子问,爸爸你说过,你小时候偷馒头,根本没有人抓,是不是骗我的呀?哪有不抓小偷的呢?陈小元说,我没有被抓过,那是人家不想抓,但是现在社会不同了,而且地方也不同了,我那是在老家,现在是在上海,所以你一伸手就被抓了。

麦子不高兴地说,我有被抓吗?我有偷馒头吗?我知道爸爸会及时出现的。陈小元说,麦子说得对,掏了钱就不应该叫偷,麦子怎么会当小偷呢?

七

地铁呼呼隆隆地从市郊开向市区,这是麦子第一次见到地铁,第一次坐地铁,第一次从地下通过。

坐到徐家汇站的时候,陈小元真想下车,带着麦子去逛逛,让她看看迷离的灯火,看看戳破天空的高楼,顺便再给她买一件新棉袄,不但怕她受不了上海的阴冷,而且怕她受到上海人的冷眼。她身上的这件棉袄已经破了,应该是烤火的时候被烧了一个窟窿,袖子上还有大片黑亮的油污。世界上没有哪个城市比上海更加注重穿着打扮的,哪怕是扫地的阿姨和门口的保安,只要是上海人,或者在上海生活久了,几乎都是一身名牌。

陈小元第一次去报社报到,明白上海人是以衣取人的,专门到商场挑了一身雅戈尔的行头。陈小元觉得这个牌子已经够体面的了,但是商场的小姐说,你是准备结婚呢?还是面试?如果面试,穿这个基本就泡汤了。陈小元不信这个邪,于是穿着笔挺的雅戈尔去了,在电梯里遇到一个男人,穿着皮尔·卡丹,打着领带,他以为是一个领导,朝着人家点头打招呼，没有想到人家只是一个清洁工人，用眼睛瞟了他一眼，爱理不理地走下电梯，拿起一只拖把开始给大家拖地板。他很快还认识了司机和收发员，个个都是梦特娇、路易·威登这样的法国货。

有一个女同事，是甘肃来的，后来悄悄地把陈小元叫到楼道里，指了指他的一身衣服说，这个你也敢穿？陈小元说，有什么问题吗？女同事说，那帮人已经在私下议论开了，说你肯定是个外来的。陈小元说，为什么呢？这一套六百多块呢。女同事说，问题不仅仅因为国产品牌，问题出在了袜子上，黑皮鞋配着白袜子，明摆着告诉人家你的出身，你不会是我们甘肃老乡吧？陈小元笑了笑，没有回答。陈小元仔细观察了一段时间，从身边走过的人确实没有这么搭配的。

陈小元说，麦子，我们在地下呢，地上就是徐家汇。余发财接过了话，问徐家汇是干什么的，是不是像山里的金矿啊？听好多同事说，要来这里"淘"货。车厢里有人听了，先是捂住嘴，后来没有忍住，扑哧一声笑了。余发财一句话，就暴露了他的身份，人家就知道他是个港督，在一个物欲横流的上海，你可以不知道龙华殡仪馆是干什么的，绝对不可以不知道徐家汇是干什么的。

陈小元见麦子没有动静，低头一看，她靠着自己的肩膀睡着了。她应该太累了，世界再奇妙、再美丽，怎么比得上靠在爸爸肩膀上睡一觉呢？

麦子发出咯滋咯滋的声音，她应该是磨牙了。每次睡着后，她都会磨牙。旁边有个少妇，这么冷的天，竟然还穿着极短的毛裙，白皙的大腿上套着黑色丝袜。黑丝袜瞪了麦子一眼，扬起手在空气中厌恶地挥了挥，不知道她闻到了麦子身上的异味，还是讨厌麦子发出的磨牙声。

陈小元也狠狠地瞪了黑丝袜一眼，黑丝袜便有点不安地起了身。晚上九点了，地铁里依然十分拥挤，有一部分是下班的，多数人是外出消费的，比如到徐家汇购物，到衡山路喝酒，到南京路闲逛，反正上海这座城市的生活，是从夜晚的深处开始的。人多，但是地铁里十分安静，除了小声的窃窃私语，就只有麦子格格不入的咯滋咯滋的声音了。

余发财看着麦子，嘿嘿地笑着说，妹妹像只老鼠。

这时，真像遇到老鼠似的，随着一阵尖叫，寂静被划破了。发出尖叫的不是别人，正是那个黑丝袜。黑丝袜脸色惨白地指了指背后，抓住一个小男生的衣领。小男生说，我干什么了？黑丝袜说，你摸了我，快来抓色狼啊！

地铁里，除了一张张好奇的脸外，还是原来一样安静，没有一个人挺身而出，也没有一个人表现出气愤，好像一切都是那么平常一样。地铁到站了，小男生挣脱了黑丝袜，一下子溜了出去。

麦子也醒了，也许是听到报站的声音醒的，也许是听到了尖叫声才醒。麦子揉了揉眼睛说，怎么了？余发财说，你像只老鼠磨牙了。麦子说，怎么停车了呢？是不是到家了？陈小元说，到站了。陈小元这时才明白过来，自己也应该下车了。

陈小元是背着麦子，从地下走到地面的。一走到地面，麦子就发出了一声感叹，好漂亮啊！上海好漂亮啊！余发财说，当然了，这是上海嘛。麦子说，为什么上海就会漂亮？余发财说，因为上海钱多，钱多房子就多，房子多窗子就多。麦子说，为什么窗子多就漂亮？余发财想了想说，窗子多，灯就多了。

出了地铁站，又换乘了一趟公交车，坐了三站路才到陈小元的出租屋。出租屋是一片石库门老房子，远远望去，窗户是黑的。窗户是黑的，并不能代表没有人。老王基本是晚上六点收摊子，七点准时回到出租屋；老吴是杀猪卖肉的，专门给一些饭店直供，所以回来得更早一些，有时候下午就回出租屋，然后自己烧饭；小李是装修工，专门给人铺地板，有时候会加班，但是不能超过晚上九点，太晚就有人投诉，说是扰民。所以这间出租房里天天都是满员的。陈小元心想，麦子肯定要和自己睡一张床，余发财只好与人挤一挤了。

果不出陈小元所料，刚上楼梯就能听到出租屋里，隐隐传来嘻嘻哈哈的声音。老王的声音仍然很大，小李有点娘娘腔，老吴则是瓮声瓮气的，是因为酒喝多了，而且一边喝酒一边啃着猪骨头。他们谈论的话题，天天几乎一样，都是女人，不过有时候是城里女人，有时候是老家的女人。他们谈老家的女人，情绪就比较低落，像老吴，老王与小李说起他的女人，他如果没有喝醉的话，基本是不吭声的，因为一想到自己的女人，他就会想到村长，就会想到自己的儿子。

陈小元把钥匙插进锁孔拧了一圈，然后就停住了。

房子里的老王说，那个姓郭的叫什么来着？小李说，叫郭美美。老王说，我没有见过，她长得漂亮吗？小李说，当然漂亮了，奶子圆鼓鼓的像一对皮球。老王说，你见过了？小李说，怎么没有见过！都在网上摆着呢，像老吴卖肉一样，明明白白地在案子上摆着呢。老王说，别说像皮球，就是金蛋蛋银蛋蛋，睡一晚上也不会要几十万元吧？什么样的女人往身子下一压，大腿一叉，不都一个样儿？！

老吴好像又喝醉了，把一个酒瓶子朝地上随便一扔，发出一阵破裂的声音，含糊不清地说，哪能一样呢！我那臭婆娘能和小李的婆娘比？！小李你整天躲在被窝里打飞机，能和真枪实弹的小四川一样？我有一个客户是开酒店的，人家身价几亿了，那天他说，如果弄一下那个姓郭的，他愿意出一百万元！我说一百万能买一千头大肥猪，人家怎么说的？人家说，一百万对我是一千头大肥猪，对他可能就是一碗面条。那天我去送肉，他神秘地问我什么你们知道吧？老王说，是不是问你一个杀猪的，有没有弄过一头母猪？小李笑嘻嘻地问，就是的，老吴你整天杀猪，有没有骑过一头母猪？老吴说，你们两个还想听不？想听就别再给我胡扯。

老王与小李就不再吭声了。老吴接着说，他让我给他拉皮条，我说我认识的女人，要么是在街上捡破烂的，要么是在餐馆给人洗碗的。没有想到他竟然说，你就不认识刚从农村来的？我说，农村来的有啊，裤腿上的泥巴都没有洗干净呢，你看得上吗？他说，有年龄小的吗？我说，你要多大的？他说，上大学的，上中学的，最好是上小学的。

老王说，真是个王八蛋。

小李说，真像个畜生。

陈小元没有开门，而是拨出了钥匙，对着等在楼梯口的余发财呵斥了一声，你还不快滚?！余发财有些莫名其妙，迷茫地看了看天，又看了看无比繁华的夜晚。

麦子说，爸爸不是一个人住吗？姑姑说爸爸一个人住着好大好大的房子，从房子里能够看到东方明珠的。陈小元说，爸爸是有两套房子，其中一套房子正盖着呢，再过两年才能搬进去，这套房子今天来了人。麦子说，是什么人呀？怎么能住爸爸的房子呢？陈小元说，是坏人，一群坏人。麦子说，什么坏人呀？是不是小偷啊？余发财插话说，叔叔是不是把房子出租了？听同事说，房子租出去要赚很多钱的。

陈小元带着麦子离开了，有点茫然地上了大街。怎么办呢？是住酒店吗？住一晚上还行，咬咬牙也就三百多块，但是麦子刚来，起码应该住到年后吧？这就不是一个小数目了。自己要还房贷，要交房租，要吃要喝，都要花钱啊。还有一个地方也可以去，和酒店差不多的大浴场，花几十块钱洗个澡，就可以在休息室里睡一晚了，但是这个地方能比自己的出租屋清净吗？

陈小元悄悄地对余发财说，你们宿舍还能回去吗？余发财说，肯定回不去了。陈小元说，怕丢脸？余发财说，怕那女的。陈小元说，派出所不追究，她能把你怎么样？余发财说，她再纠缠，让赔钱怎么办？陈小元说，赔钱？为什么要赔钱？余发财说，妹妹还在呢，闹出去很丢脸的吧？陈小元很气愤地说，你真是个瓜子！

他们绕了一圈，又回到了出租屋楼下。陈小元把麦子挡在了楼下，把出租屋的门打开了，带着余发财又回到了出租屋。老王、小李与老吴看到陈小元回来了，就纷纷询问陈小元，到底女人与女人有什么不一样的？陈小元说，老王你为什么卖青菜萝卜？老吴你为什么要卖猪肉？陈小元说完了，拿了自己的手机充电器，指着一张空床对余发财说，你就睡这里吧。

陈小元再次带着麦子，穿过一条大街，进入一条巷子。远远望去，在巷子尽头有一家快捷酒店，那蓝色的招牌在闪闪发光。陈小元没有去住过，心想应该会便宜一点，住一晚上或许就有办法了。

小四川她们的按摩房也在这条巷子里。巷子里除了两家二十四小时的超市，一两家旧家具回收店之外，几乎全是洗脚店、洗头房与保健按摩房，所以整条巷子就被霓虹灯妆点成了粉红的色调。

麦子有些好奇，指了指一家发廊说，这是干什么的呀？陈小元说，理发的地方啊。麦子说，怎么和我们那里不一样？连一面镜子都没有，而且灯光那么暗。陈小元正想解释什么的时候，已经接近小四川她们的按摩房。陈小元赶紧低了头，加快脚步说，麦子坐了一夜的车是不是困了？我们赶紧找地方睡觉吧。

刚刚走过小四川门前,陈小元的身后就有人叫了一声,说这不是元元哥吗?你去哪里呀?还要上班去吗?陈小元装作没有听见的样子继续朝前走,但是麦子站住了。麦子说,爸爸,有阿姨叫你呢。

陈小元不得不回了头。小四川是出门来倒水的,小四川把一盆子脏水泼在路边,然后对着陈小元说,元元哥,今天不要了?陈小元不吱声,回头拉着麦子要走。

小四川发现陈小元手中拉着一个小姑娘,于是有点不好意思地说,你今天不理发吗?

麦子说,我爸爸是光头,理什么发啊?

小四川看了看陈小元在灯光下闪闪发光的光头,不知道如何回答了,于是说,好漂亮呵,这是谁家小妹妹呀。陈小元说,她是麦子。小四川听了,立即把盆子一扔,好像嫌自己双手太脏,在身上擦了擦,然后蹲下了身子,拉着麦子的双手说,让我看看,这就是麦子啊,我想过好多次了,没有想到这么漂亮呀,比元元哥你漂亮多了!

陈小元笑了笑说,麦子,快走吧。小四川说,你们这是去哪里呀?麦子说,我们去找住的地方。小四川说,元元哥,你的房子呢?麦子说,爸爸的房子来人了。陈小元说,乱糟糟的,他们说话声音又大,我怕麦子睡不好觉,所以干脆去住酒店。小四川有些生气地说,元元哥,麦子来了,你也不打个电话,而且还要住酒店?!前边的酒店要两百六十块,你很有钱对吗?陈小元说,我手机没电了,住酒店也是暂时的。小四川说,我这里现在空了,你们住在这里多好,来,麦子,跟阿姨进去。

小四川说着,就拉着麦子,推开了按摩房的门。

在出租屋门外,听到老王他们那些乱七八糟的话后,陈小元就犹豫了半天,他只知道应该带麦子快点离开,但是他不知道应该带她去哪里。在这个城市里,房子有千千万万,认识的人数也数不清,有同事,有采访对象,还有像余发财这样莫名其妙的人,但是想找一个收留自己的地方还真不容易。

陈小元找同事们吧,他们见到女儿后,会怎么看呢?第二天全报社的人,都会指指点点地说,原来这是一个乡下人。从此,他不管干了什么说了什么,他们对待他的态度,特别是那居高临下的眼光,肯定会带着蔑视和不屑。关键是,他们会有无数的理由,比如说不在家呀,或者是家里来客了呀,拒他于门外的。到目前为止,他还没有进过任何一个同事的家,他不知道他们住什么地方,家是什么样子,就跟他不了解上海一样,他根本不了解上海人的家是什么样的格调与摆设。

陈小元能想到的,可以收留自己的,只有小四川了,只有一个在按摩房上班的,与自己有过多次交易的风尘女子。

麦子说,阿姨是谁呀?陈小元说,爸爸的一个朋友。麦子说,能省二百六十块呢,我们还是睡在朋友这里吧。麦子说着,就拉着陈小元一起走进了按摩房。

果然是年关将近了,比起平常的繁华与吵闹,按摩房确实是清静了许多。也许生意太差了,所以也没有开空调,厅里沙发上坐着的两个小姐妹,因为太冷了的原因都没有穿得太少,外边披上了一件棉袄。里边的一个个包厢,大多数都是黑灯瞎火的,所以看上去真像一家名副其实的理发店。

借着麦子上厕所的机会,陈小元悄悄地对小四川说,我求你一件事情行不?小四川说,什么事呢?是不是怕我收你的钱?看在麦子的面子上,包括你晚上想干什么事情,我统统会免费的。小四川说着,上前一下子抱住了陈小元,一边亲着他一边说,这下可不能让你给跑了，你知道我多害怕吗？无论白天晚上我眼睛一闭，不是鬼就是野兽要咬我抓我。

陈小元看了看小四川，果然憔悴了许多，长出两个大大的黑眼圈。发现陈小元这么同情地打量着自己，小四川眼泪扑扑地下来了，她一边哭一边把陈小元推到床上，然后要解陈小元的衣服。陈小元推开了小四川，说麦子马上来了，你别让孩子看到了。

提到麦子，小四川就冷静了下来，爬起来整了整自己的头发与衣服，笑着说，元元哥，你说吧，你求我什么事？陈小元说，你要给麦子挑间干净的地方。小四川说，我明白，你嫌我们这地方脏，每张床上都睡过乌七八糟的人，别说你，我也嫌弃，我会给麦子换一套新洗的被褥。陈小元说，你还得给她挑间僻静一点的地方，我怕客人来了会吵到她，而且她磨牙，也会吓到客人。小四川说，你怕那些不要脸的，做了什么不要脸的事情，说了什么不要脸的话，影响了麦子，放心吧，她是你的女儿，也是我的女儿。

陈小元不明白小四川这话是什么意思，在按摩房又转了一圈，于是对小四川说，麦子交给你，我回去了。小四川说，你回去干什么？我不是说了吗，全套免费的！

陈小元也想留下来，一是能够照看着麦子，二是也能与小四川温存一下。他每次见到小四川的时候，都会有一种莫名的冲动。但是他抱了抱麦子说，你乖点，爸爸明天来接你。然后就出门走了。小四川有些失落地把陈小元送到了门外，然后拍了拍陈小元的肩膀说，我明白你的意思，那我们就忍着点吧。

八

麦子进城后，陈小元的生活就乱了，确切地说他的心有些慌。麦子待在老家的时候，陈小元会揪心，怕麦子饿着了，怕麦子生病了，更怕没有父母的日子，麦子会不会遭到其他孩子的欺负。如今麦子与自己待在一个城市，仅仅隔着一条大街一条小巷，按理说他应该踏实才对，但是他心里更加不安了。

陈小元明白自己不安的是什么。麦子就是一张白纸，连叠都没有叠过的白纸。但是上海呢？到处都是火，是欲望之火，一不小心那张白纸就会被点燃。

老王、小李，还有老吴，仍在不遗余力地讨论着女人。因为出租屋里加入了余发财，陈小元回来的时候说，这娃还小着呢，你们说话得注意一点。小李说，多小呢？陈小元说，反正比你小，人家还没有碰过女人。老王说，没有碰过女人是什么意思？陈小元说，就是连亲嘴是什么味道都不明白。老吴说，这样啊，那跟我儿子差不多大了。

几个人虽然心有不甘，但是再讨论的时候，还是放低了声音，说到关键处，就心领神会地哈哈大笑起来。余发财躺在陈小元身边，每碰到三个人放声大笑，就问一句，你们说什么嘛？老王说，我说的是寡妇掉到茄子堆里了。老吴说，我说的是男人爱吃猪耳朵呀。小李说，我说的是天一黑就拉窗帘子。余发财说，这有什么好笑的呢？听着听着，就索然无味了，很快就发出了均匀的呼吸。

余发财已经十七岁了，窗外一束束汽车的光线，反射到他的脸上，碾过来又碾过去，他的脸是那么单薄，是那么幼稚，不像一张白纸，而像一张纸壳子，也被这个世界的欲望之火点燃了。麦子呢？麦子才九岁啊，每一束闪烁的光，每一个看似友好的人，包括小四川在内，即使没有害她之心，但是她的职业，她的言谈举止，对麦子来说恐怕都是危险的吧？

陈小元一夜未睡，当麻雀叽叽喳喳之后，陈小元就起床了。他好像不记得日期似的，翻了翻日历，确认当天是腊月二十四，在乡下应该是个大扫除的日子。余发财看陈小元准备出门，立即爬起床说，你得等等我吧？陈小元说，等你干什么？余发财说，我得回一趟宿舍，我想了一个晚上，还是舍不得那床被子，但是我已经不认识路了。陈小元说，就想一床被子？余发财说，对呀，那床被子可暖和了，是我出门时我妈亲手缝的，是我从余家村带来的，被子下边还有钱呢。陈小元说，还有呢？就没有别的了？比如厚嘴唇。

余发财的脸一下子红了，嗫嚅着说，那女人的厚嘴唇，没有亲过之前就是想想，也想不出什么名堂，但是现在老在眼前晃悠，像两片大肥肉似的。陈小元很生气地说，你回去就不怕被人家抓了？余发财说，叔叔你放心，我就远远地看一眼，看一眼不行吗？

陈小元不再说什么了。他不是不想说，而是不知道怎么说。拿自己与小四川之间的关系来说，每次两个人完事之后他都会后悔。有时候责怪的是自己，认为自己变坏了；有时候责怪的是小四川，觉得小四川不在按摩房工作，那会是一个非常满意的结果。但是自责过后呢，他还是想她，有时候她一个电话就把他给招去了，有时候还是自己送上门的。所以每次结束之后，陈小元都会以各种各样的名义，象征性地给小四川留下两三百块钱，他希望用这点钱与小四川划清界限。

上海的天又晴了。陈小元带着余发财，踏着初升的阳光来到了公交车站。他指着站牌告诉余发财，坐三站路下车，然后倒地铁二号线，坐七站路就到宿舍了。说着，公交车来了，陈小元并没有上车，余发财说，叔叔你呢？你不上班吗？陈小元说，我要去陪麦子了。余发财说，我也想陪陪麦子，我拿了被子就回来。

  陈小元笑了笑，转身走了。公交车启动的时候，他回头又叮嘱了一句，小心点。

  此时，陈小元的电话响了。他的心一惊，现在正是清晨，在清晨打电话的，无非三种情况，最好是骗子，不好不坏是单位，最坏的是和麦子有关。如果是单位的话，肯定有什么新闻发生了；如果是因为麦子的话，也许是出现了什么意外。

  陈小元心慌地接了电话，还好是主任打来的。主任说，陈小元啊，你在哪里呢？陈小元说，我能在哪里啊！当然是在被窝里了。主任说，那赶紧起来吧，一家幼儿园出事了。陈小元说，我正想请假呢，我感冒了，发高烧啊。主任说，你就瞎掰吧，我听到响声很明显是在大街上，昨天的账我还没有跟你算呢，派你干的那个活儿，你怎么跟我说的？说是假新闻对不对？假新闻人家晚报怎么见报了？陈小元说，他们怎么采访的？线人与当事人一直和我在一起，除非他们是在瞎编。主任说，人家这是瞎编吗？人家采访的是派出所，不过他们这条新闻做得也太臭了，真是可惜了一个好话题。

  陈小元转移了话题说，不瞒你说，我家来亲戚了。主任说，谁家没有亲戚！陈小元说，我的亲戚是法国的，人家几年才来一次，我得带人家转转吧？主任说，就是联合国来的亲戚也不能请假，杨浦一家幼儿园的保安猥亵了一个幼女，你还有心思游山玩水吗？我不说记者的社会责任感，我就说说你的身份吧，你现在还是见习记者，如果不以工作为重的话，我看这个见习记者都危险了！

陈小元说，幼儿园已经放假了，哪来的幼女啊？不会又是假新闻吧？主任说，你可别再拿假新闻搪塞了，这条新闻可是千真万确的，那个保安侵犯的不是幼儿园的孩子，而是对面菜市场一个摊主的女儿。孩子放假来上海玩，就让这个畜生给趁机糟蹋了。

陈小元心里咯噔一下，顺口也骂了一句"畜生"。他本打算去接麦子，带她去登东方明珠。麦子到了上海，不登东方明珠，那肯定是说不过去的。为了采访猥亵案，计划只能推迟了。

陈小元加快了脚步，向小扬州按摩房奔去。按摩房的玻璃门是从里边锁着的，按摩房一般会在十一点开门，所以里边一片安静，甚至有些漆黑。陈小元拍了拍门，有个女人迷迷糊糊地说，哪有清早营业的啊！天黑了来吧。陈小元从门缝向里边看了看，想喊叫一声麦子，又想喊叫一声小四川，最后还是作罢了。

这样的猥亵案其实并不稀奇，作为记者什么乌七八糟的没有见过，但是陈小元的心里涌上了从未有过的气愤。他很快赶到了采访现场，幼儿园已经被围得水泄不通。按说一清早并没有这么多看热闹的，但是对面正好是一家菜市场，买菜与吃早点的人多，大家买完菜吃了早点就来看热闹了。

陈小元挤进人群，朝着一个三十来岁的保安，上去就是一个响亮的耳光。他这一耳光，让刚刚还乱哄哄的现场一下子安静了。保安被打懵了，擦着嘴边的血迹，莫名其妙地说，你打我干什么啊？陈小元说，打的就是你个畜生！六岁孩子你也下得了手？保安委屈地说，是你家孩子对吧？但是你认错人了，畜生已经被抓走了。陈小元说，那你们还在这里干什么？保安说，我们是来维持秩序的。

陈小元赶到派出所，见到了那个畜生，他是个上海本土人，已经五十多岁了，穿着一身保安制服，头上戴着一个大盖帽。前一天下午，他看见有个小女孩，爬在铁栏杆上，朝着幼儿园里边看，正在值班的他就跑过去逗小女孩玩。小女孩说，爷爷，那是什么？他说，那是木马。小女孩说，木马是干什么的？他说，木马可好玩了，你想进来玩吗？小女孩点了点头。于是，他就把小女孩给放了进去。他带着小女孩玩木马，然后还玩了滑梯，最后把小女孩带到了保安室。

陈小元采访的时候，又有了扇人的欲望，被民警给拦住了。陈小元也不明白，自己为什么如此冲动，他感觉受伤害的，不是别人的孩子，而是自己的女儿麦子。

采访完毕，已经是中午十二点多了，陈小元赶回报社写稿的路上，给小四川打了一个电话，问麦子起床了没有。小四川说，这都几点了啊？你半天没有消息，都跑哪里去了啊？陈小元说，我去杨浦了。小四川说，那边有个森林公园，为什么不带着我和麦子呢？陈小元说，麦子怎么样了？小四川说，麦子好着呢，这丫头嘴上抹了蜜，现在不喊我阿姨了，你知道喊我什么吧？陈小元说，不会喊你姐姐吧？小四川说，她喊我干妈呢，快把"干"字都省了，要直接叫我妈了。

陈小元是黄昏的时候交完了稿件，才赶回到小扬州按摩房的，远远地就能听到麦子嘻嘻哈哈的声音，果然不时地喊叫着，干妈呀，你教我吧，是不是这样呀；干妈呀，你痛不痛啊？轻重合适吧？陈小元推开门，循着麦子的声音，向一间包房走去。为了杜绝色情活动，按照公安部门规定，这样的包房是不能全封闭的，所以每间包房门上都安装着一块透明的玻璃。

陈小元正欲推门而入的时候，他的手僵住了。

包房因为没有窗户，所以不管白天黑夜都开着灯，是昏暗的灯。墙上挂着一台电视机，正在播放着关于郭美美被抓后招供的新闻。郭美美穿着囚服，一脸憔悴地说，有些人不论花多少钱也要跟她睡一觉。

51

镜头不时地被切换成了郭美美搔首弄姿的画面。包房里的一张沙发上，半躺着一个四十来岁的秃顶的男人，他半闭着眼睛，像是睡着了似的，两只脚泡在一只热气腾腾的水桶里。前边坐着一个女人，陈小元从背影和长头发看，她就是小四川，正在给男人揉腿。小四川背后站着麦子，在嘻嘻哈哈地给小四川捶背。

秃顶男人开始还很规矩，当小四川从脚踝一路朝上揉到大腿的时候，男人突然一下子抓住了小四川的手。小四川无声地甩开了，但是男人不离不弃，再一次死死地抓住了小四川的手，想把它按在自己的某个部位上。

秃顶男人说，它忍不住了。小四川说，那坚强一点吧。秃顶男人说，它快吐了。小四川说，别恶心人了。秃顶男人说，你帮帮它吧。说着又要抓小四川的手，被小四川狠狠地拍了一巴掌。小四川说，我给你换个人吧？秃顶男人说，我是冲着你来的，我刚打麻将赢了钱，我给你加钱好了。小四川说，有钱就了不起吗？我给你换个漂亮而又年轻的吧。秃顶男人说，你背后不就现成的吗？

小四川有些生气，回过头对着麦子说，麦子你先出去一下！麦子说，干妈呀，我是不是捏得不好，弄痛了你？秃顶男人说，小姑娘，我不怕痛的，你来给我捏捏吧。小四川彻底被激怒了，她一下子掀翻了水桶！

陈小元没有听得太清，但是已经明白里边发生了什么，所以不顾一切地冲进了包房。

陈小元扳过麦子的时候，他一下子傻了眼。这还是原来那个麦子吗？几个小时前，她还穿着一件红棉袄一双布鞋，梳着一个马尾辫子，还带着一脸天真无邪的稚气。仅仅几个小时，她就变了，涂上了紫色的口红，装上了长长的假睫毛，画上了浓密的眼影，脸上抹了一层厚重的胭脂，那双手涂上了蓝色的指甲油，特别是马尾辫子不见了，整个头发披散在肩头。

小四川以为陈小元看到她跟别的男人在一起而生气，就一边追出包房一边解释，我和他什么都没干，你有什么好吃醋的啊？陈小元停下脚步，回过头奇怪地看了看小四川。小四川发现陈小元不是为了男人，就有些忐忑不安地问，我给麦子打扮的，是不是不好看啊？

陈小元仍不吱声，拉着麦子走到了洗手间，把麦子推到一面镜子面前。小四川也站到镜子面前，指着镜子问陈小元，你看看我与麦子是不是很像？都以为麦子是我亲生的女儿。陈小元一看，确实很像，涂着一样的口红，画着一样的眼影，还涂着一样的指甲油，真是太像了。

陈小元生气的，而且害怕的，正是她们太像了。

麦子以为爸爸生气，是因为自己认了干妈。麦子掏出两百块钱说，这是干妈给的见面礼，我认阿姨做干妈了，干妈正在教我按摩，等我学会了就可以给你赚钱了，爸爸也不用这么辛苦了。陈小元再也忍受不住了，夺过两百块钱扔在小四川的怀里，气冲冲地说，谁没有见过钱吗？你知道这钱从哪里来的吗？

陈小元拉着麦子离开了。麦子回头看了看小扬州按摩房，门牌上的灯箱广告闪耀着，让人看不清是什么字，但是能够看清门里的小四川，木木地坐在沙发上玩着手机，脸上挂着不认识麦子和陈小元似的又做了一笔生意的那种冷漠。

陈小元没有带麦子回出租屋。他远远地看了看那栋楼上那扇黑洞洞的窗口，他明白卖菜的老王、装修工小李和卖猪肉的老吴，还在出租屋里一如既往地躺在床上，甚至是躲在被窝里，激动而又绝望地谈论着某个女人。不让他们谈论女人，又能让他们怎么办呢？让他们谈论不断上涨的菜价吗？让他们谈论有毒的木地板吗？让他们谈论那些注水的猪肉吗？这些，对于他们来说，远远没有谈论女人更加迫切，何况这是夜晚，是城市的夜晚。

陈小元带着麦子直接去了巷子深处的那家酒店。

麦子一进酒店的房间，就在房间里转了一圈。她摸了摸雪白的墙壁，摸了摸雪白的厕所，摸了摸雪白的床单。麦子说，这就是酒店吗？好干净啊！

陈小元真想告诉她，白不等于干净，正是这雪白雪白的地方恐怕更不干净，你不知道在这里睡过觉的是什么人，在这里都干了些什么事情，如果消毒不彻底的话，被子和毛巾容易传染乌七八糟的疾病。人们对这种雪白是恐惧的，而且是极度不信任的，所以住酒店的时候才会自备牙刷与毛巾。

陈小元把水龙头打开，让麦子洗把脸准备睡觉。麦子洗了把脸，洗去了口红，脱掉了假睫毛，刮掉了指甲油，又绑了一个马尾辫子。等麦子洗好了出来，陈小元一下子笑了。

陈小元说，这才是我们家麦子。麦子说，我什么时候不是麦子了？陈小元说，刚才，就刚才，我都认不出来了，以为被人给换掉了呢。

麦子实在太累了，倒床便睡着了。她睡着的时候仍然发出了磨牙声，这天晚上她的磨牙声比任何时候都要厉害。

九

腊月二十五日，上海的天还是晴的，上海天晴的时候，天空就特别地蓝。陈小元拉着麦子来到中春路星光酒店，有一辆银色的大巴已经停在门前，不停地有拖着大包小包的旅客，带着浓重的陕西口音爬上了车。

因为是春运高峰时段，当陈小元与麦子爬上车，车上基本已经满了，陈小元抢到了靠窗的两个卧铺。有个售票员立即跑到跟前说，先把票买了吧。陈小元说，一个大人一个孩子多少钱？售票员说，孩子应该超过了一米三，所以也应该是全价，两个人一共五百六十块。

售票员看了看麦子，有些惊喜地说，你不是几天前刚来的那个丫头吗？麦子说，你不是那个司机叔叔吗？你还认识我呀？司机说，怎么认不得？你还是马尾辫子！我倒是佩服你，小小年纪来到上海滩，竟然没有被人拐走！麦子说，有我爸爸呢，谁敢拐我呀？

司机冲着陈小元笑了笑说，你就是大名鼎鼎的陈记者啊？！就凭着你一个光头，恐怕也没有人敢动这丫头的歪脑筋了。这样吧，你们两个人两百八十块，我给这个小丫头免票，以后你在上海可以罩着我们一点，免得我们老是在外边受人欺负。司机指了指停车场看门的那个老头说，你看看那个东西，动不动就要我买烟给他抽，红双喜他还嫌差，非得要中华，我在这里停车，每个月塞给他的烟钱也有好几百块。

司机又对麦子说，我记得你叫麦子对吧？你这麦子进城了，怎么不多玩几天呢？东方明珠，外滩，还有豫园，哪一块都是好景色。麦子说，我是来接爸爸回家的，而且我已经玩过了。司机说，我们天天向上海发车，说实话都是一条路走到黑，上海城里根本就没有去过，人家说楼有一百层，麦子给我说一说，上海到底怎么样？

麦子说，上海很干净啊。麦子正在剥一只橘子，一不小心，一块橘子皮从窗口落在了外边的马路上，麦子赶紧下了车，拾起橘子皮扔到了垃圾桶里。在老家是没有垃圾桶的，麦子以前是不会如此文明的。

应该是小四川教她的吧？陈小元脑海中想到了小四川，不免就有一些莫名的伤感。

大巴启动了，缓缓地驶出了院子。麦子不停地回头，看着车后的那家酒店，看着那一家家商店，还有那家巴比馒头店。麦子眼睛里充满了泪水，这是恋恋不舍还是她惦记着别的呢？

大巴刚驶出院子，就被人给拦住了，上车的不是别人，正是笑呵呵的小四川。小四川把一只雪白的布娃娃递给了陈小元，却对着麦子说，麦子呀，你买给爸爸的礼物，咋就忘记了呢？

车上已经没有一个空位子，但是小四川说完并不下车，而是坐在麦子的位子上，把麦子抱在了自己的怀里。小四川的身后还跟着一个人，他背着一个包袱，包袱里是一床被子。他也不是别人，而是余发财，那个刚刚亲过一个嘴，差点被抓起来的家伙。

我想去西安

一

我是我们村子里第二个出山的人,也就是第二个去过西安的人,那一年我好像才十六岁。

其实,我犯事的那一年夏天,还没有过十六岁生日。两个公安问,你多大了?我说:不知道多大了。他们说:如果未满十六岁的话,我们就得把你放掉。我赶紧说:我已经不止十六岁了,应该有十七八岁了吧?

大大急了,对着两个公安说:他是个傻子,其实他还不满十五岁呢。两个公安说:你是这孩子的大大,但是你说了不算的。最后,我一口咬定,我已经过了十六岁的生日,过生日的那天大大还给我烧过两个土豆。为了证实我已经长大成人了,我还掏出自己的小鸡鸡给他们看。我说:像不像一根玉米棒子?小孩子的鸡鸡哪有这么粗呢!

后来,我就被抓了,当两名公安押着我出山的时候,我嘿嘿嘿地笑了半天。这一次,我嘿嘿的笑声比任何时候都要长都要大,在山谷里发出袅袅不绝的回音。这种二球式的笑声，在我们村子是独一无二的，大家远远地一听，就知道我这个二球又干了什么二球的事情。

严格来说，还不能说是押，其实两个公安，被我抛在身后已经有好几丈远了。为了等他们，我当众脱掉裤子，对着路边撒了一泡热尿。我用尿在路边的沙地上，写下了一个"山"字。

我们这里什么都没有，就是有山，生在山上，吃在山上，睡在山上，每天的太阳都是从山后边爬上来的，然后又被埋在了山背后。我们村子唯一会写字的人是我的亲叔叔，他告诉我们，"山"字，与山一样，你看看那延绵不绝的大山就是由无数个"山"字组成的。

其他大人们是不会写字的，我们这些孩子，除了一二三之外，会写的也就这个"山"字。我们经常会在雪地里，或者是麦地里，拿树枝子，写这个"山"字。我们还举行过写字比赛，赢了的人，可以骑着牛，在村子里走一圈，输了的人牵着牛在前边引路。当然了，我是写得最好的，我可以告诉大家一个秘密，除在雪地里、水面上、白云上、摊晒的麦子上，练习写"山"字之外，有一阵子我在自己的手心里，在自己的肚皮上，还写过这个字。甚至半夜三更，躺在被窝里，还把这个字，写到了自己的小鸡鸡上。写着写着，小鸡鸡就跟山一样，硬邦邦的能戳破天的样子。我把这个字写遍了全身，足足写了十万八千遍。

其他人对山是怎么想的，我不知道，说实话，我是恨这个字的，我常常把这个字，看成我们村子里最坏的人，他叫黑子。他常常堵住姐姐的去路，在姐姐的胸脯上摸一把，有一次还从背后抱住了姐姐，用他的大胡子扎姐姐的脸，把姐姐吓得连洗衣服的木桶都扔掉了。

与山有关的词很多，"出山"是其中的一个。在我们村子里，出山的意思有两个，一个就是走出大山的意思，因为这是痴心妄想，所以很多人已经把这个词给忘记了，觉得这个世界都在大山里，根本就没有山外，一座座大山已经把这个村子围成了一个大铁桶，我们都是铁桶里的一滴水，离开山我们就不存在了。

"出山"还有一个意思，用得比较普遍，说要给谁出山，说明那个人死了，要把他抬到山上去埋掉。

埋死人就是我们那里真正的出山。

我们这个村子叫塔尔坪，是秦岭中一个蚂蚁大的地方，你从地图上是查不到的，知道这个地方的人，全世界加起来就几百个。看看塔尔坪的名字你就明白了，不知道哪位狗屁不通的风水大师，说这个狗不拉屎的地方要出反王，就掏钱建了一座七层宝塔镇一镇，只是后来倒掉了而已。关于这座塔，村子里没有一个人见到过，大家开始都觉得只是祖宗们胡编的，但是后来挖地时，挖出了雕刻着麒麟图案的青砖，还挖出过刀，也挖到过瓶瓶罐罐，挖到这些东西的人，很快就口吐白沫死了。

我的亲叔叔说：看来塔是真的，只不过风吹雨打，后来就倒掉了，所以就给村子起了个名字叫塔尔坪。其实，这么一个破地方，别说出什么反王了，蜂王蚁王好像都没有见过。

我被两个公安押走之前，我们祖祖辈辈好几代人，只有我的亲叔叔出过山，我是第二个出山的人，也就是去了西安的人，所以走在那条肠子一样的小路上，我一直扬着头，一直嘿嘿地笑着，十分二球地笑着。

公安说：这是去坐牢呢，你以为是当官去呀。

我说：我这是出山，你知道吧，出山！

说着说着，我又嘿嘿地笑了，就是凭着这种没心没肝的笑，整个村子里的人都不叫我名字，而是叫我二球。二球在我们那里的意思，不是指小鸡鸡下边的那两个东西，而是指傻瓜，比傻瓜还傻那么一点。从我犯事的那天起，他们为了把我正式地抓起来，才给我起了一个名字，叫我陈小元，"陈"是我的姓氏。在我们村子，基本都是姓陈的，不姓陈的也是陈家的亲戚，外姓那些不相干的人想加入我们村子，都被我们用棍子赶跑了；"元"是我们这一辈的排行，至于名字，云呀，霞呀，光呀，水呀，花呀，根呀，草呀，喜呀，聪呀，都被其他人用过了，有些还被用了好几次。但是没有一个人，包括几个小丫头，也不同意我这样的一个二球，和他们起一样的名字。

　　我刚刚说过了，整个村子其他人全是文盲，只有一个会写字的叔叔。叔叔出山以前，只会写简单的标语，在出山以后才学会了很多字，同时还学会了泥瓦活的手艺。我们村子能看到的文字就是标语，用石灰刷在墙上的标语，最早是"毛主席万岁"，那就是叔叔写的。我们那里的标语比外边的世界好像要迟那么几年，毛主席去世都好几年了，我们那里还在刷"毛主席万岁"。叔叔学会泥瓦活以后，村子里再死人，不再简单挖个坑，用泥巴埋起来完事，而是开始兴起修墓了。叔叔用他的手艺给村子里修起来的墓，除了有一个十分好看的碑楼，还用青砖雕刻着两个灯笼。

　　叔叔会写字认字，给人起名字的事情，就只能依靠叔叔了。但是公安要抓我的那天，叔叔刚好生病了，大家都不清楚到底是什么病，只知道生这种病的人刚好不能说话不能动弹。他们就把给我起名字的事情省掉了，用我的姓氏与我的排行，中间塞进了一个"小"字，作为我的名字，叫我陈小元。

　　其实，陈小元三个字，我勉强还能写一个"小"。在签名的时候，我不会写剩余两个字，就按两个公安的样子照葫芦画瓢。我学了好多遍，还是不行，把"元"字写得要么像"无"，要么像"天"，有时候还像"之",没有办法他们说,干脆画押算了。画押的时候,他们掏出了一盒印泥,但是怎么也按不清楚。我一生气,就把小拇指放在嘴里,咔嚓一声咬破了,狠狠地在一张纸上按了三下,最后还张开嘴,吮干了直流的血。

我出山的那天,整个村子的人都从家里跑出来了,聚到村口的那棵大核桃树下,像是过一个盛大的节日。这种场面是从来没有过的,当年斗地主打倒反动派的时候,好像也没有这个声势。我叔叔出山的时候,是半路上突然消失的,所以没有人知道,就没有一个人送行,也就没有这样的热闹了。

开始是小丫我的小表妹,第一个喊了一句——二球出山了!之后,所有的小伙伴们,都兴奋地喊叫——二球出山了!二球可以出山了!

远远地一听,还以为我这个二球死了,大家正准备把我埋掉呢。

后来是大丫,我的大表妹,她跑了过来,摇着我的胳膊央求我说:表哥,你带着我吧!小伙伴们跟我的想法一样,好像我不是犯事了,而是要当皇上去了。

只有姐姐站在路边,冲着我一直流泪。姐姐说:你知道自己出去干什么吗?我说:我知道,去坐牢。姐姐说:你知道和什么人关在一起吗?我说:我知道,叔叔说了,与坏人关在一起。姐姐说:知道了你还笑?!姐姐悄悄地告诉我说:如果坏人咬你,你就狠狠地捏,捏他的蛋子……我说:你不就是这样对付黑子的吗?

姐姐听了,终于放心地笑了。姐姐的目光从一丝丝担忧,慢慢地拉直了,变成了羡慕。有谁不羡慕出山呢?为了能够出山,在我十六岁的那一年——其实真实的年纪只有十五岁零两个月——我确实干出了许多惊心动魄的二球事。

二

我不得不说说我的叔叔了。叔叔出山是在一九七八年,还是一九八二年,已经不记得了,反正那时候粮票很金贵,没有粮票男人只好打光棍,女人只好当寡妇,小孩子只能饿肚皮。有时候粮票比人的性命还重要,所以很多人把粮票都藏在裤裆里,与自己的蛋子放在一起。蛋子在,粮票在,蛋子不在了,粮票也得在。

我这里所说的出山,不是说叔叔被埋掉了,而是叔叔翻过了一座座大山,去了山外。虽然他出山的方式比较奇怪,但是回来的时候,原来那个一无是处的叔叔,就成了既会写字又会盖房子的大能人了,以至于后来好多年,大家一提起我们村子,第一个想到的就是叔叔了,而且总会"啧啧啧"地咂着嘴巴感叹,那个人啊,真是太神了!

叔叔去过的山外是什么地方呢?隐隐约约地记得有一个"长"字,有一个"安"字,是长安,还是安长,直到好几年后才弄清楚,我们那里人所说的山外,真正的名字已经不叫长安,而是早就改成了西安。因为长安,不对,是西安,只有西安才会一眼望不到山。

叔叔是我们村子第一个出山的人,也就是去了西安的人。在叔叔之前,有几个人也是想出山的。有个叫先知的,才翻过两座大山呢,被几只野猪给活活地咬死了;有个叫长水的,带着的干粮吃完了,吃了山上摘下来的野果子被毒死了;有个叫根子的,听说被鬼剥掉了皮,吊在了山头最高的一棵树上。最幸运的一个叫虎子,在半路上讨水喝,被招了上门女婿,不过,后来生了七个孩子都是没有带把的,也没有一个跟着他姓陈的。

这些人我从来都没见过,只是听村子里年纪大一点的长辈经常念叨他们。说他们都很年轻,十七八的样子,嘴上还没有长毛,小鸡鸡都比较大,在撒尿比赛中都是第一名,能尿半袋烟的工夫,而且可以把尿尿到头顶上。长辈们说:尿得高的人,好像都有点二球,都特别想出山。说他们的眼睛都深陷着,两条剑眉后边长着一双大眼睛,看云的样子有一点湿漉漉的,像极了空中飞翔的老鹰。

他们出山的目的,就是想看看没有山的地方是什么样子,太阳是不是根本就不用爬山,也不会下山,一直红彤彤地挂在天上;人在没有山的地方走路,是不是不费力气,两条腿自己朝前迈。

自从这些人废在了半路上,再有人提出出山,大家都会苦苦相劝,说你真是太年轻了!时间长了,大家把出山的事情,全部演变成了鬼故事,越说越可怕,越说越凶残。从我出世的时候起,就听着这些妖魔鬼怪长大的。我的大丫大表妹说:你听听,要么被掏了心,要么被挖了眼珠子,要么半路上被割了舌头,还有谁敢出山呢?

慢慢地,出山就被村子里几代人忘记了,专门成了给死人下葬的意思了。叔叔出山的那一年,恐怕已经快四十了吧?听说头顶已经爬上了几根白头发。起初,他对出山丝毫的兴趣也没有,还经常告诉其他蠢蠢欲动的几个弟弟说:傻瓜才会出山呢!出山不就是送死吗?

所以叔叔出山,完全是迫于无奈的。那是粮票还在流通的年代,没有粮票不能买吃的,正好那几年日子好过了些,有很多人想要更多的粮票。所以比谁家富裕,不是比谁家钱多,而是比谁家的粮票多,一般情况下,粮票多的人家,多是吃公家饭的,尤其是当大官的,那时候叫作商品粮。特别是全国通用粮票,如果有几斤的话,就可以换一个媳妇回家了。嫁女儿的时候,可以把几张粮票当嫁妆,贴在一把芭蕉扇上，由新娘子拿在手中，不停地摇摆着，像是扇风，其实是显摆给人看呢。

叔叔有一次去石头公社办事，办什么事情已经不知道了。反正他去食堂里买馒头吃，那时一个馒头二两粮票四分钱。有个办事员问叔叔，把你手上的粮票卖给我吧，我可以多给你一些钱。叔叔本来已经饿得头有点晕了，但还是把两斤粮票卖给了他。那个办事员说：你手头有多少我要多少。

叔叔脑瓜子比较灵醒，就开始走村串户地倒卖粮票了。他当时没有打村里人的主意。村里人都是种地的，好像也没有多少粮票，有那么半斤一斤的，像对待银元一样宝贝，哪里舍得卖出去呢。叔叔把目标瞄上了一山之隔的峦庄公社。从那天起，他隔三岔五地就从一个公社跑向另一个公社，每跑一次，他的腰就粗了半圈，因为他把赚来的钱全部捆在腰上。

开始的时候，叔叔蹲在峦庄公社的食堂里，见一个人就凑上去悄悄地问，你有多余的粮票吗？有一次碰到了一个公安，这个公安晃了晃腰带上的手铐说：你不怕被抓吗？这可是投机倒把，要被打倒的。后来，叔叔为了稳妥一点，干脆找到峦庄公社的会计。会计是个女的，长得黑不溜秋的，像一截子木炭。叔叔不知道用了什么办法，据后来的人们传说，那个女会计看上了叔叔，特别是看上叔叔那张嘴巴，说是嘴唇又厚又红，像是两片子大肥肉。

按照我这个二球的看法，女会计最有可能看中的，是叔叔的皮肤。叔叔的皮肤很白，很黑的人肯定喜欢很白的人，就跟只有很黑的时候才喜欢点灯一样。后来，女会计准备发给峦庄公社所有职工的一个月粮票，大概有一百斤吧，全部就交给了叔叔，倒卖给了隔壁的石头公社。

那一次，叔叔的腰可粗了，真像一头野猪呀。姐姐告诉我说。

没有粮票，要那么多钱干什么呢？我问。

没有钱，要那么多粮票干什么呢？姐姐反问。

后来呢？我又问。

姐姐说：那一个月峦庄公社没有发到粮票，职工就没有办法到食堂买饭吃。他们又不敢私自去倒卖粮票，更不敢取消使用粮票，那怎么办呢？那一个月，好多人只好饱一顿饿一顿，听说有一个人没有办法，只好端着盆子下乡要饭去了。

再后来呢？我关心的不是那个女会计，而是叔叔。

叔叔还没有回到村子，就被赶上来的公安给抓了。姐姐说。

我高兴地说：这不就是出山了吗？！我一提到出山，我的两只眼睛就放火花。我的样子可能已经吓着姐姐了，所以姐姐尖着眼睛盯着我，什么也没再回答我了。那一阵子，我一直缠着村子里的人，要他们讲讲有关出山的事情，把每一个鬼故事听了一遍又一遍。每听一次头发就竖起来一次。我的头发原来跟姐姐一样，像一把茅草一样卷曲着，鬼故事听着听着，我的发型就变掉了，竟然像一只小刺猬。

除了打听出山的事情之外，我还经常把我家的两头黄牛，一头老的，一头小的，放到我们从来没去过的山顶上。而且越放越远，远得有时候早上出门，天黑以前都赶不回来了。我对姐姐说：远方的青草更肥一些，每根草上都挂着指头蛋子那么大的露水珠子，我尝过了那些露水珠子，甜丝丝的，像放了蜂蜜似的。开始姐姐是相信的，小丫小表妹也是相信的，只有大丫大表妹从来都不相信我。她对我的姐姐说：表哥哪里是放牛呀，他是想出山呢！

直到有一天，我把牛放到了最高的那座山下，姐姐才开始怀疑我了。最高的那座山的名字叫马鬃梁，远远看上去像竖起来的马鬃，山头一年四季蒙着白茫茫的大雾,半山腰挂着一片片白云。远远地看上去,真像是系着白色围裙的姐姐。在我们村子,只要看看这座山,像看到老天爷的脸色一般,就知道第二天会不会下雨刮不刮风了。与我们家一样,只要看看姐姐的脸色,就知道米缸是空了还是满了。马鬃梁的山顶上长着几棵大树,听说已经变成了神仙,连一群乌鸦也不敢落脚。它一落脚,就会打雷闪电,会把它给劈死的,只有老鹰才敢不时地在四周盘旋。

那天一早,太阳还没有露出它的小脸呢,我就把两头黄牛直直地朝着最高的山顶赶了过去。原来看上去几步就能跨过去了,之中却隔着无数的小山包,小山包之间都是看不到底的深渊,深渊中间流淌着湍急的河水,河水注入一个个深不见底的潭子,发出巨大的轰鸣声,溅起的水花形成了一个个彩虹,像一座座彼此相连的七彩桥——恐怕只有仙女才能通过吧?

我一直抽着鞭子,两头牛都顾不得吃草,一直低着头往前冲。刚刚翻过三座小山包,天就黑了,黑透的山里边,不全是黑色的,偶尔还会出现一点磷火。茂密的树林子已经看不到一个出口,连天上的星星也看不到。风一吹,每一棵树,每一根草,好像都在奔跑,你推我一下,我戳你一下。每一片叶子,好像是它们放出来的箭,又好像是它们伸出来的舌头。不时地,有一两只鸟拍打着翅膀,发出一声声惨叫。

我赶着两头牛继续往前走,我自言自语地安慰它们,你们别怕呀,被鬼抓去了又能怎么样呢?大家开口闭口就是鬼,有谁见过鬼呢?我倒要看看鬼是什么样子,何况鬼都是人死后变的,人都有好坏,鬼肯定也有好坏,万一遇到一个好鬼,有钱有势的鬼,认我做了干儿子,或者招了上门女婿,那多好呀,你们这两个家伙不就跟着享福了吗?

鬼不用吃饭，所以那边不用种庄稼，不会有那么多的地等着你们去耕，这样你们就成了不耕地的牛啦！

说着说着，有一只鸟发出一声惨叫，从树上冲了下来，也许啄到了老黄牛的眼睛。老黄牛受到了惊吓，一下子失了前蹄，只听到"扑腾"一声，掉入山谷里去了。

我绝望极了，依着小黄牛坐了下来。等着大家打着火把找到我的时候，已经是后半夜了，天再过一会儿也许就亮了。

大大说：你真是个二球！

姐姐说：再这样下去，你也会被鬼抓走的。

从那天起，大丫小丫两个表妹就赶着自己家的牛寸步不离地跟在我的身后，我知道她们是姐姐派来的两只跟屁虫。姐姐说：发现你表哥翻过第一个山头，你们就给我拦下来。小丫小表妹：我们比他小，哪能拦得住呀，除非用石头砸他的头。大丫大表妹说：他是我的表哥呢，我哪好意思呀，而且，我觉得，出山也没有什么不好的吧？姐姐说：你们不怕他被鬼抓去吗？抓去你们就没有表哥了。两个表妹一齐问，怎么才能拦住他呢？真的能用石头砸他吗？姐姐说：砸死了，还不一样变成了鬼？你们上前抱住他的腿呀。两个表妹笑了，她们平时一耍赖，最喜欢的就是抱着我的腿了。

自从翻山失败之后，我开始看着村子前边的那条小河发呆。那哗哗的流水，没有一滴是倒流的，它们一直向下，曲里拐弯的，都流到什么地方去了呢？不都是流到山外去了吗？我意识到这一点后，发出了二球式的嘿嘿的笑声：他们才是真正的大笨蛋嘛，原来出山并不一定要翻山呀！

在接下来的一个月，我再没有去山上放过牛了，不是我听姐姐的话变乖了，而是我找到了另一条出山的途径。我开始一直沿着河滩放牛，我明白顺着这条河一直下去，肯定是能出山的。只有山外，才有那么大的地方，容纳这些奔流不息的河水。

又一天早上，当我把牛放到河滩后，两个表妹也赶着牛跟在我的后边。这两个姐姐派来的跟屁虫，看我不再把牛赶向前面的山，而是沿着河滩一直向下，就放心地说：这样我们就不用拿石头砸你啦！

我问小丫小表妹，草是吃什么的？小表妹说：草是吃泥巴的。我说：错了！草是吃水长大的。我问大丫大表妹，是河边的草长得好，还是山上的草长得好？大表妹说：都长得好，都是青的。我说：错了！既然草是吃水长大的，草当然在河边长得好了。我问她们两个，你们说小河边的草长得好，还是大河边的草长得好？

她们两个犹豫不决地说：是大河吧？

为什么？我反问。

因为大河里的水多吧？她们两个不确定地说。

这次对了，你们真聪明！那么牛是吃什么的呢？我又问。

小丫小表妹说：表哥，你不会真傻吧？牛当然是吃草的呀。我问她们，牛既然是吃草的，那么我们就得把它们赶到什么地方去呢？两个表妹像两只麻雀一样欢快地说：当然是赶到大河那边去呀。她们不等我再说什么，已经挥动着鞭子，开始沿着河滩，把牛向着下游赶了。

从这一天起，我们赶着牛一直顺着河道向下，过了一道又一道河湾。越到下游，河道真的越来越宽了，河水真的越来越大了，河边的水草真的越来越茂盛了。开始，我们一边放牛一边向下游走；再后来，我们就直接把牛赶到很远很远的地方才停下来；十几天后，一条隐隐约约的小路就向远方延伸了十几里。

再朝下的时候，峡谷越来越狭窄，到后来两座山干脆就直接粘在一起，仅仅能够容得下一条河穿过的样子。小河穿过这条峡谷，坠入了一个水潭子,形成了一个巨大的漩涡。水潭子的对面确实宽敞了许多,山也低矮了许多,仿佛一跨过去就到了山外,就进入了另一个世界。我又得意地重复了一句:他们才是真正的大笨蛋嘛,原来出山并不一定要翻山呀!

大丫大表妹说:表哥呀,跨过这个水潭子,是不是就要出山了呀?但是我们怎么过去呢?小丫小表妹指着水潭子里的几片叶子说:太简单了吧,像叶子一样漂过去不就行了吗?小表妹眯着眼睛,真的要往河里跳了。我说:你真以为自己是一片叶子吗?

我听姐姐说过,这个潭子叫黑龙潭,原来里边住着神仙,只要对着潭子烧炷香,再投入一些鸡呀鸭呀的供品,就会借到你想借的东西,比如说办喜事用的锅碗瓢盆。但是后来,这个水潭子被妖怪霸占了去,就只进不出了。

听完了有关这个水潭子的故事,大丫大表妹就从身上摸出一块干粮,投进了漩涡中。大丫大表妹说:我都舍不得吃呢,给你们这些妖怪吃了,你们把我们背过去吧。大表妹的干粮引来了一群鱼儿,有一条半尺长的大鱼跃出了水面。大表妹兴奋地说:你们看,真的灵验了!这条鱼就是他们派来背我们过河的。大丫大表妹一抬腿,脚下一滑就踩空了,一个漩涡打过来,就不见了大丫大表妹。

小丫小表妹说:恐怕是妖怪吃了我们的干粮,把她背到河对面去了。她站在河边喊着,妖怪呀,还有我们呢,你得把我们也背过去呀!无论她怎么喊,只有大山的回音。后来小丫小表妹抱着我的腿坐在河边,开始使劲地哭,一直哭到了天黑。她一边哭一边问,姐姐是不是已经出山了啊?

我说:可能吧。

随着天色越来越暗,风声越来越大,河边的树不断地摇晃,发出沙沙的声音，真像是鬼向我们围了过来。小丫小表妹又问，姐姐是不是给水鬼抓去了呀？

我还是说：可能吧。

天上的星星在一颗一颗坠落，也许过了很久了吧，小丫小表妹对着远处的一个亮点说：表哥，你看，有一只眼睛！我朝前一看，竟然有一团火，像一只很大的萤火虫，朝着这边飞来。小丫小表妹哆嗦着说：鬼是抓我们来了，还是背我们来了？我说：是一支火把。确实是大丫大表妹，她打着艾草制成的火把回来了。原来，她被大水冲走以后，被一个割草的大叔给救了。

送大丫大表妹回来的大叔说：这丫头，要是掉在黑龙潭里，怕就出不来了吧？这个救命恩人还说：西安西安，当然是在西边了。小丫小表妹问，西边是哪边呀？救命恩人说：太阳是从哪里落山的？当然是从西边了！从西边落到哪里去了？当然是落到西安去了！而水是向东边流的，你们跟着小河走，离西安会越来越远的，你们应该跟着太阳跑啊。

姐姐问起那天落水的事情，大丫大表妹说：是被牛给顶下水的。姐姐从来都是不信的，大丫大表妹就撅起屁股说：真的，你们看看，被顶出了一个洞呢。小表妹则很得意地说：表姐呀，你知道草是吃什么的吗？它是吃水的！水越多的地方，草就长得越高！

三

叔叔被逮起来后，判了好几年的刑，坐牢的地方在西安城外。叔叔出山真实的叫法应该是坐牢去了。我们村子从来没有一个出山的人，当然也没有一个坐牢的人。

大家不知道什么是法律，村子里最年长的人，恐怕已经一百岁了吧，也是辈分最高的，他说出的话提出的要求，每个人都言听计从，但是都不知道算不算法律。大家也不知道怎样才会犯法，小媳妇与小叔子抱在一起，在玉米地里打滚，算不算犯法呢？小光棍强行脱掉了别人的裤子，还咬破了人家的舌头，这算不算犯法呢？反正在村子里，只有这些事情大家才闹得动静最大，有时候都把菜刀拿出来了。

如果这些都不算是犯法的话，在我们村子人眼里，恐怕就再也没有什么是犯法的事情了，那时候我们觉得整个村子，是最封闭的地方，是最干净的地方，也是最不惹事的地方。所以叔叔被判刑之后，大家也没觉得坐牢有什么不好，反正能够顺便到山外去看一眼，那就是本事了。

所以，大家对叔叔坐牢的事情，不但没有什么反感，相反还把他当成我们村子里的英雄。他成了我们村子里有史以来最大的名人，村子里的人开口闭口就说：不管怎么说，人家也算是出了山，去了西安的人，有本事你也出一次山给我们看看！

大家传说，叔叔被关的地方在西安城外，不远处就是秦始皇的坟。西安城原来是皇帝上朝议政的地方，或者和妃子们玩耍看戏的地方，如今是省政府所在地，是省长们上班睡觉的地方。西安城的城门比塔尔坪的天空还大，依然保留着四四方方的城墙，城墙特别威武，有几丈高几丈宽，六个人在上边并肩骑马宽宽有余。

村里人说到这些就特别兴奋，好像他们亲身经历一样，经常得意地问我，你知道秦始皇是谁吧？我们现在用的尺子、升子和秤就是他发明的！他吃了长生不老药，现在还躺在自己的地宫里，不拉屎也不撒尿，几千年了还活得好好的，只要把他从地宫里放出来，他照样可以和自己的女人睡觉。他们说：虽然叔叔和秦始皇还隔着一段距离，但是从牢里一打开窗子就能看到秦始皇的宫殿，常常还能听到拉二胡吹唢呐的声音。

最后，村里人就对我说：其实，二球你也可以出山的。

我就嘿嘿地笑着告诉他们，总有一天，我也会出山的。

叔叔出山之后，那些光棍可高兴坏了，包括那个坏蛋黑子在内。他们不是盼望叔叔把山外的消息传回来，而是盼望他什么消息也没有。叔叔什么时候不回来，他们就可以去小婶家烤火乘凉到什么时候。万一，叔叔死在了外边，小婶就守了寡，他们的机会也就来了。

叔叔被逮之后，一时失去了消息，有人就不怀好意地告诉小婶，古代的犯人被发配之后，为了省事，走到荒山野岭的时候，会把他们偷偷地推下悬崖喂狼；还有人劝小婶，就算活着，不管怎么说，人家是出山的人，是见过世面的人，说不定再也不回来了，即使回来了，有出息了，人家不要你了。

你还是趁年轻吧！他们随后都会补充这么一句。

只有我是关心叔叔的。既然叔叔是唯一一个出山的人，他肯定知道出山的路到底怎么走，路上到底有没有鬼。我就对小婶说：叔叔一个人在外边好可怜，你送几件过冬的棉衣去吧，你去送棉衣的时候带上我，遇到什么事情，我还能帮帮你。

小婶问，你能帮我干什么呢？我说：我能帮你提包袱呀。小婶说：包袱我自己能提，你还能帮我什么呢？我说：如果过河的时候，我可以背着你呀；你走不动了，我就扶着你呀。小婶说：你这么小，不让我背，不让我扶，就了不起了。最后，小婶说：我也想去看看你叔叔呢，但是我一个妇道人家怎么出得去呀！你真想帮小婶的话，等你再长大一点就到山外去打听打听你叔叔的消息吧。

有一阵子，天特别特别地冷，小婶真动了去看看叔叔的念头。她收拾了几件衣服和几包烟叶子，缠着从村子里经过的两个公安说：我男人在山外坐牢呢，你们陪我送几件衣服去吧。公安说：你男人坐牢跟我们有什么关系啊？小婶说：他是你们抓走的呀！你们把我也抓走吧。公安说：他是犯人你又不是犯人，我们凭什么抓你啊？！

公安无奈地说：我们是抓过几个犯人，只是从村子里抓到镇上而已，不瞒你说吧，我们也没有出过山呢，也想找机会去西安逛一圈呢。

有一天半夜，安静了很久的叔叔家，发出了很大的叫声和咯吱声。我问我的大大，小婶是不是和谁打架了？大大爬起床，光着膀子在家里转来转去，有几次是提着铁锹和斧头的，最后把斧头狠狠地砍在地上。等再次钻进了被窝，不知道是冻的，还是别的什么原因，大大在被窝里一直发抖。

其实，自从叔叔坐牢后，村子里的气氛就活泛了很多，我以为是叔叔出山的原因。后来才发现，他们兴奋的地方不在叔叔身上，而是在小婶身上。叔叔走后，天一黑，一帮子光棍，其中包括我的大大，就会凑到小婶家，在火塘里搭一炉大火，大家围在一起烤火。烤火的时候喜欢讲故事，讲得最多的是鬼故事，和出山有关的鬼故事就是那时候讲出来的。每个故事都被反复讲了好多遍，大家听了，也不烦，反而津津有味。

我有时候也会凑凑热闹，跑过去烤烤火，听听故事。我发现这些光棍的眼睛里也有一团火，蓝色的，在一闪一闪地烧，和我看到的月光下的猫很像。他们讲故事，或者听故事，一激动，就会伸出手在小婶的大腿上摸一把。

我一直都不明白，小婶家也没有什么奇特的，这些人为什么这么喜欢，为什么这么怕冷，每天晚上都要烤火，烤到半夜才恋恋不舍地离开。而且从初秋开始，烤过下大雪的冬天，然后再烤过麦子返青的春天，直烤到接近绿草连天的夏天才结束。

到真正的夏天那几个月，他们不到小婶家烤火了，而是坐到小婶家的院子里，吹着风，不讲故事，也不聊天，而是有一句没一句地哼着一些没词的曲曲，一边哼一边瞄着小婶的胸脯嘻嘻哈哈地笑着。

小丫小表妹说：这有什么奇怪的，你小婶长得好看呀。但是大丫大表妹说：长得好看不假，关键还是你叔叔出山了，你叔叔一出山，你小婶就成了寡妇，寡妇门前是非多你知道吧？我摇摇头说：不知道，只知道寡妇头上要冒青烟的。

大丫大表妹说：表哥呀，我看你还是不要出山了吧，有一天你出山了，人家会不会也都跑到我家烤火？那样太浪费柴火了。我笑着告诉她，你是我表妹，又不是媳妇，我出山了，关你什么事呀？大丫大表妹摸了摸自己的小辫子，一时也搞不清楚，表妹是什么意思，媳妇又是什么意思。

小婶家发生"打架"的第二天早上，太阳刚刚升到山顶上的时候，竟然有人放起了鞭炮，噼里啪啦地响了好长时间。事后，据小婶说，足足一万响呢。

大家都觉得奇怪，年已经过了，十五也过了，不应该再有什么喜事了吧？大家循着炮声，一窝蜂地跑到小婶家，才发现叔叔站在院子里。叔叔那天上身穿着一件我们从来没有见过的衣服，颜色比蓝色的天空要蓝一点，后来才知道这就是中山装；下身穿着的，则是上边细下边粗的裤子，有点像山坡上的喇叭花，后来才知道这就叫喇叭裤。

原来是出山的叔叔回来了！叔叔和小婶笑呵呵地站在院子里，不仅一直给大家鞠躬，还不停地向空中撒花生与核桃，和拜堂成亲时一模一样。唯一不一样的就是，小婶的头上没有红盖头，叔叔的胸前没有大红花。

我问大大，昨天晚上与小婶打架的就是叔叔呀？大大深深地剜了我一眼，恶狠狠地说：不准去他家，不然我就打断你的腿！我说：叔叔在发糖果吃啊。大大说：他发的糖果有毒！我说：为什么呀？

大大没有回答我为什么，只是气呼呼地扛着锄头给麦子薅草去了。春天来了，最先返青的不是麦子，而是麦田里的杂草。此时的杂草好像不是长在麦田里，而是长在大大的心上，让他看上去有点慌乱。他走进麦田的时候，自言自语地说了一句：他是刑满释放，又不是回来结婚！

有一件事情可以证明，大大的说法是错误的——除了我与大大没有吃叔叔带回来的糖果，村子里的其他人，包括我的姐姐，大家都吃了，没有发现一个人中毒，我不知道大大为什么要骗我。我也不懂，叔叔从山外回来了，所有的人都很高兴，好像只有大大一个人不高兴。

叔叔到底是什么时候回来的，是怎么回来的，有没有人护送他，戴没有戴大红花，两个表妹问我的时候，我毫不怀疑地说：大红花肯定是戴了的，而且就像新郎戴的大红花一样红一样大。我之所这么说，因为叔叔回来的第二天早上，整个村子就像过年一样，除了他自己放了一万响的鞭炮之外，还有谁放了鞭炮已经说不清楚了，反正大家把过完年刚刚脱下来的衣服找出来再穿上，成群结队地来叔叔家看望他，包括那些盼他死或者恨他的人，连喜鹊也跑到他家的房顶上喳喳地叫个不停，比平时高兴多了。

叔叔家还贴了对联，我数了数，上边四个字，左边七个字，右边也是七个字，中间没有一个"山"字，所以我基本都不认识。村子里除了叔叔好像没有一个人认识，但是每个人进了院子，从上朝下看一遍，从左向右看一遍，不仅表现得认识，还知道是什么意思，最后都说：写得好！

叔叔就开始给大家念，上边的四个字叫"一元复始"。叔叔说："一"不用解释了吧？我重点说说"元"，它是我们下一辈人的排行，它也是钱，比如元角分，村子里叫一块钱，在外边人家叫一元钱，不过在这里的意思是……哎，不说了，这四个字的意思就是让我重新做人。

叔叔又摆摆手说：错了！错了！是从头开始！

对联是叔叔自己写的，从这一天开始，我们村子过年过节和过红白喜事的时候，才有了贴对联的习惯。因为叔叔在监狱里不仅学了很多字，而且写的是毛笔字，可以帮大家写对联了。后来每写一副对联，人家就给叔叔一捆烟叶子。叔叔家的烟叶子多得抽不完，有时候会用来引火做饭。开始大家是不知道的，有一天叔叔家的屋顶飘出来的烟特别地香，村子里会抽烟的人对着空气闻了闻就过了烟瘾，这事情才暴露出来了。

好像前边已经说过，叔叔还学会了泥瓦活，这是盖房子的一门手艺。按说叔叔应该用这门手艺给人家盖房子的，但是村子里盖房子都不用砖，也不用泥巴，多数时候用石头，我们住的基本是石头房子，所以叔叔的手艺没有用武之地。不过，叔叔回到村子后，那个辈分最高的百岁老爷爷死了，大家不知道应该怎么厚葬。叔叔就主动提出来说：我给他起个墓吧！

以往村子里的人死了，在出山的时候，会在山脚下挖一个大坑，在坑里撒上石灰，把人埋进去，四周填满土，然后隆起一个土包就结束了。这就叫坟，经过风吹雨打，坟包很快就会被抹去，和地一样平了。为了确定坟头的位置，许多人家在埋人的时候，同时会种上一棵柿子树或者是核桃树。

我们村子第一座用青砖与石灰建起来的墓，样子像一只正在飞翔的老鹰，竖在陈家坟地中的时候，气势一下子就把人给镇住了。再后来，村子里有一个多年不开怀的女人，不知道看了多少郎中，吃了多少草药，那肚子就是大不起来，眼看着就要绝后了，有人指了指叔叔建起来的第一座墓说：你去烧炷香看看吧。

这女人去了，不想几个月后，就怀上了身孕。消息一传开，村子里的人家碰到初一十五，或者是有什么喜事呀祸事呀，就跑到这座前辈的墓前，烧一炷香，磕几个头，把这里当成了祈福的寺庙。慢慢地，方圆一些地方的人，也都跑来求神许愿。这里一时香火兴旺，几乎天天都有人来，蜡烛从没有灭过，四周的树枝上挂满了红绸子。

大家把这些功劳都记在了叔叔的身上，因为这座墓是叔叔建起来的。那些许愿后应验的人，再回来还愿的时候，必定是不会忘记叔叔的，除了在墓前供一些桃子呀梨呀之外，还会带一点鸡蛋呀挂面呀孝敬叔叔。他们已经把叔叔当成了这座"寺庙"的住持了，所以后来大家叫叔叔的时候，已经不叫他的真名字，而是叫他"和尚"。

秦始皇的宫殿是不是就这样子？在建墓的时候，有人就问。

差不多吧。叔叔一边笑一边把前辈的名字往墓碑上刻。

开始，叔叔是给死人起墓，后来就给活着的人起墓了。大家感叹，能住到这么好看的墓里，也就不怕死了，死了也享福了，子孙们点燃的长明灯，也就不会灭了。于是许多人在活着时就央求着叔叔，给自己起墓了。

起墓的活人里，年纪最小的只有十八岁，没有入过洞房，却有了墓。许多年纪大点的人，一下子觉得活着有了目标，收完了庄稼，下完了种，就开始在瓦窑里烧青砖和石灰，给自己起墓做准备。这些活人等自己的墓起好了，除了不停地往墓前墓后栽树，往墓上边加土，一有工夫就和一些石灰，把自己的墓刷得雪白雪白。最花心思的，是一到过年过节，就拿着墨汁去墓碑上描自己的名字，把名字描得黑漆漆的。从此，凡是起了活人墓的一个个都会写自己的名字了，没有给自己起墓的也知道别人的名字是怎么写的。

有人就对叔叔说：你其实像个教书先生。

叔叔就谦虚道，我哪能与教书的比，人家教书的要教百家姓与三字经的。

说实话，叔叔从山外回来后，除了写对联，仅仅凭着给人起墓，就成了村子里的大红人。这家还没有忙完，下一家早就提着东西等着请了。从来不搭理叔叔的就是我的大大了，我的大大是他这个年纪里唯一不请叔叔起墓的人。大大说：他简直是妖怪，哪里是"和尚"呀！等我死了，你们记着，连坑都不用挖一个，直接扔到山里喂狼，狼就是埋我的墓！

还是言归正传，说说叔叔回家的那个早晨吧。我至今还记得那天的情景，太阳在门前的山顶上眯着一只小眼睛，喜鹊一群一群地朝这边飞来，一齐落在叔叔家院子外的桃树上，最后竟然把这棵桃树的枝桠给压断了。门前的小路上有一条长龙，一直延伸到了半山坡，房前屋后都是人，家里也挤满了人。村子里年纪最大的百岁老爷爷，还有那些刚刚学会走路的小娃娃，都去了。连黑子家里的那条也叫黑子的癞皮狗，也去了。

凡是去的人，叔叔都会发两颗糖果，去的狗好像也有一根猪骨头。有些人刚一离开，就又跟着长长的队伍，转过身再朝叔叔家赶来。这可是村子里从来没有的，也是村子里大多数孩子吃到的第一颗糖果。村子里过年过节也有糖吃，只是自己用甘蔗熬出来的，有一股子焦煳的味道。据说，叔叔发的糖果含在嘴里，就像含着娘的乳头吃奶一样，但是嘬出来的汁水要比娘的奶水甘甜一百倍。

我的两个表妹吃完了糖果，把那个包糖果的纸，开始贴在胳膊上，后来贴在肚皮上，到如今还一直保留着，到我能认几个字的时候拿出来一看，原来叫大白兔奶糖，上边画着一只肥溜溜的兔子。看到两个表妹拿着一颗糖果，伸着舌头舔几口又包起来，然后再舔几口又包起来的样子，我就忍不住了，口水都流到了下巴。两个表妹说：表哥流口水的样子更像一个二球了。

我一直想去叔叔家见叔叔，因为我一出生就没有见到我娘，大大说我是石头板里蹦出来的，是喝着山风长大的，所以我从来没有吃过人的奶水，特别想尝尝比娘的奶水好吃一百倍的糖果。另外，我想问问叔叔，山外到底是什么样子，晚上太阳是不是不落山，特别是他有没有真的看到活了几千岁的秦始皇，秦始皇还能不能与他的女人们睡觉。

但是每次靠近叔叔家大门的时候，大大都会大声咳嗽一下，然后从麦地里拾起一块土疙瘩，扔过来，警告我。直到天黑透了，村子里的人陆续鼓着腮帮子，甜蜜地离开叔叔家的时候，我才像一只猫似的，轻手轻脚地推开了叔叔家的门。

叔叔家的火塘里已经架上了干柴，火生得很旺，柴火欢快地烧着。叔叔不在的时候喜欢来烤火的几个光棍还在，我对着他们说：你们怎么天天来这里烤火啊？

也许是我的话起了作用，也许是火塘里起烟了，他们的屁股像被烧着了似的，抬起屁股，干咳着说：我们应该回家了！小婶与叔叔都低着头，没有吱声，也没有起身相送。

我问叔叔，你怎么这么快就回来了呀？我见叔叔不答话，就又补充了一句，是刑满释放了对吧？小婶和叔叔的脸被明明灭灭的火光照得一阴一阳。

我就直接问叔叔要糖果。小婶把手伸进了口袋，却被叔叔给打开了。叔叔说：你这孩子没有福气，糖果已经被发光了。小婶一缩手，有一颗糖果被夹带了出来，掉到了火塘里，燃起了一股火苗，那飘散出来的黑烟，有着一股焦煳的味道，与我们熬出的糖稀特别像。这时候我才知道，糖果是可以化成水的。糖果化成水与煤油一样，是可以燃烧的。多年以后，我还真用糖果化成水，试着点起过一盏灯。

所以我吃到人生第一颗糖果的时间，比村子里的孩子晚了好几年，是自己出山以后自己买给自己吃的。牌子还是大白兔奶糖，产自比西安更遥远的地方，好像是一个叫上海的更大的城市。我看来看去，糖果纸上画着那只白色的兔子，更像是经常在我们村子出没的白狐狸。

我知道很多人来看望叔叔，某种程度上是冲着糖果来的。叔叔说糖果被发光了，按说我已经应该离开了，但是那天晚上我一直坐到半夜，鸡都叫了，我坐着都要睡着了。但是每次我站起来，叔叔都会把我按下去。叔叔催着小婶先睡，然后淡淡地问我，我走后，村子里有什么好玩的事情，你讲给叔叔听听吧？

我说：没有啊。

叔叔说：我们家呢？

我说：你们家也没有啊。

叔叔说：鬼故事呢？

我说：鬼故事都是以前讲过的。

叔叔提醒我，我出门都三年多了，怎么会没有呢？你说说烤火的事情吧，我走后都有谁天天来叔叔家烤火呢？我说：叔叔，真的没有，公鸡打鸣倒是天天都有。

叔叔以为我还在为没有吃到糖果而生气呢，就解释，本来给我留了一颗糖果，刚才不小心掉到了火里。叔叔说：等到明天，我再找找看，糖果也许没有了，饼干啊什么的包袱里也许还是有的。我就问，什么是饼干呀？叔叔说：饼干就像我们这里的锅巴。我说：锅巴有什么稀罕的呀！

叔叔告诉我，饼干像锅巴，但不是锅巴，它是甜的，很脆，很薄，放在嘴里一咬，就咯嘣咯嘣地响，而且饼干是圆的，我们村子除了十五的月亮，没有什么东西能有这么圆了。叔叔一边说一边指着天空，那天的天空确实挂着一轮又大又圆的月亮。

你先说说出山的事情吧。我嘿嘿地笑了。那天晚上，叔叔告诉我，他一座座山一条条河地数过了，去西安要翻过六座大山，每一座山嘴子都能把天戳个大窟窿；要跨过十二条河流，每一条河流都会拐无数个弯子；还有一百多里的路都在悬崖上……沿路长着密密麻麻的大树，连夜赶路的时候，树林子中间常有绿莹莹的眼睛，有人说是狼，有人说是鬼，反正挺可怕的，不时还会有奇怪的鸟，从树梢上冲下来，专挑人的眼珠子去啄。

叔叔说：这一路呀，不被鬼抓去，也会被吓死的。不过跟着公安一起，是不可怕的，他们好像不信鬼，也不信神，并不是他们身上有枪，而是他们带着手电筒，这种东西不用枪子，也不用火药，而是用电。手电筒一打开，有一道光，特别亮，对着任何东西的眼珠子一照，这些吃人的家伙就不敢动弹了，再可怕的鬼也一下子烟消云散了。

叔叔问，电你知道吗？我摇了摇头。

叔叔说：电就是一根绳子，和我们这里编草鞋的葛条差不多吧，这根绳子拉到哪里，哪里就会发光，跟太阳光一样。我说：这样啊，那我明天就给你拉根又长又粗的葛条回来吧。叔叔说：光有绳子还不行,还得有灯泡子。我问,什么是灯泡子呀?叔叔说:就像瓜,瓜藤子上结出的瓜。

我从叔叔的眼神里,已经看出了一些什么。我们村子,谁家不种瓜呢?一到夏天,瓜藤子都爬上了房顶。瓜藤子上结着又大又圆的瓜,这些瓜懒洋洋地晒着太阳,到秋天就会越晒越红,但是从来没有发现有哪个瓜会发光。所以,很明显,叔叔这是骗人的。

你说哪里才有手电筒吧?我问叔叔。

只有公安身上有,这是政府配的。叔叔说。

你能帮我弄到手电筒吗?我问。

叔叔说:手电筒比枪还稀奇呢!这次回来,最大遗憾就是没有弄一把手电筒,要是把那家伙带回来,晚上出去打野猪就小菜一碟,只要拿着手电筒对着野猪眼睛一照,它就乖乖地跪在你面前了,让你直接用猎枪顶着它,嘭的一声,它再厉害,脑袋也开了花。

你还是孩子,要手电筒干什么啊?叔叔问。

我想出山。我如实地告诉了叔叔。

出山干什么?叔叔情绪一下有点低落了。

出山买糖果,买好多好多的糖果,回来发给村子里的每一个人。我说。

叔叔问,你还想干什么呢?我说:我还想学习写字,也给村子里的人写对联。叔叔问,还有呢?我说:我就不学起墓了,整天帮着埋死人,没有多大的意思,如果有时间,我还要去城墙上骑骑马。

我突然问,叔叔你去过城墙吗?叔叔突然一脸的不高兴,说城墙有什么好看的?!我们天天就待在城墙里边,城墙跟我们这里的大山有什么差别?!都是想把我们看管起来,不让我们到处乱跑!

我一时糊涂了,我想不通叔叔为什么生气,难道监狱就是大山一样高的城墙围起来的吗？难道叔叔出山之后，真的连城墙也没有看到过吗？如果连城墙都没有看到的话，我不知道出山还有多大的意义。不管怎么样，我在心里想，我如果出山了，第一件事情就算不能登上城墙骑骑马，起码也要看到城墙到底是什么样子，是不是真的比我们这里的大山还要高，还要牢固，城墙里边的人，是不是都跟皇帝一样，坐着金色的轿子，能活一千岁。

我说：叔叔呀，实话跟你说吧，你走后你们家挺好玩的，最好玩的就是烤火了。我想回报一下叔叔，把我知道的，也许只有我知道的，那些秘密都告诉叔叔算了。比如叔叔家的门，晚上从来没有上过锁，叔叔家的房背后一年四季都有猫叫。我还要告诉叔叔，谁带着一包瓜子来，谁带着一壶柿子酒来。我更要告诉叔叔，每到十五的晚上，就能听到小婶和人打架的声音，把小婶打得撕心裂肺的那个人到底是谁。

但是叔叔突然拦住我说：二球，别说了，鸡都叫了，你还是回家睡觉去吧。

四

从叔叔回到村子那年春天起，我最大的梦想，可以说就是出山了。翻山吧，山太大，老牛掉下了山谷；下河吧，水太深，大丫大表妹被水冲走了。到底怎么办呢？现在唯一的办法只有坐牢了。只要像叔叔那样坐了牢，我就能去西安了。

我跑到石头公社的时候，石头公社已经解散了。再跑到峦庄公社的时候，人家说那个女会计早就被开除了，每个人都能掏出一大把粮票,而且清一色的全国通用。在峦庄公社的院子里,有一张在风中飘来飘去的小纸条,像是一只花蝴蝶,我逮住一看,竟然是一斤粮票,人家扔掉的粮票!我才知道,粮票已经不再吃香了。关键是倒卖粮票好像也不犯法了。

我日思夜想,不知道怎么才能犯法。在我十五六岁的心里,踩死一只蚂蚁和撕破癞蛤蟆的大嘴巴,就是干过的最坏的事情了。再加上我先天性的二球样,整天只知道嘿嘿一笑,那就更是六神无主了。有一天,我实在忍不住,就去问叔叔:我怎么才能犯法呢?叔叔一头雾水地看了看我说:你想犯法?我说:我要向你学习!

叔叔说:学我什么?

我说:学你犯法呀,然后才能去坐牢呀。

我一点笑话他的意思也没有,村子里基本没有人拿坐牢笑话他,只有一些小孩子吵架的时候,睡呀,骑呀,骂人的词都用光了,实在吵不过了,最后才会冒出一句:你是犯人日出来的。大家以为这是最狠毒的话,后来发现这话一出口,被骂的人都很开心,大家真希望当叔叔这样的犯人,或者真是犯人生出来的,所以再没有人这样骂人了。

但是在叔叔面前,大家还是尽量不提坐牢的事情。村子里有人提过一次,他儿子结婚的时候,对联就贴颠倒了,头朝下;还有人提过一次,他墓碑上的名字就写错了,涂成了黑蛋子。大家明白,叔叔表面上不生气,意思是犯人有什么怕的,我不当犯人到哪里学这一身的本事?但是暗地里,叔叔还是记仇的。所以大家虽然很羡慕叔叔,也很敬佩叔叔,看叔叔自己不高兴,大家在他面前再也不提坐牢的事情了,以至于后来大家怀疑地问:他坐过牢吗?好像没有吧?

如今,我竟然要向他学习"犯法"。叔叔从门背后拾起一根扁担,朝着我挥了过来,大骂着说:你真是个二球!

我跑得快，不然，那扁担真的就落在我的头上了。我问姐姐，叔叔为什么要生我的气呢？姐姐没有回答我，狠狠地瞪了我一眼，倒是我的大丫大表妹回答我：他怕你比他有出息呀！如果哪一天你出息了，不要忘掉我啊，我可是你的大表妹你知道吧？我同意了大表妹的说法，点点头说：我谁也不会忘掉的，连我们家的那只大公鸡我也不会忘掉的。

后来，我咨询了村子里最坏最坏的那个人，他就是那个光棍黑子，因为一直欺负我姐姐，被我姐姐捏着蛋子打得呲牙咧嘴的那个坏蛋。我心想，最坏最坏的人应该知道怎么犯法吧。黑子得意地对我说：我就看在你姐姐的面子上给你出出主意，你也去倒卖粮票吧。

他说完，自己把自己都逗笑了。他口袋里还揣着一斤粮票，新得还没有打过折，本来想送给我姐姐的，突然发现粮票早就失效了。

要不你去把我家的祖坟给挖掉吧？这是黑子出的第二个主意。黑子是不姓陈的，他姓柳，柳树的柳，不过是我们陈家的远房亲戚，所以他家的祖坟就不是我家的祖坟了。说是祖坟，其实也不对，不过是他爷爷奶奶的坟。由于当时埋在土里，没有种树确定位置，所以现在已经找不到了，上边已经种上了庄稼。黑子每次上坟的时候，因为找不到坟头，只能胡乱地磕个头下个跪，像是在拜一棵棵玉米秆子。

我说：我找不到位置呀。

黑子说：就一亩地，你齐齐地挖一遍不就行了吗?!

我嘿嘿地笑着说：你真把我当二球呀！你想让我给你家翻地对吧？不过，你家的祖坟风水不好，你看看你们柳家，不出能人，尽出光棍，再说了，挖祖坟是十分缺德的，即使我愿意干这种缺德的事情，公安会不会不管啊？

黑子抓着自己又大又黑的光头，就再也拿不出第三个办法了。这时，我才发现，他并不是我们村子里最坏的那个人，最坏的人应该知道怎么犯法才对吧？最后，黑子点拨我说：这样的事情还得去问你叔叔，你叔叔是坐过牢的，一起坐牢的人身上，应该有好多犯法的故事，你随便挑一件就行了。

我还是硬着头皮，走到了叔叔家。叔叔还记着上次的仇，我还没有张口吱一声，他就一脚踢了过来，正好踢到了我的屁股，离蛋子就差那么一点点。我借机蹲下去，捂着肚子，装得很痛的样子，然后问道：你告诉我，怎么才能坐牢吧，和你一起的人都是怎么坐牢的？

叔叔已经发现我是装的，根本就不搭理我，只顾着坐在院子里抽烟。我实在没有办法，就嘿嘿地笑着说：你不告诉我也行，那我就告诉全村子的人，你不在的时候你们家天天都有猫叫春，叫的不是猫，而是人，人学着猫叫，猫一叫，你们家的门就开了。

放火！杀人！强奸！你真真是个二球货！叔叔恶狠狠地说完，伸出一支长长的水烟杆敲了过来，又补了一脚，把我踢翻了。我仰躺在叔叔家的院子里，才发现只有躺着看天，我们村子的天才是最大最高的，天上的云看上去就更白了。

放火，杀人，强奸。我躺在地上想了想，不这么干的话，好像还真不能出山。而这三件犯法的事情，我只放过火。我放牛的时候常常放火，烧一烧田边地头的茅草，顺便也在火灰里烧几个土豆或者玉米。火里烤出来的东西，比在家里煮出来的东西，好像都要香一些。

所以，我下决心第一个要干的就是放火了。那么到底在哪里放火，放谁家的火，才能犯法呢？我把大丫小丫两个表妹叫来，和她们一起分析，把火放到坡上去，肯定是没有用的，我们曾经烧掉过几架山，合抱粗的大树都被烧死了，第二年春天，风一吹，雨一下，山坡上很快又返青了，而且长得更加迅速。

大丫大表妹说：放火烧庄稼吧，庄稼烧起来更凶，只是现在不是夏天也不是秋天，地里的麦子玉米绿油油的，根本没有什么可烧的呀。她转了转眼珠子，补了一句：也可以把我家的绵羊烧掉，它们身上的羊毛可细了，好烧得很。

小丫小表妹说：烧羊，羊会痛的，肯定不行吧？我觉得可以烧一烧河，表哥呀，我们放火把河烧掉吧。她发现我们都怀疑地盯着她，也补了一句：放火烧河是可以的，但是河里是水，烧不着啊！如果全是油，就能点着了，只是到哪里去找这么多的油呢？

山不能烧，地不能烧，羊更不能烧，河也不能烧，现在只剩下一种东西可以烧了。我告诉她们。

什么东西？两个表妹一齐问。

房子！看来只有房子能烧了！把房子烧掉，人就没有地方住了，而且娶媳妇的时候要盖房子，生孩子以后也要盖房子，房子是大家最重要的东西了，只有烧掉最重要的东西，才最有可能犯法。

两个表妹看着我，一齐拍着手。但是放火烧谁家的房子呢？我想了整整四个晚上都拿不定主意。我们家的房子肯定不能烧，叔叔家的房子也不能烧。我们家与叔叔家是连着的，他家的房子起火了，风一吹，我们家的房子也就保不住了。

我问姐姐：在村子里，你有没有仇人？姐姐说：没有。我问姐姐：你有没有最恨的人呢？姐姐说：也没有。我问姐姐：那你有没有不喜欢的人呢？姐姐说：这个有，我不喜欢乌鸦，它一叫我的手就抖，就拿不稳绣花针了。我说：我指的是人，姐姐你说说，你有没有什么仇人？如果有，我要替你报仇去。姐姐想了想说：如果有，那就是黑子，他是我的冤家对头。他经常欺负姐姐，姐姐的脸都被他的胡子扎破了。

我知道黑子不是最坏的那个人，但是既然姐姐都说了，我也亲眼看见了,他经常堵住姐姐通往河边的路,他的胡子就像一根根绣花针又尖又硬,扎到哪里哪里就是一个针眼。

随后,我装作经过的样子,到黑子家的房前转了几圈。发现黑子家里房子最少,只有孤零零的两间,四周不依不靠,而且家里人也最少,只有光杆子一个,关键是他家的房子,已经破败得厉害,墙已经有裂缝了,房顶上有好几个洞,睡在床上能够看到天上的星星,屋顶的瓦上也长上了厚厚的青苔。

我在心里想,反正这样的房子迟早也得翻盖的。

我选择了一个黑漆漆的晚上,星星在头顶上闪闪发光,因为已经到了初夏,到处都是蛐蛐的尖叫与青蛙的喊声。村子里的人陆续回家睡觉后,我悄悄地打着一根火把,来到村子最东头,试探着敲了敲黑子家的窗户。黑子恐怕跑到谁家乘凉去了吧?窗子里边一片漆黑,也没有任何声音。

黑子不在家,我就可以安心地放火了,也就没有什么好担心的了。我把火把吹着的时候,远处传来了一阵脚步声,应该是喝醉了的人。他的身后还跟着一条老狗,那狗不停地狂叫着,从凶狠的声音可以判断,是黑子在谁家喝完了酒,正在摇摇摆摆地朝回走呢。

我把火把扬起的时候,脑海中出现了一个无家可归者的身影。这房子是遗留下来的祖屋,应该有一百多年了吧?破是破了点,但是那柱子,那房檐,那瓦,明显还雕着花纹,有龙,也有狮子。而且黑子是在这两间房子里落地长大的,他的父母也在这两间房子里死的。如今房子里应该还摆着他娘的嫁妆和他大大的灵牌吧?如果被我一把火烧掉了,那一切都没有了,将变成一把灰了。

黑子已经没有了娘和大大,如果再没有房子的话,那不是太可怜了吗?靠着房子山墙而盖的牛棚里,老牛还在吃草,好像把一座山吞进了肚子里,然后再从肚子里吐出来咬着,偶尔还会发出哞哞的叫唤声。我握着火把的手,偏了偏,抖了抖,没有从黑子家的窗口扔进屋里,而是扔向了旁边的牛棚。

火最先是从牛棚边上的玉米秆燃起来的。火势看上去十分凶猛,噼里啪啦的,黑色的火苗使劲向上跳。村子里的人很快就看到冲天的火光,大家纷纷提着水桶赶了过来,排成一长串,从河边一直排到了黑子家的门口,水桶从一个人手里传到另一个人手里,一条河就这样流到了起火的地方,很快把大火给扑灭了。

黑子家的房子保住了,牛棚却被烧掉了,老牛也被烧死了。房子起火的时候,别人都在忙着救火,只有黑子蹲在地上,像是一个看热闹的人。等火救完了,黑子跑到火灰里,拖出那只被烧死的老牛,对着前来救火的人说:为了谢谢大家,明天我请大家吃牛肉吧。

第二天,黑子把烧死的牛吊在一棵树上,剥掉皮,扒出心肺与肠子,卸下几条腿,砍成几十块肉,一家一家地送过去。到中午,炊烟升起的时候,整个村子开始飘出一股浓烈的牛肉香,这种香味在村子里飘荡了好久也没有散尽。那几天,大家特别喜欢坐在院子外边,大口大口地吃着空气。

黑子把两条牛大腿提到我家的时候,对着我姐姐说:这是最好的两块肉,你们煮煮权当是过年吧。黑子在出门的时候拍了拍我的头,对着我的耳朵小声地说:不是你干的好事吧?

我准备承认的时候,说出的话却完全相反:当然不是我,是我放火的话,烧死的就不是一头牛了。黑子说:如果是你放火的话,那烧死的应该是谁呢?我说:烧死的应该就是你了,你知道的,我想犯法,烧死牛好像犯不了法吧?

我的大丫大表妹跑了过来,对着我挤了挤眼睛说:如果是我表哥放火的话,烧死的应该还是这头牛,烧死牛应该也是犯法的吧?牛与人都是一条命呀,表哥你要偿命的,对不对?大丫大表妹的意思我是明白的,如果烧死一头牛就能犯法的话,总比烧死一个人强多了。但是我的小丫小表妹却接过了话:杀人偿命,牛的命怎么偿呢?

我嘿嘿地笑了,当然还是傻里傻气的笑。其实那天放完火,我装模作样地跑回去,揉着一双未睡醒的眼睛,加入到了提水救火的队伍中。我看到火灰中的那头牛,身上的毛已经被烧光,发出一股焦煳的味道,四只蹄子不停地抽搐着,整个身子蜷成了一团,但是它仍然高昂着头,对着我们哞哞地叫了几声,然后重重地倒在了火中……

这头牛是为我而死的,所以当姐姐把煮好的牛肉送到我面前的时候,被我推开了。我没有吃这头牛的肉,理由是有一股牛粪的味道,而且把大家啃光的牛骨头捡起来,有些还是从狗嘴里夺下来的,然后背着这些骨头来到了河滩,挖了一个坑,埋掉了。

大表妹问:你埋的是谁呀?

我说:埋的是人呀。

大表妹问:你杀人了?

我说:当然没有。

大表妹说:那我们给他起一个墓吧。

我接受了大丫大表妹的建议,于是搬来石头,学着叔叔的样子,垒了一个又高又大的墓。我跪在地下,看了看满天的星星——我把每一颗星星都当成了点燃的一炷香——然后跪在地上深深地磕了三个响头。

埋掉那头牛的骨头以后,我终于改口了,对着黑子说:火是我放的。黑子根本不理我,好像没有听见似的。我有空没空就跑到黑子家,告诉他那把火是我放的。后来,我见人就说,黑子家的那把火是我放的，我本来是想烧死他的。但是村子里的人都说：烧得好，你不放这把火，我们还吃不到这么香的牛肉呢。

所有人都知道是我放的火，但是所有人好像都不追究我，反而要谢谢我的样子，这让我十分恼火。特别是黑子，好像我烧死的不是他家的牛而是他家的一只老鼠，关键是他不是不相信我，而是装作很不在乎的样子。于是，我点着一支火把，无论他走到哪里，我就跟到哪里，甚至跟到了茅房里，害得他都不好意思掏出小鸡鸡撒尿了。

有一天，他憋了半天也撒不出一滴尿，一着急，一生气，就告诉我，他亲眼看到我放火烧了牛棚，那又能怎么样？我烧死了他家的牛，险些烧掉了他家的房子，如果那天晚上他不去喝酒，而是正在牛棚里喂牛，也有可能被烧死。

黑子无奈而又十分气愤地说：这又能怎么样呢？你让我拿你怎么样呢？我又不是公安，又没有监狱，你知道吧，你犯不犯法，我说了是不算的！

五

直到现在我才清醒了，发现自己烧死一头牛有可能已经犯法了，但是到什么地方去找公安呢？好像只有公安才能抓我吧？我不再缠着黑子了，而是到处打听公安的下落。大家都知道野猪的窝在哪座山上，没有一个人能够说得清楚那些戴着大盖帽、穿着一身黄皮的公安到底在什么地方。

姐姐指着我的鼻子骂道：你疯掉了吧？你真是二球吗？你烧死一

头牛还好说，如果烧死了那个不要脸的黑子，你是要偿命的，杀人偿命你知道吧！姐姐气呼呼地又补了一句：你以为犯法了就能出山，到时候还没有等你出山呢，说不定早就把你枪毙了。

从姐姐的骂声中，我又明白了一条，杀人是万万不行的。把一个人杀掉了，另外一个人可能就没有大大了，也可能没有娘了，还可能没有睡觉的人了。把黑子杀死了，他虽然光杆子一个，但是他家就没有人上坟了，他大大和他娘就成了孤魂野鬼，那条叫黑子的狗就成了野狗。关键问题是，虽然杀人肯定是犯法的，杀人之后不用你去找，公安自然就会找上门，但是跟烧死一头牛好像不太一样。

我问了问有见识的老年人，他们和姐姐的说法一样，都说杀人犯不用押到西安去，枪毙是就地进行的。对于杀人犯，会在镇上贴一张告示，对着名字打一个钩，然后就押到偏僻一点的河滩上，最好是一棵大树下，对着头"嘭"的一枪了事，根本不会费那么多的周折，七拐八弯地押到西安去了。

我想，接下来必须注意，就是不能弄死人。所以，放火、杀人、强奸这三条里边，仅仅剩下了一条，那就是强奸。但是在我十几岁的心里，连"睡"都不明白是怎么回事，怎么知道强奸是什么意思呢。

关于强奸的事情，我还是先去问了一下黑子。从几件事情下来，我发现黑子对姐姐好坏已经不重要了，重要的是他好像已经成了我的参谋。他说：等有一天，你出山了，我没有什么愿望，就是你回来的时候，捎一件手帕，要红色的，你姐姐喜欢红色的。

那天我问黑子，什么是强奸的时候，他正在厕所里小便，不知道为什么，他的脸一下子红了。他有点不好意思地说：我还没有睡过女人呢，哪知道这些呀！过了半天，他又补充了一句：不过我知道什么是"睡"，睡就是"日"，强奸应该就是使劲地"日"吧？我就追着他问：你先告诉我什么是"日"吧。

黑子提起裤子，比画着说：这个嘛，就是男人把女人的裤子扒掉，然后骑到女人的身上，其余的我也不清楚了，你还是去牛圈里看看吧。

不知道谁家的一头老黄牛发情了，正在满村子地追着另一头老黄牛，然后一下子就骑了上去，猛烈地冲撞着。黑子指着说：你看看吧，差不多就像它们那样子了。黑子又说：不过，牛跟人不一样，牛是四条腿的，人是两条腿的，对这些你小婶应该更清楚。

大家都说小婶长得漂亮，而且叔叔不在家的那段日子，我隐隐约约地明白了，那些人之所以围在小婶家，就是想和小婶睡觉，一个人睡觉是睡觉，一男一女一起睡觉，不就是"日"吗？我兴冲冲地跑到小婶家问：小婶，什么是强奸啊？

小婶正在院子里拧着几件湿淋淋的衣服，一时没有听清楚，就问了一句：你说什么？我说：你知道什么是强奸吗？

这一次，小婶听清楚了，脸一红，嘴一咧，然后提着一件拧干的衣服，狠狠地抽了我一下，正好打在我的鼻子上，抽得我鼻血直流。跟在后边的黑子，忍不住哈哈大笑起来，幸灾乐祸地代替小婶回答：流血可能就是被强奸了吧。

大人们人人都会睡觉，在天黑之后都喜欢"日"，吵架骂人的时候还把"日"挂在嘴上，但是为什么人人都不愿意好好解释一下什么是"日"，我提起"日"的时候好像做错了什么似的为什么会挨打呢。我捂着脸跑回家问姐姐：小婶她凭什么打我呀？

姐姐好像已经听到了我的问题，红着脸说：打得活该，应该打死才对！我的小丫小表妹跑来了，拍着手，高兴地说：表哥挨打了！我的大丫大表妹却一脸的心疼，抓了一把火灰，抹在我红肿的鼻子上。她穿着一身花衣服，梳着一只马尾巴，走起路来马尾巴一挥一挥的，像是大扫把,每一下都扫在我的心上,让我的心里痒痒的。

我说:大表妹,你今天别回家了,就住表哥家吧。

大表妹说:住表哥家干什么呀?

我说:表哥给你讲故事呀。

我看着大丫嘿嘿地笑了起来。大表妹很开心地说:表哥呀,你不要讲大灰狼的故事,那个故事已经被你讲了一百遍了。吃完了晚饭,天还没有黑透,大表妹就早早地上床了。姐姐拉她去和自己睡,大表妹死活不愿意,说只有表哥能把狼外婆赶走,不然,狼外婆来了,会把她的手指头当成玉米花吃掉的。姐姐没办法,干脆把小丫小表妹也留了下来,并且说:小丫,你睡在中间。

那天晚上,虽然已经入夏,风一吹还是凉丝丝的,整个村子十分安静,连树木摇晃的声音也没有了,那些凶狠的老狗也一声不吭了。

你冷吗?我问。

嗯,冷。大表妹回答。

那我给你烧炕吧。我说。

嗯,你烧吧。大表妹回答。

拿柴火烧,还是拿麦草烧?我问。

随你吧,表哥。大表妹回答。

我从院子里抱来一堆柴火,塞到炕洞里烧了起来。火刚刚点着,小丫小表妹就喊着说:烫死了!烫死了!我跑过去摸了摸,炕上并不是很烫,确实热乎乎的。不小心,我摸到了大表妹的小脚丫子。过了不久,就听到了小丫小表妹的磨牙声,还不停地说着梦话:我的糖果!她应该梦见叔叔发给她的糖果了,或者有人在梦里抢了她的糖果,或者是她把糖果给弄丢了。

表哥,你还不睡呀。大表妹一直在炕上不轻不淡地咳嗽着。

不讲大灰狼，那给你讲什么故事呢？我说。

表哥，你已经没有故事了对吧？大表妹说。

在我出山之前，我们这个村子还没有看到过一本书，所以故事都是捏造的，基本就是那么几个，要么是鬼吃人，要么是狼吃人，都是吓唬小孩子的，孩子一听到这些故事都不敢哭出声了。不知道为什么，无论是鬼还是狼，都专挑那些喜欢哭的孩子，而且特别喜欢吃他们的小脚丫子。

大表妹问：表哥，你是不是还想出山啊？我说：我如果能出去的话，就买一堆的糖果给你吃。大表妹说：表哥，你是不是只有一个办法了啊？我惊奇地问：你怎么知道的？大表妹说：我是你肚子里的蛔虫呀！我感激地说：你不是蛔虫，你是我肚子里的好表妹！

大表妹把自己裹在被窝里，只有一双大眼睛乌溜溜地转着，像半夜找东西吃的大老鼠。她继续说：你把我留下来，是不是想让我帮你呀？我也很想帮你的啊表哥，但是我不知道怎么帮呀？

大表妹说着说着，竟然捂在被子里哭了起来。在这时候，我也特别想哭，因为我也不知道到底应该怎么办。我对大表妹说：你先穿上衣服吧。大表妹说：大人睡觉好像都要先脱衣服的吧？大表妹还是照着我说的，把衣服一件一件地穿上了，然后问：为什么要穿衣服呢？

我说：你穿上衣服，好像比不穿衣服要好看呀。

其实穿上衣服的表妹，确实比不穿衣服要好看。但是为什么要她穿上衣服，我自己也说不清楚。我从大人的身上隐隐地发现，男人与女人之间，穿的衣服越少，或者是不穿衣服，才是在一起睡觉的样子。我只是想，如果真要让大表妹干那件事情，那就一定要隔着厚厚的衣服。

你再躺平吧。大表妹又按照我说的，把自己平平地放在床上，生怕自己像虫子一样弯曲,所以还伸了伸腰、蹬了蹬腿,然后压了压自己的肚子。我伸手摸了摸大表妹的头发,之前我摸过好多黄牛的头发,好像都没有大表妹的头发光滑。

我上来了呀?表妹。

嗯,好的,表哥!

我不但没有脱衣服,还把冬天的棉袄棉裤拿出来,加在身上,然后合着衣服爬上了床。我不小心踩到了小丫小表妹的一只脚,她一下子醒了,迷迷糊糊地说:表哥,是不是狼外婆来了?好像在咬我的脚啊。我还没有回答她,她干笑了两声又睡着了,发出了均匀的呼吸声。

表妹,我上来了啊。我又问了一句。

大表妹又"嗯"了一声。

我真上来了,表妹。我再问了一遍。

大表妹再"嗯"了一声。

我并没有掀开被子,而是把被子又往大表妹的身上披了披,然后隔着一床被子,把身子移了过去,我像在移动一扇一千斤的大磨盘,好久好久才移到了大表妹的身上。头对着头,肚子对着肚子,腿对着腿。我发现大表妹个子没有我高,所以我的脚不能对着她的脚。我们俩差不多对齐之后,我慢慢地朝下压了下去,直到整个身子盖住了大表妹的身子。

我忽然想起了黑子的话,他说强奸就是使劲地"日"。我还想起了两头老黄牛那猛烈的冲撞。我不知道怎么使劲,反正我盖着大表妹的身子,很想把大磨盘全部放下去,但又怕把大表妹压碎了。所以我尽量抬着头,压下去一半,再抬起来,然后再压下去。反反复复,如那头公牛,冲撞着母牛。

大表妹又哭了。不是嘤嘤地哭,而是大声地哭。只不过她紧紧地咬着被子，所以哭声并不显得刺耳。我感觉她的哭声，真的像那么回事了，与小婶半夜三更与人打架时候的哭声差不多了。这些哭声里，有几份割肉般的疼痛，也有几份吃肉般的快乐。

大表妹突然说：表哥，你想捂死我呀！

我才知道，大表妹的哭声与小婶的哭声是不一样的，也就是说我刚才所做的一切都是错误的，那根本就不是我想要的强奸。

我也不知道怎么强奸！当我说出"强奸"两个字的时候，我忍不住也哭了起来。大表妹听到我委屈的哭声，一下子掀开了被子，猛吸了几口空气，然后扑到了我的怀里。

大表妹伸着双手，像是张开一根细嫩的葛藤紧紧地缠住了我。这根葛藤很快又变成了一条蛇在我的全身游动。被蛇缠住的感觉我是有过的，蛇一旦缠住了你就会越来越紧，像是要把你活活勒死。被蛇缠着的时候，你浑身上下有一股子力气，但是却不知道用在什么地方。你像是袋子里装满了水，袋子被扎了进来，还不停地被人挤压，你很想找到一个出口，把一袋子的水放掉。

我不停地叫着大表妹的名字，而且伴随着不由自主的抽搐、颤抖，我的体内发出一声巨响，袋子好像一下子被捅破了，所有的水一下子就泄掉了。如果说，我在床上所干的事情，不像那么回事的话，看到一滩湿漉漉的东西从棉裤里渗出来，像是从溃烂的伤口里挤出来的一摊脓，我就信了。

你好厉害呀，表妹。我兴奋地说。

这就是那个吗？表哥。大表妹羞羞答答地问。

应该是吧？如果不是的话，我的衣服怎么会湿呢？表妹。我嘿嘿地笑了。

原来这么简单呀，表哥。大表妹随后说。

那就是说我成功了?!公安马上就可以把我逮起来了?!他们很快就要把我送到西安去坐牢了?我就真的可以出山了?我想到这些的时候,感觉自己一下子长大了,已经有了叔叔一样的英雄一样的底气。

我说:应该是,是强奸了吧?大表妹说:表哥,你什么话也不用说,听我说就行了。大表妹说,她要告诉村子里的每一个人,我把她压在身子底下,把她抱在怀里,把她像蛇一样缠着……万一别人不信,她就让小丫小表妹来证明。

第二天一清早,天麻麻亮,麻雀刚刚醒过来的时候,大丫大表妹就拉着小丫小表妹,先是跑到姐姐的房间里,哭着说:表姐呀,表哥他昨天晚上干坏事了。

干什么坏事了?

他那个我了。

他踢你了?

他,表哥他,把我给强奸啦!大表妹说出这句话的时候,突然把哭声提高了一截。姐姐被一下子吓坏了,忘记穿衣服就蹦了起来。当姐姐还不知道怎么办的时候,大丫大表妹已经拉着小丫小表妹一溜烟地跑了。在回家的路上,她首先碰到了小婶,然后又碰到了黑子,还碰到了那条叫黑子的狗。她每次遇到人,就赶紧跑上前,清清楚楚地告诉别人,她表哥二球,把她给强奸啦!

大表妹最后把这个消息告诉了她的大大,就是我的舅舅。奇怪的是舅舅听了,没有像姐姐那样反应激烈,而是赶紧捂住她的嘴说:你千万不要再说了啊,大丫!

表哥强奸了我,我为什么不说。大表妹又哭了起来,有点像哼一首不太婉转的山歌。

因为你迟早都是你表哥的媳妇。舅舅说。

大表妹说：不管是不是，他强奸我就是犯法的，犯法就得被抓起来。舅舅说：把他抓起来，你以后嫁给谁啊？大表妹说：你先把他抓起来，让他坐了牢再说。大表妹又闭着眼睛扯着嗓子哭了起来，双脚在地上跳着蹦着。小丫小表妹看到大丫在哭，以为是真哭，也哇的一声哭了起来。

你哭什么呀？舅舅问。

我当然要哭了，表哥他也强奸了我！小丫小表妹说，昨天晚上，感觉自己的脚指头没有了，以为被狼外婆吃掉了，原来是表哥把她给强奸了。大表妹听了，止住了哭声，好奇地盯着小丫看，忍不住一下子就笑了。

大丫哭的时候，舅舅还不太担心，但是碰到大丫一笑，他以为大丫受了刺激，疯掉了。他再也忍不住了，把两个表妹锁在院子里，从门背后提起一根扁担，转身就往我们家这边赶。当舅舅赶到我们家的时候，大大已经提着一根扁担守在院子门口骂：这个孽障！这个二球！你看今天不打死你才怪。

两根扁担就这样恶狠狠地对着我，一直到了早饭时间，我们家还没有丝毫生火做饭的样子，大大与舅舅也累了，放下扁担蹲在院子外边抽起了烟。

你看怎么办？舅舅深深吸了一口烟。

赶紧拜堂吧。大大吐出一串烟雾。

两个丫头呢！舅舅说。

不会吧？这个畜生！大大又猛吸了一口烟，然后怀疑地问舅舅：为了出山，二球放火烧死过一头牛，如今会不会是几个孩子闹着玩的呢？舅舅有点不高兴地说：都这时候了，你不会不认账了吧？大大好像有一点得意，一个二球，真是天上掉馅饼，不费吹灰之力就可以娶媳妇了。但是他忍住了笑，问舅舅，那你说怎么办？让二球把大丫小丫都娶了？

你想得美！就大丫吧。舅舅看出了大大的得意，有点被人占了便宜又无可奈何的神情。他们最后商量的结果，等麦子黄了，收完了，趁着农闲的时候让我和大丫就把堂拜了。只要我和大表妹拜了堂成了亲，什么事情也都不怕了。其实，在我们村子里，这种火急火燎的事情并不少见，比如还没有定亲呢，已经把肚子弄大了。

我求姐姐：你放我出去吧，我要出去放牛呀，不然牛就饿死了。这时候太阳已经快要升到头顶了，那头老黄牛在牛圈里哞哞地叫着，像是在替我求情一样。我说：牛都在喊我了。

姐姐什么话也没有说，悄悄地把房子后边的窗子打开了。窗子一开，风就一股股地吹了进来，家里马上飘起了山花的香味。我明白了姐姐的意思，嘿嘿地笑了一声，揭开窗子翻了过去，消失在房后的山上。

不知道为什么，我一直要向山上爬，像是憋着一股气，想爬上山顶。我们家的后山，是塔尔坪最高的山之一，山顶上长着一棵巨大的橡树，树上顶着两个巨大的喜鹊窝，像是挂着两个大灯笼。树根下埋着我们的祖先，时间长了，大家就把这棵树当成了神树。

我爬到山顶，站在这棵大树下边朝着山下一看，发现整个塔尔坪像一把扇子，天空原来只有一个巴掌那么大，如今已经变成了一块席子，蓝得让人轻轻地捅一指头就会破掉似的，云几乎是擦着头皮飘来飘去，伸手就能抓住一片。

我在一块石板上躺了下来，正当我迷迷糊糊的要睡着的时候，突然被一阵轰隆声惊醒了。天啊，有一只大鸟，白色的大鸟，朝着我飞了过来。它越飞越近，越飞越大，几乎挡住了半边天空。我禁不住叫了一声：好大一只鸟啊！

这只鸟很大很大，应该有一千只老鹰加起来那么大，它飞到我的头顶的时候几乎是擦着树梢的，卷起的一股大风吹得那棵大树使劲地摇晃，成群的喜鹊以为有人要扒自己的窝，都绕着大树盘旋着，使劲地尖叫着，它们的叫声一时间和乌鸦的叫声一样不祥。

这只大鸟很快就飞走了。我看着茫然的天空想，它到底是一只什么鸟呢？它难道是一片会飞的云吗？它会不会是自己做过的梦呀？我忽然明白了，它应该是一架飞机！对，我可以确定它就是飞机！在过去，从村子里抬起头看飞机，它只有指头蛋子那么大的亮点。

正当我有些失落的时候，那轰隆声再次响了起来，那只大鸟又从天边转了回来。我一下子跳了起来，踮起脚尖，伸出双手，真想一把拉住它的翅膀，让它像老鹰抓小鸡一样把我叼走。我拾起几块石头握在手中，当它再次冲着我飞过来的时候，我向着它砸了过去，歇斯底里大喊：飞机呀！飞机呀！快点带上我吧！

我感觉我的一块石头已经砸到了飞机的肚子，但是飞机没有停下来，再一次飞过了我的头顶，飞到了蓝蓝的天边，很快就不见了。那天，飞机再也没有出现过，我还是站在山头不停地扔着石头，疯了似的连哭带喊地哀求：飞机呀！飞机呀！你带上我吧！

我把山顶上的最后一块石头留下来，狠狠地砸在了自己的脚上。我的妈呀！随着一阵钻心的疼痛，我发现这不是梦，是真正地看到了飞机，而且和飞机离得这么近……原来，我如果长着翅膀的话，还可以从空中飞走！村子里的任何一只长着翅膀的鸟，哪怕是一只小麻雀，我相信它们已经出过山了，早就去过西安了。多年以后，当我站在西安的城墙上看到一群群麻雀的时候，我感觉就是从我们山里飞过去的。

我什么也不怕了，我立即赶回了村子，我在路上遇到每一个人的时候，都要把我看到飞机的消息告诉他们。我把那巨大的轰隆声，把那巨大的身影，把那晃眼的颜色，把那漂亮的样子，把那擦着头皮的感觉，特别是肚子下边隐隐约约的五角星，仔仔细细地讲给了每一个人。我还告诉他们，我差不多都要追上飞机了，但是有人从飞机里伸出头告诉我，他们本来准备降落在塔尔坪，像麻雀一样降落在我们的麦地里，但是他们非常忙，所以就飞走了。不过，他们说，过一段时间还会再来的。最后，我还不忘加了一句：到时候啊，我就可以坐着飞机飞走啦！

我所说的话，前半部分都是千真万确的，后半部分是我编造的。在多年之后，再次回想当时编造的这些话，发现我根本就没有撒谎，大家真的看到了飞机，它虽然没有降落在我们塔尔坪，却降落在塔尔坪几十里外，那是飞播造林用的，它们不停地擦着山顶飞来飞去，向山上播撒着松树的种子。

我回到家的时候，太阳已经快落山了，我们家显得特别安静，除了虫子和青蛙的叫声，这个世界好像一下子静止了。大大和姐姐还等在院子里，好像已经不再生气了，而是笑眯眯地征求我的意见，确定迎娶大表妹的日期。

大大说：收完麦子就办吧？我说：好吧。大大说：再把说书的先生请来吧。我说：好吧。大大说：你明天清早，把我们家的那头牛喂饱了，然后送到舅舅家去，就算是彩礼吧。我说：好的，大大。我说着，突然很激动地补充了一句：我在山顶看到飞机了！好大好大的飞机呀！他们说要把我带走呢！

也许感觉我变乖了，也许相信我看到了大飞机，也许以为我真正地变成了二球，大大和姐姐好像没有听到我补充的这句话，只是相互看了一眼，有点意外地点了点头。说完话，我立即动身，趁着夜色又去见了一次大表妹。我说：我要娶亲了。大表妹说：你要娶谁呀？我说：当然是表妹你呀！你愿意嫁给我吗？大表妹红着脸说：我愿意啊表哥！我从小就想嫁给表哥！

大表妹又问：具体什么时候呢？我说：等割了麦子吧，那时候布谷鸟就叫了。大表妹问：你出山的事情呢？我说：你希望我出山吗？大表妹说：希望，又不希望，你出山了我就看不到你了，我想天天都能见到表哥。大表妹哭着钻进了我的怀里，我只好安慰她：表妹你放心吧，我已经不是很想出山了，我只想好好地抱着你……

我正想告诉大表妹，我在山顶都看到了什么，但是大表妹再次变成了蛇紧紧地缠住了我。这条蛇还不停地吐出舌头，像是一团火苗，燎到了我的嘴唇。正是从这一天开始，每到了天黑人静的时候，我就感觉和过去不一样了，我的脑海中不再是漆黑一团，而是浮现出大表妹的脸，像月亮升起来一样。

第二天一大早，姐姐按照大大的吩咐，已经预备了挂面、鸡蛋等四样彩礼，为我挑了一套过年才穿的新衣服，然后好好地喂了喂那头牛，然后我们赶着牛就出门了。我们出门的时候，小婶笑嘻嘻地说：你哪是二球呀，简直就是人精嘛！我们走到黑子家门前的时候，黑子说：生米做成熟饭你也会呀？哪天有空我得拜你为师了。我们走到村口的大核桃树下，一群喜鹊喳喳地叫了起来，一切都是那么的欢快。

我们还没有踏进舅舅家的门，小丫小表妹已经一路小跑着喊道：表哥，你是来提亲的吧？我说：是呀，我是来提亲的呀。小表妹问：你为什么不娶我呢？我说：你还小呀。小表妹说：但是我会长大的啊！我说：你赶快长大吧，等你长大了我就让这头牛娶你吧。

我把赶牛的鞭子递给了小丫小表妹。小表妹挥着鞭子，把牛赶得在小路中飞跑。大表妹听到说笑声，已经迎出了门。

这时候，迎面走来两个人，他们戴着大盖帽，一看就是两个公安。他们先问大表妹：你知道二球家在什么地方吗？大表妹慌张地问：你们找他干什么呀？两个公安说：我们是来办案的，他可能犯法了。大表妹说：那是我愿意的，而且是我主动的。两个公安说：什么主动不主动的啊？我们不懂你说什么啊！大表妹说：我主动让他压我让他抱我，他是我的表哥呀。两个公安说：我们不管男女之间的事情，我们来是调查昨天有人在山顶扔石头砸飞机的事情。

姐姐从后边赶了上来，气喘吁吁地说：你们是说笑话吧？我们塔尔坪老鹰倒是不少，哪有飞机呀？！大家还没有回过神来呢，小丫小表妹指了指我，然后笑嘻嘻地说：他就是二球，你们要找的就是他吧？他不娶我，你们就把他抓起来吧。

我立即承认了我看到飞机从头顶飞过的事情，而且我把飞机的样子细细地描述了一遍。我说：那飞机可大了，有一千只老鹰那么大，把太阳光都遮住了，而且离我非常非常近，我差一点就爬了上去！

最后，我失落地告诉他们，我好像真的砸到了飞机，不过，真令人生气，飞机还是擦着我的头皮，准确地说是擦着树梢飞走了！

六

两个公安根本不听别人的解释，把一只亮锃锃的手镯子戴在了我的手上。

他们告诉村子里的人，昨天有一架飞机被人砸了，飞机的屁股被砸了一个坑，险些把飞机砸翻了跟头，经过初步询问应该是我干的。

果然，大家都不相信飞机会擦着我们塔尔坪的山顶飞过，他们更不相信在空中飞的能有什么东西会比老鹰还大。

村子里的人说：明显是骗人的，塔尔坪哪里有飞机打呀！百分之百就是强奸，这二球把大表妹小表妹全给强奸了。除了叔叔将信将疑以外，只有我的两个表妹是相信的，她们好像已经忘记了提亲的事情，非常羡慕地说：好厉害呀，表哥打飞机了！

其实，直到我被审判的时候，我才朦朦胧胧地听说，我犯了"危害飞行安全罪"，至于这个罪到底是什么意思，我至今也不明白，只是好多年以后，我到山外打工的时候，别人问我曾经犯了什么罪，我告诉别人是因为"打飞机"。我一说，人家都会哄笑，才知道到了这个年代，果然有"打飞机"这个词，只是和飞机毫不相干。

我除了觉得对不起大丫大表妹之外，对于我因为"打飞机"被逮起来的事情，基本还是非常开心的。如果不打飞机，这一年麦收之后，布谷鸟叫的时候，大表妹就要成为我的媳妇了，我们就可以名正言顺地抱在一起，像两条蛇一样你缠着我我缠着你，然后生出一条一条的小蛇。但是，当麦子刚刚抽穗的时候，因为打飞机我被抓起来了。

我出山的愿望在不经意间就实现了。

离开村子的那天，大丫大表妹对我说：表哥，你把我带走吧。我说：我这是坐牢去呢。大表妹说：我已经是你的人了，我和你一起坐牢去吧。我说：你又没有打飞机，人家怎么可能让你去坐牢呢？你还是等着我吧，等我回来吧，我一定会回来的，会带着一大堆的糖果回来的。

刚刚离开村子的时候，我带着二球式的嘿嘿的笑，把两个公安远远地抛在后边。走着走着，随着离村子越来越远我就哭了，我也不知道是因为高兴还是伤心，反正我真的出山了，成了我们村子第二个出山的人。

我要告诉大家的是，我被抓到了什么地方，是从哪里被带到山外去的，连我自己也不清楚。其实，到山外坐牢，和住在山里没有什么太大的差别。在大山里四周都是悬崖，让你翻不过去。而坐牢呢？四周则是又高又厚的墙，墙上还有一道道铁丝网，把天空分成了一小块一小块，真像切碎的一块块肉丁。

我本来被判了两年零六个月，后来我找到一次机会逃跑了。我并不是想看到千年不死的秦始皇，我逃跑的目的只想去城里看看，最好能够登上西安的城墙，在城墙上骑不骑马都不重要，重要的是我能看到六匹马是怎么在墙头上并肩奔跑的，它们会不会扬起一股厚厚的灰。我心想，起码在回村子以后别人问起来的时候，我不能像叔叔那样什么也说不出来吧？

事情是这样的，那天放风的时候，我看着四下没有人，就开始拼命地跑。但是，还没有跑出几米，就有枪向我开火了，枪子一颗一颗落在我的脚边。我也不知道他们是怎么发现我的，我被捉回来以后就由两年零六个月加到了四年整。

在我坐牢的四年时间里，仅仅只有一次被拉到了城墙下，拉过去干什么没有人告诉我。那一次坐在漆黑的车里，我总想透过一块块肮脏的玻璃看到点什么，但是我什么也没有看到，连一棵大树也没有看到，只有灰蒙蒙的一片城墙，和又高又大的监狱差不多。所以，当我刑满释放的时候，我已经对西安城墙和秦始皇一点兴趣都没有了，甚至懒得提起这些东西，我唯一的愿望就是赶快回到山里去。

那一天，监狱的铁门哐当一声开了，又哐当一声在背后关闭的时候，我看着天空刺眼的太阳，使劲地吼叫了几声。在回塔尔坪之前，我把政府发给我的路费全部掏出来，托人只买了一样东西，那就是大白兔奶糖。我剥开了我人生中的第一颗大白兔奶糖，然后一边咂吧着嘴一边朝着回家的方向走去。

我记得走进村子的那天，是一个下着小雨的傍晚，地里的麦子已经黄了，有布谷鸟在一声声地叫着。每走过一户人家，我都要去敲敲门，但是一连敲了好几家，发现门上都挂着一把大锁。我来到黑子家门口的时候，天已经快黑了，我大声地喊着他的名字，但是没有任何人吱声。

这时候，有一个老人拄着拐杖走了过来，我一看竟然是我的大大。大大说：别喊了，他们都出山了。我问：黑子也出山了？大大说：出山了。我问：大丫小丫呢？大大说：她们也出山了，你姐姐也出山了。我意外地问：她们出山干什么去了啊？大大说：都打工去了。我问：打工是干什么呀？大大说：打工就是干活赚钱呀。

我惊奇地问：他们都是怎么出山的呢？

大大说：坐车呀，还能怎么出山呀，现在已经通车了。

大大告诉我，他们大部分人都去了西安，叔叔因为会泥瓦活，跑得最远也赚得最多，跟着人去了上海。我问：上海是什么地方啊？大大说：我也不知道，听说河很宽，水一眼望不到边。我问：叔叔还是给人起墓吗？大大说：他是盖房子去了，听说上海的房子都盖到几十层了。

那到上海怎么走啊？我急切地问。

还能怎么走呀！你还记得你顺着小河放牛的事情吗？我们这里的水呀，撒的尿呀，出的汗呀，顺着门前的河一直向下流就到了上海。大大有些心疼地看着我说。

我仅仅走了四年，塔尔坪已经变得我都不认识了。村子里的墙上原来由叔叔写的标语，不知道已经被谁改成了"要想富，先修路"。

这几个字，当然都是在监狱的时候认识的。我在监狱的时候整整学了一千五百个字，不但会写自己的名字"陈小元"，而且还会写我们村子的名字"塔尔坪"。门前的山坡上已经修了一条盘山路，一圈一圈地绕到了山顶，又一圈一圈地绕到了山背后，绕着绕着就绕出了大山。这座大山的名字叫秦岭，秦岭那边就是西安了。

有一辆拖拉机拉着一车的木板，停在了村口的核桃树下。拖拉机上的人对着我喊：去西安，有人要搭车吗？我一听，把准备发给大家的大白兔奶糖，全部扔给了大大，然后爬上了拖拉机。这辆拖拉机屁股冒着黑烟，开始一圈一圈地向上绕，很快就绕到了半山腰。我从一直高不可攀的山上朝下看，塔尔坪真是空荡荡的，连一声狗叫都没有了。

我这个村子里的二球哭了，我的眼泪扑嗒扑嗒地掉了下来，

我第二次出山了，这时候我已经二十岁了。这次出山是去西安打工，也顺便找一找已经进城的大丫大表妹，当然还有我的姐姐和小丫小表妹。如果有机会再去找找黑子，那个可怜的常常欺负姐姐的老光棍。如果有可能我还要去上海，看看那个可以起墓又可以盖房子的叔叔。

女儿进城

一

春节对于任何一个在外漂泊的人来说,无论怎么过,都是一道伤心的坎。

又是一年春节,我与女儿在上海这座繁华的大都市团聚了。这样的团聚应该是富有春意的,但是有这么几点需要交代:我好多年时间都没有见过女儿,而且女儿是第一次进城,她从来没有见过没有大山的地方。最特殊的是,在陕西塔尔坪老家,我当时的风头已经盖过任何一位历史人物,乡亲们无论认识不认识我,遇到不好好念书的孩子,或者不听话的小黑狗,挂在嘴边的不是三迁的孟母和刺字的岳飞,而是我——这个从长江头一路混到长江尾的小记者。但是女儿赶到大上海的时候,我的真实情况是:几乎到了身无分文的程度,与一个农民的处境没有任何差别。

女儿就在这样的背景下进城了。那是正月初四,我爬起床的时候,是早上还是下午,已经很难判断。因为墙上的钟表耗光了电池而停止运转，天空的云层很厚，太阳露不出小屁股，让人分不清具体的时间。这个拥有几千万人的城市，外地人基本回乡了，本土人热衷于出国旅游，那一座座不再吵闹的高楼大厦，像是一个个放寒假的魔法学校，显得无比的空洞而恐惧。

多年没有下雪的上海，突然飘起了雪花片子。在陕西老家的塔尔坪，雪花片子那是非常常见的，是孩子们冬天里最大的快乐，滚雪球，打雪仗，堆雪人。男孩子还喜欢在雪地上撒尿，女孩子还喜欢在雪地上乱跑，听听雪花咯嘣咯嘣的声音。但是，上海三五年都不下雪，所以一旦下雪了，我就开始想家，不想雪花的白，不想雪花的纯，而是想自己的女儿。

我的女儿最喜欢堆雪人，雪人不管被她堆成什么样子，她都会给雪人起一个名字，叫"爸爸陈小元"。我推开窗子，有几片雪花落在了脸上。我觉得从天上飘下来的不是雪花，而是从老家伸过来的小手，每一片都在撕扯着我的心。

在看着雪花，联想到女儿的时候，我的电话突然响了。

二

大年夜的晚上，女儿也打过一个电话。女儿说，爸爸，你一个人在外过年，年夜饭吃什么呢？女儿反复地告诉我，除了糖肉煮栗子，酒也不能少啊；你一个人也要买一串鞭炮响响，这样新的一年才会顺顺利利。女儿说这些的时候，其实我刚刚吃完泡面，本来想看看春节联欢晚会，但是从旧货市场淘来的破电视没有安装有线，拍一拍才能收到模糊不清的节目。我双手插在裤子口袋里,在上海的大街上漫无目的地晃荡着,穿过一波又一波的烟花爆竹,听到一浪高过一浪的碰杯声与欢笑声。

我对女儿说,今天虽然是大年夜,我觉得也是你的生日,过完年你就十四岁了对吧?上次十月十一日你过生日的时候,爸爸有事情没有打电话给你,现在爸爸要给你补过一个生日。爸爸不能给你买蛋糕,也不能给你点蜡烛,所以爸爸买了很多鞭炮。我现在正在外边响炮呢,祝你生日快乐。

说着,我把手机对着窗外。其实,全世界没有一个鞭炮是我放的。说着说着,女儿就哭了,应该是幸福的泪水,或者是想念的泪水。在挂电话前,女儿告诉我,她不再恨那个人了,但是为了不惹那个人生气,她是在邻居家偷偷打电话给爸爸的。

女儿之所以要偷偷打电话给我,大家应该已经猜到了吧?因为我与那个人离婚了。

我是好多年前离婚的,具体离了多长时间,我已经记不清了,只记得当时女儿很小。独自在外的日子,开始的寂寞是可以忍受的,甚至还是十分美好的。从正月离家,再到腊月回家,整整一年时间似乎都是夫妻生活的前戏,但是后来发现,前戏太长了会消磨人的意志。意志被消磨干净之后,人就失去了耐心,那漫长的等待就不再是一种寂寞,而是一种煎熬。在无尽的煎熬中,我与那个人之间越来越陌生,陌生得让我无法想起她具体的长相,甚至连那条拖在背后的马尾巴都不具体了,以至于夫妻重逢的时候,彻底失去了从头再来的激情和信心。

那仍然是一个春节,在整个回家的路上,我把久别胜新婚的细节,在心中重新回味了一遍,又重新设计了一遍,一会儿把自己想象成野性大发的狼，一会儿把自己想象成疯狂变态的魔鬼，甚至把自己想象成风月场上的高手，以期把流逝的时光全部弥补回来。但是，当我由火车换上汽车，由汽车换上摩托车，风尘仆仆地回到塔尔坪的时候，已经是大年初一的早上了，那种几夜未眠的疲倦，让我见到那个人的时候，内心的那盏灯已经熬干了。

我像被填入了香料、没药、桂皮和锯末，泡在福尔马林中的木乃伊，是没有一点冲动的，是麻木而恐惧的。回到家，我直接钻进被窝，呼呼地大睡了起来。那个人一直守在床边，像一只发狂的兔子，站起来又坐下去，坐下去又站起来，好不容易等到第二天中午，我终于睁开眼睛的时候，她顾不上一个女人的矜持，不仅自己为自己脱光了衣服，而且还把我一下子给扒光了。但是，我看着她一丝不挂地站在面前，自己的身体竟然像一团棉花，除了一丝寒冷之外再无任何反应。

那个人问，你怎么了？

我说，可能太累了吧？

我心里明白，并不是太累了，而是太陌生了。那种陌生感让我极度地自卑，甚至有一种罪恶感——总以为自己面对的是并不属于自己的女人，而是一个兄弟的女人，甚至是毫不相干的女人。所以，在那个阳痿一般的春节，我赖在床上装作生病的样子，逃避着自己的责任。勉强在家待到正月初七，我说单位要上班了，就匆匆忙忙地走了。

离开之前，我对那个人说，我们离婚吧。

那个人说，好啊！

我觉得只有离了婚，双方才能得到解脱，才不用忍受那无边的寂寞与偶尔出轨后遭受的道德谴责。

我们在法院上班的第一天，一句话没有说，一点争论都没有，像两个过家家的小孩子，用了半天时间通过法院调解就离婚了。当法官问我们，为什么离婚呢？我和她相互一看，都觉得十分迷茫，最后，法官代替我们回答的原因是"感情破裂"。

拿到离婚判决的那一刻，我像一个被释放出来的犯人，除了无尽的内疚之外，内心一下子轻松无比，身体从一团棉花，立即化成了万吨钢铁，恢复了坚硬的战斗力。事后，我才明白，那个人之所以那么痛快地答应离婚，完全出于赌气，是对我的不满。那个人没有把我的疲软归咎于陌生感，而是一口咬定，饿了一年的一只野狼，面对一只老母鸡没有一点食欲，唯一的解释是在外边吃饱了。

我们刚离婚的那阵子，各种传言很多，基本都是指责我的。说我成了百万富翁，开着大汽车，住着大别墅，一下子变心了，把老婆孩子给抛弃了，在外边另结了新欢。像陈世美中了状元之后，抛弃了秦香莲招了驸马一样，那个新欢是某某市长的千金，或者是某某局长的小姨子。那些传言，其实包含着几分羡慕，也有几分嫉妒，更是一种深深的误会。说实话吧，像我们这样的打工者，别说认识市长的千金或者局长的小姨子，恐怕被市长或者局长的车子撞死的机会也极其渺茫。

在老家人的心目中，上海的每一片叶子都是金子的，每一阵风中都含着金水；金茂大厦东方明珠就是我的，我随时可以爬上去向下边的人挥挥手；那每平方米几万块钱的房子都是单位分配的或者是白送的。有人是这样做出推断的，上海人均收入是每月几万块，我不在饭店里当服务员，不在小区里做保安，不在码头扛麻袋，不在商场里做销售，而是在一家报社当牛逼哄哄的记者。记者是什么？是见官大一级的人，见到镇长我就是县长，见到县长我就是市长。这么大的官，这么厉害的工作，说自己没有钱，谁相信呢？说自己没有见过市长，不是哄人的吗？

其实，在外边打工的日子，你想吃一顿饱饭、睡一个好觉，恐怕都没有心思。不仅仅因为生活成本太高，吃顿饭至少需要十五块，孤独地睡一晚上至少需要五十块。关键是整天就跟上紧的发条一般，你不敢有丝毫的松懈。你稍微歇口气，比如说失业了，那下顿饭就没有着落了。而且这样的日子让你看不到尽头，不知道哪儿才是可以歇息的终点，谁才是你的依靠。唯一可以歇口气的地方就是坟墓，就是死。只有死了，你也许才会踏实一点。

那个人对各种传言是深信不疑的，她觉得离婚只是我的一个骗局而已，原有的夫妻之情慢慢化成了一腔仇恨。刚刚离婚的那两年，我离家太远了，她打不着杆，骂不着调，于是把这种仇恨就转嫁到了女儿身上，干脆把女儿丢在了塔尔坪，成了一个没有爸妈的孩子。我正好姓陈，因为仇恨，那个人就把我的名字改成了陈世美，不但她自己叫，对着女儿叫，还要求女儿叫。女儿还小的时候，她就对女儿说，你是被陈世美抛弃的，你是弃儿你知道吗？

后来，从老家传来的消息，那个人一气之下就再婚了，男的是我们县城的文化干部，两个人又生了一个女儿。人家文化干部知书达理，就把已经上初一的女儿接回了家。女儿当时问我，我能认那个人吗？我说，为什么不能认啊？女儿说，她抛弃了我呀。我说，不对吧，是我抛弃了你。女儿说，你那是离得远，离得远见不着，怎么能算抛弃呢？我说，你是她生的，是她身上掉下的肉，所以你还是认了吧。

再后来，有人告诉我，那个人组建的新家庭也挺幸福，起码两口子天天是在一起的，尤其是那个文化干部天天推着自行车去学校接我的女儿。有人问，女儿成了别人的，你不会生气吧？我说，有人替我养着女儿，我为什么要生气呢？

女儿还是那个人那个人地叫，但是从电话里能听得出来，她已经原谅了那个人。但是那个人并没有原谅我，还像从前一样一口一个陈世美，不仅不让女儿见我，还不允许女儿打电话给我。更加残酷的是，过年或者清明节，我回家探亲的时候，女儿和她妈也都放假了，要么去了她舅舅家，要么去了她阿姨家。女儿偷偷打过不少电话，问我什么时候回去。我总是说，过年吧，过年就回去。往往等到过年的时候，我要么回不去了，要么回去之后又联系不上女儿。从而彻底切断了我和女儿之间的联系。

那个人以此来惩罚我，我其实是乐于接受的，虽然我们离婚并非"外边有了"，但起码是我背井离乡造成的。如果我不离开老家，不从长江头跑到长江尾，追求自己所谓的远方，就不会产生埋葬婚姻的陌生感。她这样的惩罚是非常有效的，女儿可以偷偷地打电话给我，而我想念女儿的时候总也无法及时联系到女儿。那种被动的关系，像生者与死者。死者可以看到生者，但是生者永远看不到死者。也像脱线的风筝，当我想抓住风筝的时候，发现那根线并不在自己的控制之中。

女儿已经十四岁了，有一个在大上海工作的父亲，早就应该被带进了城，转一转，看一看，逛逛外滩南京路，吃一顿传说中的肯德基，了解一下外面的世界。小伙伴们开始很羡慕女儿，羡慕到最后就变成嘲笑，有个了不起的父亲有什么用呢？人家已经抛弃你了。小伙伴们与那个人的看法是一致的，说法也是一致的，作为父亲与女儿，如果长期见不到的话，那不是抛弃是什么呢？

我也有过把女儿偷偷接到上海住几天的念头，但是这样的想法根本不切实际，主要是因为女朋友们根本接受不了我有一个女儿的事实。因为女人最喜欢当妈，最讨厌的就是"后妈"。无论什么情况，仅仅凭着一个"后"字，人家都会怀疑她是小三，是离婚之前就搞上的，是破坏那段婚姻的元凶。有一阵子谈恋爱的时候，我把女儿说出来的时候，那基本就是失恋的时候。所以，为了吸取教训，与女人约会的时候，我不仅绝口不提女儿，而且都会关掉手机。

我心想，女儿毕竟还小，以后还有弥补的机会。所以，整整好几年了，我都没有见到过女儿，只能从稀少的电话里听到她的声音，慢慢体会着她在一天一天地长大。

女儿今天的电话与大年夜的那个电话有所不同，她不再哭哭啼啼的了，而像一只醒来的小麻雀，说话的时候十分欢快。

女儿说，爸爸，你真的不回家看我了？

我说，我要上班嘛。

女儿说，那我来看你好吗？

因为新交往的女朋友还在国外学习，如果女儿此时能来上海的话，那真是太好了，所以我答应得十分痛快。我说，你来吧，上海下雪了。女儿说，再过几小时，我就到上海了，你来接我啊。我说，好啊。

我笑了笑，心想这个小丫头，可能是想爸爸想疯了吧？有一次，与女儿打电话的时候，她就告诉我，她现在快到上海了，是跑步跑到上海的。我说，你骗人，从县城跑到上海，要抵十几个马拉松比赛。她说，我已经跑了一年多，已经跑了一千多公里，已经跑过了南京长江大桥，很快就要跑到上海了呀。原来，她是在操场上跑的，是绕着圈子跑的，是在自己的想象里向着上海跑的。

这一次，女儿应该也是说着玩的，所以我并没有放在心上，只当成是她的一个美好愿望。

挂掉电话，我不管怎么样，还是把家收拾了一下。说是家，其实相当不准确，那只是远郊地区的一间出租屋而已。我把满地的臭袜子捡了起来，把堆放很久的垃圾清理了一遍，为墙上的那块钟表重新安装了两节电池。

我突然感觉有些饿了，但是到厨房里翻了翻，几包方便面吃光了，半壶水不知道哪天烧的，已经变成乳白色的，连自来水都不如。我穿着拖鞋下楼，本来想去饭店吃吃算了，但是想想自己干瘪的腰包和未来的日子，我还是拐进一家农贸超市，买了几把挂面、两斤鸡蛋、几斤西红柿和几把青菜，加上超市送的几根葱，估计可以对付几天。

　　我回到出租屋，把煤气灶修了修，刚刚准备下碗面条，我的电话又响了。还是女儿的声音。女儿说，爸爸，我到了。我说，你到哪里了？女儿说，我到上海了呀。我说，你又做梦了吧？女儿说，我不是做梦，我是坐火车来的。我说，你说说火车长什么样子。女儿说，火车好长，像蛇一样长。我说，铁轨是什么样子？女儿说，铁轨是铁的，像平放的梯子。我说，火车的叫声呢？女儿说，像牛在哭一样。我笑着说，你在编童话故事吧？

　　电话是用手机打来的。电话那边突然换成了一个有些结巴的男人。结巴男人说，你你你，你女儿真的来了，我们在在在火车站南广广广场，你赶紧来接接接她吧。我怀疑地说，你是谁呀？结巴男人说，我我我呀，你不不不认识，她也不认识识识，我们坐同同同一趟火车。我说，是从哪里开来的火车？结巴男人说，从西安开来的，你女儿这么小小小，你也敢敢敢让她一个人出门？我说，我女儿叫什么名字？结巴男人说，叫麦子，陈陈陈麦子，咱们陕西丹凤县的，我如果是人人人贩子的话，谁会傻傻傻成这个样子，给你打打打电话不就走漏风声了吗？

　　我说，你让麦子站站站着不要动，我马马马上上就来！

　　我也成了结巴子。我挂掉电话，立即向公交车站跑去。我的心突突地跳着，几年没有见到的女儿已经来上海了！见到门口的保安，我在心里对保安说，我女儿来上海了；见到公交车司机，我在心里对司机说，我女儿来上海了；见到几只麻雀，我在心里对麻雀说，我女儿来上海了。

我真想把这个消息告诉每一个人，甚至包括自己的女朋友——我最不敢告诉的人就是女朋友，最想告诉的人也是女朋友。我突然意识到，这么大的城市平时再繁华再热闹再拥挤，其实对我而言都是一个空城，我所拥有的都飘浮在空中。但是女儿在的时候就不一样。现在因为女儿的存在，被一个春节刚刚抽空的城市，又一次显得丰富而生动起来。

我想起办理离婚手续的那天，我们从法院出来的时候已经是黄昏，被一个人丢在外边的女儿，站在昏暗的路边大声地哭着。我擦去女儿的泪水说，等有机会了，我就带你去城里。女儿说，真的吗？我说，爸爸不会哄你的。女儿说，我会放牛，我去给你放牛吧。我说，城里没有牛，你帮我们放人吧。女儿说，人怎么放？也要割草吗？女儿的声音是绝望的，是撕心裂肺的，像一把把刀子，总在我想起她的时候一下下地割着我的心。

我坐着公交车去火车站的路上，第一次认真地打量着窗外的一草一木。这个城市的一草一木与我有关起来，树梢上生出了嫩芽，小草变成了鹅黄色，虽然刚刚还在下雪，其实春天已经开始。上海就是这样，像他们的食物又放糖又放盐一样，冬天与春天总是相伴而生的。我好奇，为什么父亲来上海的时候，我并没有观察到那些细微之处，是不是因为父亲进城的目标是建立与世界之间的关系，而女儿进城的目标是建立父与女之间的关系呢？这之间是有巨大差异的，所以我开始盘算的，不是把什么样的上海介绍给女儿，而是把什么样的自己介绍给女儿，把什么样的感受留在女儿的心里。

在火车站南广场，我隔着一排栏杆，看到一个扎着马尾巴的小姑娘站在来来往往的人群之中茫然地张望着。我朝着那边轻轻地喊了一声"麦子",有一个老人停下脚步疑惑地问,哪里有麦子呢?城里怎么会有麦子呢?我挥着手,大声地喊着,麦子!女儿!老人笑了,他明白地说,我就说嘛,城里怎么会有麦子呢!

女儿听到喊声,怔怔地站在远处,陌生地打量着我。几分钟之后,她突然回过神,朝着栏杆慢慢地靠近。我跨过了栏杆,站在了女儿的面前。我搂住女儿说,你认得我吗?女儿摇了摇头,又点了点头。女儿向后退了几步,拉开距离打量着我,像要好好地记住我,又像是在把梦幻与现实进行对照。但是不到一分钟,她再也忍不住了,一头扑进了我的怀里,轻轻地喊了一声"爸爸"!

我的出租屋位于破旧的老弄堂中,是六楼的一室一厅的老房子,没有安装电梯,也没有阳台,每家每户窗子外边都安装着晾衣杆,天晴的时候上边搭着被子、褥子和衣服,还有鞋子、袜子和内衣,在半空中随风飘来飘去,像五颜六色的小旗子。

女儿踏进出租屋,像卫生检查员一样,东边翻翻,西边看看,一会儿拉开房间里的抽屉,一会儿摸摸桌子上的灰尘。我站在房子中间,内心一时慌乱起来,那落满灰尘的桌子和空空荡荡的抽屉,不就是我生活的写照吗?不就是我空空荡荡的处境吗?

最后,女儿走到窗子前,拉开窗帘,看着远方,发出一声感慨:这房子好敞亮啊!站在这里能看到东方明珠吗?

我朝着远方指了指说,天气好的时候,不仅能看到东方明珠,还能看到金茂大厦。女儿说,金茂大厦有一百层,高四百二十米,对不对?我说,你怎么这么清楚?女儿说,都是你自己说的。但是我没有告诉女儿,从这里看到的东方明珠,只是一个似有似无的小锥子,而且必须没有一点云雾也没有一点灰尘。这种非常理想的天气,一年当中只有一天两天的后半夜。

三

  在城市里生活，你运用什么样的交通工具，说明你过着什么样的日子。你步行，说明你是一个观光客，或者是已经退居人生二线的人，不需要再为生活而去奔波去追逐；你骑助动车，说明你是边缘人，是在夹缝中苦苦挣扎着的，既不是机动车又不是人力车，行驶的道路既不在人流中也不在车流中，既想有速度又不想费力气；你开着小汽车，说明你是有点资本的小白领，不用在乎外面的风风雨雨会影响你的行程；你开着宝马奔驰，说明你是一个成功人士，起码是成功人士的后代，或者是中了大奖的暴发户；你开着飞机出行，就像广东东莞的那个商人，飞了几个小时就为了找一片海水游泳，说明你已经不再是人了。

  我是一个本本族，就是只有驾驶证没有汽车的人，那辆汽车只存在于我的人生蓝图中。所以平时基本是挤公交，还有辆很破的自行车，碰到有十万火急的事，是舍不得坐出租车的，基本是坐非法运营的摩托车。别人问起来的话，我就辩解，摩托车虽然是违法的，但是坐车的人违法吗？

  女儿突然来到了上海，为了不给千千万万的打工者丢脸，也为了出行方便，我思来想去，准备借一辆最实惠的助动车。只有这个东西，汽车不像汽车，自行车不像自行车，比较符合我目前的身份，也是我勉强能够承受的交通工具。

我偷偷地打了几个电话，好多人还在外地过年，只联系到了同事小叶。小叶是安徽人，和我一样是农村出身，在报社里要编制没有编制，要权力没有权力，做着临时工一样的小记者。小叶比起我活得稍微滋润一点，是跑消费维权条线的，所以他有一辆助动车。听到我想借他的助动车，他犹豫了半天，说是先问问老婆。小叶请示的结果是躲躲闪闪的，一会儿说媳妇要出门见朋友，一会儿说有点毛病发动不起来。最后，小叶被我的电话逼急了，生气地说，你想借的，又不是我的女人，骑骑有什么关系呢？可那狗日的死活不同意！我说，谁是狗日的？小叶说，还能有谁?! 我们家的老母猪。

我实在没有别的办法，就跑到楼下的修理铺，问有没有助动车借一辆？修车的老板不熟悉，只是经常在路上碰到，相互笑笑打个招呼。老板听说是"借"一辆，就说，不是我不借你，关键是这些车都是人家的，我怎么好把人家的车借给你呢？我算了算账，与女儿一起坐公交车，每次起码也得十几块钱，所以就问，既然是人家的，我租用几天应该没有问题吧？老板一听要"租"，就又改口说，这些车呀，闲着也是闲着，每天二十块吧。最后讨价还价，以十五块钱一天的价格成交，我租了一辆充电的雅马哈。

当我把一辆黑漆漆的助动车推到楼下，一时感觉这不是一辆助动车，好像是我刚刚获得的一匹小马驹。虽然是租来的，让人感觉十分奇妙，你不用再掐着时间往车站里赶。而且你的速度与方向不再掌控在别人的手中，也不再与别人挤在一堆，争着抢着同一个座位。这就是处境，一个人的处境好与不好，就要看你能不能为自己的生活做主，能不能把自己的生命消耗在自己的手掌心。

初五的晚上，豫园有一场热闹的灯会。如果在我们老家，看到各种各样的灯，在门前的大路上通过，感觉那不是在玩灯，而是在赶往童话世界。如果再把女儿架在自己的肩膀上，让女儿看到别的小孩子看不到的场面，那种感觉就更加温暖了。但是来到上海后，对猜灯谜呀，品梨花糕呀，什么趣味都没有了。所以，我从来没有去过豫园，甚至不明白豫园与城隍庙到底是不是同一个地方。不是我不想去，是一个人没有心情去。独自在外，哪怕再好的景色，看与不看是一样的，而且有时候看了之后，不但不会快乐，反而会更加伤感。

为了让女儿能够感觉得到大城市的生活，特别是大城市的春节，与农村的春节一样有趣，我决定第一件事是带女儿去逛豫园。如果运气好的话，还可以猜几个灯谜，替女儿赢几个小礼物；如果女儿真想尝尝豫园的小吃，十块钱一个的鱼丸子就算了，几块钱一个的南翔小笼，一定得满足她。

我匆匆地煮了两碗面条，两个人吃完之后就下了楼。我郑重地推出了那辆雅马哈，拿出抹布把车灯、车架和车轮子细细地擦了一遍，然后拍着油光发亮的座位说，漂亮吗？女儿说，漂亮。我说，哪里漂亮？女儿说，颜色漂亮，样子也漂亮，骑起来应该更漂亮。

我拿出电子钥匙，远远地按了一下，助动车就亲切地叫了一声。女儿好奇地问，这是干什么的？我说，你按一下，它就叫一声，锁就开了。

女儿拿着钥匙一边朝远处走，一边按着。她每按一下，它就叫一声，足足走到五十米之外。女儿说，它好听话呀！我说，如果给牛也安一个，是不是很有意思？

我点着火，加大油门，一溜烟地驶上了大街。女儿坐在后边，可能是为了躲避寒冷的风，也可能是享受难得的幸福，她把她的头紧紧地贴在我的背上。我感觉自己的后背温暖了起来，不知道什么时候几年的距离已经被填平。我问，你知道什么样的车才是最好的？女儿说，越小越好，小汽车比拖拉机好，拖拉机比火车好，对不对？我说，完全正确！你知道为什么越小越好吗？女儿摇了摇头问，是不是越小坐着越舒服？我告诉她，因为在城市里到处都堵车，车越小跑起来越方便，所以车越小跑得越快。

来到武宁路的时候，虽然不算高峰时段，但是已经开始堵车。我一加油门，雅马哈像蛇一样在车流中间绕来绕去，很快就蹿到了前边。有一辆豪华小轿车，刚才在超越我们的时候，还在炫耀似的按着喇叭，现在却被我一下子抛在了身后。我告诉女儿，人家那是宝马，一百多万呢。女儿说，再贵有什么用，还不是跑不过我们？

开车图什么呢？不就是图快吗？对于从山里来的女儿来说，她的这个理由是成立的，也是十分有说服力的。在女儿几乎是一片空白的心里，她无法想象一辆车，除了是交通工具之外，还有别的什么用途。

在下一个路口，正好碰到了红绿灯，我的助动车与那辆宝马，正好同时停在斑马线上。宝马的窗户降了下来，有一个小男孩伸出头，报复性地对着女儿问，你认识这是什么车吗？女儿很干脆地回答他说，宝马呀。小男孩又问，你坐过宝马吗？女儿回答他：我没有坐过。从小男孩的表情里，女儿感觉到了敌意，她又加了一句：我骑过牛，你家有牛吗？

女儿的这句回答远远超出了我的想象。在城市生活久了，自己被轻视久了，甚至被嘲笑久了，我开始还进行一些反抗，后来连一丝反抗的理由都没有了。比如人家说，你们山里太落后了，怎么连手机信号都没有啊？我说，山里空气新鲜，又没有任何辐射，不像城里整天都是雾霾，根本不是人待的。人家说，那你还待在这里干什么？我慢慢地发现，随着一波波农村人涌入城市，自己的一切辩白都是软弱无力的，既然你还不能离开城市，还得像气球一样飘浮着，你就必须服软,或者叫认同,或者叫适应。

正当我为女儿的话暗暗得意的时候,在宝马发动的那一刻,小男孩把头伸出窗外,对着女儿说,我家没有牛,但是我家有大把大把的牛肉干……

你山里人不是有牛吗?你不是可以骑牛吗?但是你把牛养大了,就跟你毫无关系了。城里人对活着的牛毫无兴趣,甚至已经无法区分牛与马的差别,他们只在乎一头牛被杀被宰之后的尸体,比如牛排、牛腩和里脊分别是多少钱一斤,它们的舌头、嘴唇和眼睛都有什么吃法,骨头是不是可以制成工艺品挂在墙上。

我加大油门,想赶上那辆宝马,但是女儿并不在意,用鄙视的口气说,牛肉干有什么了不起的?还不是从我们的牛身上割下来的吗?

我欣慰地笑了。你城里人再厉害,吃的每一粒米,喝的每一口汤,哪一样不是从泥巴里长出来的?哪一个不是靠着农民养着的?农民不种地了,不养牛了,不养猪了,你城里人再有钱,难道直接去吃水泥与钢筋吗?

我继续向豫园的方向冲去,在又一个十字路口被警察挡住了。警察给我敬了一个礼,然后说,请出示行驶证、驾驶证。我说,为什么呀?警察说,你违章了。我说,我没有啊?我没有闯红灯。警察说,第一,你没有按照道路行驶;第二,你骑车带人。我说,我后边是个孩子,我不带着她能行吗?至于第一条,我不走车道,你让我走哪里啊?警察说,你这是助动车,别把自己当小汽车,你应该走非机动车道,最边上的那条,明白吗?我说,助动车怎么了?助动车就不是车吗?

警察指着女儿说,让孩子先下来吧!警察话音一落,女儿不小心从后座上摔了下来。我本来是很生气的,但还是用已经习惯的服软的口气说,大过年的,你就放掉我吧,我下次保证不敢了。警察说,过年怎么了?过年杀人就不偿命了?我说,谁杀人了?我杀人了吗?警察说,我打个比方懂吗?

警察从摩托车的后备箱,掏出一个小本本,然后低头开罚单。我说,法律就是法律,你得给我说清楚,我到底把谁杀了?警察说,你杀了谁你自己明白,你要老实交代。我说,我没有杀人,你这么拦着我凭什么?警察说,我什么时候拦着你了?我说,你没有拦着的话,那我走了啊?

我推着雅马哈准备离开。警察抬起头,笑着说,你绕来绕去,险些把我给绕糊涂了,奶奶的。我说,你不应该骂人。警察说,奶奶的,你到底是干什么的?我说,我是报社记者。警察说,难怪了,你差点就把我给绕进去了,你是记者对吧?记者更应该遵纪守法,请你接受处理,罚款五十元。我说,我认识你们领导,他叫陈九龙,我也姓陈。警察看也不看我,只是冷冷地说,你认识江泽民,但是江泽民不认识你;我们领导确实姓陈,天下姓陈的几千万,老实告诉你,我也姓陈。他说着,一下子撕下了那张罚单。

我不得不搬出女儿说,我女儿是第一次来上海,你就看在孩子身上,放过我们这一次吧。我几乎是哀求的态度,我之所以这样,其实有两个方面:第一,如果真的被罚了,我在女儿面前多没面子;第二,我身上恐怕连五十块钱也没有,如果交了罚款,晚上拿什么给女儿买东西吃呢?

天彻底黑了,又一辆助动车从我们身边呼啸而过。我说,你为什么不处罚他?警察说,先说你吧。我说,你执法不公,我要投诉你。警察说,你想到哪里去投诉?中共中央怎么样?那是你的权利,如果你要公平的话,那请你出示行驶证,没有行驶证是吧?如果没有行驶证，你的车我们是要扣押的。

我几乎要崩溃了，轻轻地嘟哝了一句，我根本没有五十块钱。我不是说给警察听的，也不是说给女儿听的，而是一种自言自语。其实我是实话实说，我身上总共加起来，应该只有四十六块五毛，而且是我最大的一笔财富。因为腊月二十九刚刚还完三千多块的房贷，加上我所在的这家报社经营十分不景气，已经三个月没有发工资了。

女儿说，爸爸，我有。

女儿坐在地上开始脱鞋，然后拿出了鞋垫子。

我以为鞋里落进了沙子，当她把鞋垫子取出来以后，才发现两只鞋垫子下边，放着一叠花花绿绿的钞票。女儿拿出这些零钱一张一张地数着，数完了，她说，爸爸，给你，我有四十五块。

女儿把钱递给我的那一瞬间，我的眼泪流了出来。事后才知道，女儿为了能来上海看我，这些钱都是她利用放假的时间，挖柴胡、苍术等药材而积攒下来的。平时，她连一根冰棒都舍不得吃，别人问她，你一个孩子，攒钱干什么用啊？她就说，有一天攒够了钱，我就买票去上海看爸爸。

我还没来得及凑够五十块钱的时候，警察的目光变得从未有过的柔和。他好奇地看了看我，又好奇地看了看女儿，从我手中接过那叠钱，然后对着女儿说，小姑娘，我帮你垫五块吧。警察从身上摸出五块钱，叠在一起装进了摩托车的后备箱。警察在离开的时候，顺手把女儿从地上拉了起来。

女儿问道，警察叔叔，那些钱你不数一数吗？

警察回过头敬了一个礼，对着女儿笑了笑，就骑着摩托车消失了。

我再次骑上助动车的时候，已经没有什么参加灯会的欲望了。女儿也说，爸爸，我们回去吧。我问，灯不看了吗？有你最喜欢的兔子灯呢。女儿说,听说爸爸你会扎灯,我们回去自己扎灯吧。

在老家过年的时候,大人给孩子最大的礼物,不是钱,不是糖果,也不是新衣服,而是灯笼。孩子们提着大人们给他们精心扎的灯笼,大家从东家跑到西家,不是为了串门子,而是展示自己的灯笼,谁的灯笼最漂亮,谁的灯笼不会熄灭,说明谁的爸爸最能干。我给女儿扎灯笼,记得只有一回,那时还没有离婚,女儿三四岁的样子,当她挑着那只兔子灯,挨家挨户地走了一遍却依然亮着,但是其他孩子的灯笼早就烧光了,当时的自豪至今还印在女儿的心上。

回到出租屋,我找出一根铁丝,几乎用了半个晚上,在凌晨四点的时候,终于扎成了一只五角形的灯笼。这种灯笼扎起来方便,而且看上去像天上的星星。当我找来两根蜡烛,把灯笼点起来的时候,女儿已经趴在床上睡着了。她不时地笑出了声,也许在梦中正提着灯笼串门子吧?

我没有把灯笼吹灭,而是挂在女儿旁边的窗子上。到天亮的时候,女儿揉了揉眼睛,兴奋地说,爸爸,你快起来看呀,竟然有五角形的太阳!

太阳确实开始徐徐地升了起来,不过它是圆的,而不是五角形的,从地平线升起来的时候,像一只红色的一扎就破的气球。

四

到正月初六的时候,天空一下子放晴了,不但没有了雪花,气温也一下子蹿上了二十多度。还在春节当中,老家还在大雪纷飞,上海却真正进入了春天,那空气被阳光一晒,就暖暖的滑滑的了。而且绿化带里的花儿,特别是蜡梅花,一下子全开了。

这样的天气,正好适合带女儿去公园游玩。到一般的公园,是没有意义的,小草、柳树、繁花,对生长在农村的女儿而言,那不是什么稀奇的景观。另外,农村应该有大量野生动物出没的,只是这么多年由于山林被砍伐,动物已经消失得差不多了。狼、老虎、狐狸、梅花鹿都绝迹了,现在只有少量的野鸡、松鼠。动物界也在进行着城市化进程,在城市里明目张胆地生活着,只是它们不在大自然中,而是在动物园里。动物园是什么,其实就是动物们的设在城市里的监狱,所有动物都被人类以莫须有的罪名抓起来,如今关在城市进行着劳动改造。

所以按照预定的节目,我决定带女儿去西郊的上海动物园,看看人们不断议论的那些传说中的动物。按说看动物应该去上海野生动物园,那里的动物没有装在笼子里,相反装在笼子里的却是人,动物更符合天然的野性。但是一打听,野生动物园的门票要一百多元,对记者并不免费,而且针对的就是儿童游客。

这么多年,我很少去公园,主要原因还是钱。思乡之情就是对土地的思念,就是对大自然的无比留恋,在异地他乡的城市里,能看到一棵杜鹃花我就十分兴奋,能看到一棵老家山里常见的松树我就像是看到亲人一般。我何尝不想经常去公园里,与老家的那些草草木木见上一面,寄托一下自己的感情呢?但是进公园是需要买票的,我这个花钱以一块一块斤斤计较的人,怎么可能有兴致去公园好好地走走呢?

只有你在一个城市里扎下了根,觉得这块土地是你的,你才有闲走的兴致,才会把一草一木当成生活中的一部分,与它们融为一体,与它们一起返青一起衰老。对于一个过客而言，特别是一个有些潦倒的过客，你的第一需求是谋生，你只有制造风景，而不是享受风景。像那些绿化工人一样，他们很难把种草栽树当成一种享受。

有了昨天的经历，我推出助动车的时候已经没有任何的自豪感。看到助动车在阳光下发出的光，感觉那不是光，而是一把刀子。我按了一下电子钥匙，听到那声叫唤，心里更加慌张起来。女儿也不靠近它了，而是远远地站着。

我知道女儿的心思，干脆把助动车推出去，还给了修理铺的老板。然后与女儿一起，坐着公交车向动物园赶去。

我们来到动物园的时候，已经是早上十点左右。因为天气好，又正值过年，所以动物园门前真是人山人海，马路两边停满了汽车，门口排成了长龙。大家都到动物园探监来了，感觉人类才是动物们最亲密的朋友。

我与女儿直接排在入口的队伍中。女儿提醒说，爸爸，要买票的吧？买票好像不在这里呀。我回答她，你是孩子，孩子不用买票的；我是记者，记者也不用买票的。女儿问，我们不花一分钱就能逛公园了？我点点头说，是的，爸爸厉害吧？女儿佩服地说，那我们明天再来一次吧。

我确实有一张报社内部制作的临时采访证，是报社自己用硬纸壳制作的，盖了一个公章，写着记者的名字与监督联系电话，以及"请在交通、通讯和住宿等方面予以照顾"。其实这都是一些屁话，碰到不懂行的，还可以蒙一蒙；碰到不太计较的，也可以放一马。但是碰到较真的，一查验，没有"国家新闻出版总署"字样，也没有证件编码，全都是不正规的冒牌货。

女儿还是与几年前一样那般瘦，像那首歌唱的一样"没爸的孩子像根草",稍微有点风,就被吹倒了。不过,个子却长高了不少,我大概目测了一下,很明显超过了一米二。我告诉女儿,让她进去的时候最好蹲着点。女儿问,你怕什么?怕我撞上了门头?动物园好像没有大门头呀。我笑着说,你个子太高,怕你撞上了天上的白云,反正你听话,蹲着点就行了。

我照着赵本山"卖拐"的样子,屈着腿,弯着腰,给女儿示范了几步。女儿还是有些摸不着头脑,我怕出什么意外,在接近入口的时候,还是实话告诉她,前边墙上有一条线,低出那条线就是免费的,高出那条线就是收费的。我们排了一个小时的队,女儿在进门的过程中,她的头忽高忽低,一会儿超出那条白线,一会儿又低于那条白线。

检票员甲说,这孩子好像不止一米二吧?

检票员乙说,这孩子难道是个瘸子吗?

检票员乙用怀疑的目光盯着我。我什么也没有回答,微笑着点了点头,然后轻轻朝里一推,把女儿顺利地推进了大门。

轮到我自己的时候,我主动把临时采访证递了上去。甲看完又递给乙,乙看完又递给甲。甲说,你这不是记者证吧?我说,上边有公章,而且有联系电话,你可以打电话核实一下。乙说,正规记者证应该是国家颁发的,你这个记者是你们自封的。

我一边朝前挤一边说,记者能自封吗?如果能自封的话,我就把自己封为市长。乙说,别说是市长了,你如果是一个小小的镇长,我们不但不收你的门票,还要敲锣打鼓欢迎你。我说,你们的小东北虎出生,我进来采访的时候,你们没有敲锣打鼓,但是确实列队欢迎过,我今天来不为别的,就想回访一下小家伙,看它过得怎么样了。甲说,孩子呢?也是采访吗?我说,孩子?哪个孩子?甲说,你就不要装了,采访也要有园方的通知,我们没有接到园方的通知。甲乙二人说着,将临时采访证还给了我，然后硬是把我推到了一旁。

我本来想说，我可以不进去，但是孩子在里边，孩子是第一次来逛公园。但是我忍住了，一个会走丢的孩子，在这些人眼里是毫无分量，甚至会引起不必要的蔑视。后边排队的游客已经开始起哄了，有人不停地向里边挤，有人则大声喊着"让开"。还有人用上海话说，哪里来的港督，竟然冒充记者，分明是想混票嘛，即使是记者又能怎么样？记者就了不起呀？记者就可以不付钞票啊？

我对着一个男人说，你说谁呀？关你什么事啊？你以为说几句上海话就是上海人了？

但是对方更凶，扬了扬拳头说，我就说你的，你怎么着吧？！你不是记者吗？你来给我曝光啊？给我上报纸啊？

本来以为顺利进入动物园后，好好地把临时采访证给女儿看看，鼓励女儿好好学习，以后也要当记者。但是现在，一个没落记者的穷酸面具，被这几个人全给扒了下来。说白了，我目前的身份，跟这张临时采访证一样，不明不白，破旧得有些发黄，而且根本没有办法得到人家的认可。

我十分气愤，但是又毫无办法，只能大喊一声女儿的名字。女儿回过头，不屑一顾地看了看不远处的动物，然后慢腾腾地走出了动物园的大门。当她经过那根白线的时候，我发现挺直了腰杆子的女儿，已经高出免票线足有半尺的样子。我内疚地说，我们不去了行吗？女儿没有作声。我说，不是买不买票的事情，是他们说话太气人，上次我来采访的时候不但没有买票，副园长还出来迎接我呢。

我拿起电话，打给了报社的主任，说自己到动物园采访被拦住了。主任说，动物园有什么新闻吗？我说，据说狮子怀孕了，怀的是双胞胎。主任说，这不是你的条线，我先问问条线记者吧。主任过了半天，打电话告诉我，经过条线记者核实，狮子早就丧失生育能力，消息纯属子虚乌有。我说，给市民澄清一下也是新闻，你能不能打个招呼，让我进去一下？主任说，你去采访，我给条线记者怎么交代？你还是撤回来吧。

放下电话，我对女儿说，我们晚上再来吧，晚上没有检票员，而且晚上人少，更有意思。女儿问，真的？我说，当然真的，你看看那么多人，里边挤来挤去的，我们两个个子都很矮，恐怕连长颈鹿的头也看不全吧？而且万一被挤到大坑里，就被老虎一口吃掉了。我不骗你啊，这里的老虎真吃过人的，几口下去人就被撕成了两半边。

女儿又问，哪天晚上？

我说，就今天晚上。

我并没有哄女儿，在晚上看到的动物确实不一样。白天的动物与自然是分裂的，与人类是分裂的，性格也是分裂的，它们一旦到了晚上，才能恢复原有的本性和安静。可以这样说，它们白天是供人们参观的展品，晚上像演员卸妆一样全部会恢复本来的面目。

女儿到上海仅仅两天时间，便两次目睹了自己与这座城市之间的摩擦，这座城市不但没有给我的头上增加光环，反而给我的脸上抹了一层灰暗。女儿进城，像一根银器一样，在食物里探一探，立即测出了自己对于这座城市而言，似乎不是什么琼浆玉液，而是一滴水处于一桶油之中，无论怎么晃荡都是融不进去的。这多多少少让我有些沮丧。

离天黑还有一段时间，我准备带女儿去旁边的西郊宾馆转转。那是上海最有名的宾馆，据进去过的人告诉我，里边苍松翠柏，溪流瀑布，鸟语花香，不像是存在于土地上的，也不像是存在于人间的，而是从这座城市的中间切割出来的一小块天堂。

我与女儿离西郊宾馆还有几十米，就有两个保安全副武装地靠了过来。他们一眼就能看出，我们这种穿戴之人，根本不是这里的客人，而是想把这里当成免费公园罢了。这一次，还没有等他们开口，我悄悄地拉着女儿离开了。我没有告诉女儿具体离开的原因，女儿也没有问什么，只是通过高耸的大门朝里边看了看。

女儿看到一群麻雀在里边的大树上跳来跳去，便好奇地问，它们怎么不飞出来呢？

我说，可能有网吧？

如果真有网，应该是看不见的网，是女儿难以理解的网，所以我又改口说，可能里边虫子多。

我遵守了自己的承诺，当刚刚蒙上的一层淡淡的夜色，被次第开放的华灯撕碎的时候，我带着女儿又一次出门了。我们第二次赶到动物园，虽然已经停止售票，但是许多游客迟迟不愿意离去。女儿一直问，我们什么时候进去？我总是说，不急，人还太多。女儿问，天黑了，动物会不会睡着了？我说，睡着了我们就揪它们的耳朵。

我凑近女儿的耳边，悄悄地告诉女儿，我们之所以要晚点去，在没有人的时候去，除了能揪一揪大象的耳朵，还可以骑着骆驼走一圈。女儿听了，两眼放光，显得十分向往。在老家，男孩子可以骑牛，女孩子谁敢呢？如今在爸爸的守护下，她马上就要骑骆驼了，这简直太了不起了。

我带着女儿坐在动物园对面的马路边，看着人们一波一波地向外边散去。夜色慢慢地深了，动物园慢慢地暗淡了下来，整体看上去像一只迅速长大的野兽。顺着动物园的围墙向里看，能够看到一棵一棵树梢摇晃得厉害，像一只野兽恢复了本性，要趁机伏击这座城市。

动物园位于西郊，处于虹桥机场边上，加上周围全是高档的别墅区与五星级酒店，所以这个地区是上海最幽静的。在大城市，越是吵闹的地方越是穷开心的地方，越是幽静的地方越是不食人间烟火的神仙出没的地方。随着天空完全黑下来，游客们也被完全清空了，大铁门哐当一声被关上了。

女儿紧张地站了起来，指着大门对我说，你看看，门锁了。

我装作很吃惊的样子说，不应该呀？明明是二十四小时的呀？

两个保安把两扇大铁门关了起来，加上了一把把大锁，然后推着自行车消失了。又等了半个小时，动物园门口的小商小贩，也陆续撤走了，四周完全安静了，只有马路上的小汽车在奔驰着。我摸了摸女儿的头说，门关了更好，我们就不用买票了，四十块一张，两张八十块呢。

我拉着女儿，向动物园一步步靠近。女儿问，爸爸，你有钥匙呀？我从地上捡起一片树叶子说，一片叶子就是一把钥匙，一朵小花也是一把钥匙，只要你想，就没有打不开的门，你相信爸爸吗？女儿说，我是爸爸的女儿，哪有女儿不相信爸爸的呀。我有点黯淡，把那片叶子在风中挥了挥，然后实话实说——我们翻门，你翻过门吗？

女儿说，我没有翻过，那些男同学翻过，他们经常翻门去看电影。我问，你敢吗？女儿抬头看了看我，过去不敢，现在敢。我问，为什么？女儿说，有爸爸陪着，我有什么不敢的呢。

听到这句话，我的眼睛有点湿润了。我真有点后悔，后悔为了节省八十块钱，让女儿经受这样的折磨。但是，如果真的买票进去了，那我们父女之间一辈子恐怕就没有这么奇妙的经历了吧？同样的景色，从正面和从反面去欣赏，肯定是不一样的，有时候在黑夜中，世界才会露出最真实的面目。

我们装作经过的样子，来到紧锁的大门旁边。大铁门足有两米高，上边是刺刀形的围栏。说时迟那时快，我"呼"的一声蹿上了大门,等我伸手要拉女儿的时候,她却说,爸爸,翻门不好吧?这不是小偷吗?

我没有等女儿回过神,就把她一把拉了上去,再把她轻轻放到了地上。仅仅两分钟的时间,我与我的女儿就站在一扇大门的另一边了。随后,女儿一直追问,她是怎么跑到里边的,怎么一点都想不起来了。我告诉她,她是飞的,当她一闭眼睛,翅膀就长出来了。女儿笑着说,嗯,好像是飞,小鸟也会飞,所以说小鸟也不是小偷。

我知道,女儿这是在自我安慰。我感觉得到,生活在老家的女儿,即使和那个人和好如初,同样过着十分艰苦的生活,但是她的心境并不比我低。

我们在一片树林中间的草坪上放心地坐了下来。我问女儿,害怕吗?女儿说,在有灯光的地方挺害怕的,总怕被人抓住了,但是现在就不怕了。我问,这又为什么啊?女儿说,黑漆漆的,别人还以为我们是一棵树呢。

当你融入一片夜晚的树林之中,随着有点寒意的风刮起来,那一棵棵影子婆娑的树,真像是在四处走动一样,与浪荡漂泊的夜游人,看上去还真没有太多的差别。我一抬头,发现有一弯上弦月,挂在西边的天空,虽然缺了半边,但是依然很亮。这是我在上海看到的最健康的月亮了。

我指着月亮问,你看月亮像什么?女儿说,像一把镰刀。我问,你再看看像什么?女儿说,像一片柳树叶子。我问,再看看,到底像什么?女儿说,像爸爸的半边脸。

我没有再问下去。说月亮像镰刀,那是女儿从课本上学的,是老师教的;说月亮像柳树叶子,那是女儿自己的比喻;说月亮像爸爸的脸,那是女儿在老家想爸爸时,经常对着月亮浮上心头的画面。女儿才十四岁，十四岁啊！她已经在不停地欣赏着月亮，忍受着对亲人思念的煎熬。谁说只有背井离乡的人才有思念呢？这些留守着的孩子们的思念，比我们这些流浪的人恐怕更加惨烈。

我拉着女儿，顺着一条小路，朝动物园的深处走去。经过一个湖泊的时候，也许是起风了，也许是我们的脚步声，惊动了栖息在树上的天鹅。它们鸣叫着，拍打着翅膀，一会儿冲上天空，又一会儿落于水面。我告诉女儿，这是天鹅湖，刚才惊飞的，就是天鹅了，它们长着雪白雪白的羽毛，有一双修长的腿，那脖子弯弯的。

我不知道怎么给女儿勾画天鹅的样子，突然想起了骆宾王的诗，于是念了起来："鹅鹅鹅，曲项向天歌，白毛浮绿水，红掌拨清波。"女儿什么也没有看见，无法想象天鹅与鸭子有什么差别，她还是对我说，我知道，它们会跳舞的。女儿所说的，应该是芭蕾舞"天鹅湖"中描写的那段有关公主的凄美故事吧？

越往动物园的深处走，越让人提心吊胆，你一时真的很难分清，这些树林里会不会突然冲出一头怪物来。我们走了几个观赏区，除了几只飞禽之外，没有遇到一只动物。这些懒家伙，白天它都不愿意出来，何况是晚上呢，应该躲进笼子睡觉去了。于是每到一个地方，我只能借着暗淡的月光，凭着标牌上的文字，给女儿指着说，这是老虎待的地方，这是猴子待的地方，再根据自己掌握的知识，进行一些肤浅的描述。

但是一路上，女儿还是十分高兴。接下来碰到的事情，是比较幸运的。我们在一座吊桥上坐下来休息的时候，由远及近地传来一阵窸窸窣窣的声音。女儿说，赶紧跑吧，爸爸。我说，再等等，说不定是一头骆驼，如果真是骆驼的话，我就让你骑一圈。女儿说，要是一只狼那怎么办？它会吃掉我们的。我说，如果狼来了，就让它吃爸爸。

女儿说,还是吃我吧。我说,你这么瘦这么小,人家吃不饱。女儿说,你这么老,人家咬不动。我说,我们干脆一起跑吧。

我告诉女儿,在城市里,猫都是不抓老鼠的,狼已经忘记自己是长着牙齿的,何况狼和老虎都被关在笼子里。女儿说,骆驼不关起来吗?我不知道骆驼是不是关着的,正当我一时无法回答的时候,两只动物已经走到了不远的地方。它们低着头,一边走一边啃着地上还没有发芽的小草,有时候也抬起头啃一啃空中的树枝。

趁着淡淡的月光,我模糊地发现,应该是一种温顺的动物。

女儿说,好像是两只牛。我说,动物园只有稀奇的动物,牛是没有资格进入动物园的。女儿说,真的是牛,和我们老家的牛一模一样。

它们确实像牛,摇着尾巴,打着响鼻,慢慢地来到了吊桥下边。它们身上的斑纹一道白一道黑,像马路上的斑马线。我明白了,它们不是牛,而是斑马,于是十分兴奋地对女儿说,这是斑马。女儿说,斑马会吃我们吗?我说,斑马只会吃草,我们是草吗?

女儿不再害怕了,站起来一步一步地靠近它,折下几根树枝子去喂它,还趁机摸到了斑马的头,揪了揪斑马的耳朵。两只斑马并不在意,朝着女儿的手蹭了蹭,它们有时候也相互蹭一蹭。也许,它们也是一对父女,相约着一起在这月光下溜达溜达来了。

我模糊地念着标牌上的介绍——斑马是非洲特有的动物,由四百万年前的原马进化而来,斑马是黑色皮肤,黑毛与白毛相间的动物,每匹斑马的斑纹都不一样,它们以此来相互识别。斑纹可以用来混淆视线,当斑马成群结队,尤其是奔跑时,斑纹会使食肉动物眼花缭乱而找不准攻击目标。斑纹还可以调节体温,因为白色可以反光,黑色可以吸光、升温。斑马的视力不俗,视野宽阔,在较黑暗的环境也能看清事物,与食肉动物相比还是较弱的,但斑马的听力灵敏,可以防止在夜间轻易被食肉动物捉到。

我说，你想骑它们吗？女儿说，不想。我说，为什么不想？女儿说，那会吓跑它们的，我想和它们多待一会儿。

月亮一会儿就落下去了，这里又是动物园的深处，所以显得特别阴暗。两只斑马也许是已经吃饱了，也许需要睡觉了，便一前一后地朝着树林深处走去。我们也打算结束这段夜游，翻过那扇紧锁的大门，重新回到现实的吵闹之中。

我和女儿在走出动物园的路上，幸运地遇到了几头大象，它们一动不动地站着。其实它们不是大象，而是大象的雕塑。女儿还是十分高兴，一会儿摸摸大象的鼻子，一会儿拍拍大象的肩膀，一会儿爬上大象的背，宛如真正地骑着大象一样。我说，它们是假的，如果是真的就好了。女儿却说，假的好，如果是真的，我哪敢欺负它们啊。

对于那次夜游，我是很内疚的。除了一群天鹅、两只斑马与一群雕塑，并没有接触到其他动物，但是在随后的日子里，女儿常常把那些动物挂在嘴边。她说斑马身上的毛很光滑，它们呼出来的气息十分温暖；她说大象的鼻子很长，可以稳稳地坐在上边睡觉。而且她还根据我的描述，仔细地重复着老虎的爪子、狼的牙齿、狐狸的尾巴与长颈鹿的脖子。这一切都是那么真切而生动，好像都是她亲眼所见一般。

五

正月初七，按照统一的放假安排，大部分单位都要上班。人们一下子又从四面八方冒了出来，整个城市一下子显得拥挤不堪。对一般人而言，过年像一场阑尾炎手术，把一年中的不愉快与劳累，统统地割掉。人们一个个像大病初愈，变得精神抖擞起来，这个城市因而也繁华热闹起来。

　　对于我这种混得不怎么样的人来说，没有回家过年犹如雪上加霜，病情更加严重，内分泌失调了，或者说又恢复了强烈的反差，把我们映衬得更加孤独与无奈。我们报社属于一家小型的机关报，和主管单位一起放假一起收假。初七那天，我早早起床，去外边买了两个包子与一包豆浆，回到出租屋作为女儿的早餐。这么多年，我自己没有吃早餐的习惯，是因为平时太忙了，起床后都是直奔单位，赶到单位又要采访写稿，所以早餐与午餐一起吃，晚餐与夜宵一起吃，甚至整个一天一顿饭就对付过去了。

　　看着女儿吃完了早餐，我说自己要去上班，中午是回不来的，她只能一个人呆在家里。如果饿了，自己下面条，渴了自己烧水。我相信女儿能够料理自己的生活，在老家这么大的孩子，基本都是自己料理自己。我准备出门的时候，女儿突然喊了一声"爸爸"。我回过头问，有什么事情吗？女儿却说，没有。我已经出了门，又听到女儿趴在窗口，朝着楼下喊了一声，爸爸，你早点回来。我招了招手，骑着自行车朝着单位赶去。

　　我上班的报社离出租屋足足有十公里的路程，之所以选择这么远，都是为了租金便宜一些。虽然是郊区，位于六楼，破旧的老公房，但一个月租金要一千五百块，这还不包括水电费煤气费。我以为上班第一天不会太忙，大家还在过年的气氛中，所以准备转一圈就走，回家陪陪女儿，如果时间可以，还能带她去外滩这些开放式的景点转转。

　　但是还没有赶到办公室，我就接到了领导的电话，说都九点半了，为什么还没有上班？等我赶到办公室，领导已经等在那里，拍着桌子说,在松江有一个车祸,死了三个人,需要我紧急过去采访。

松江虽说是上海之根,经过几百年的发展,已经变成了十分偏远的郊区,跑一个来回恐怕就要三个小时。再加上采访,回报社写稿,恐怕又要忙到半夜了。要是放在平时,我绝对不会推辞的,但是女儿独自一个人在出租屋,屋子里虽然有一台小电视,但是没有安装有线电视,使劲地拍一拍也只能收到模糊不清的节目,雪花点子比上海的雪花还大。

我对主任说,我要带孩子。主任说,谁家没有孩子?你看看人家那个谁,孩子还在喂奶呢。我说,我家孩子是从乡下来的,不容易。主任说,你如果不是记者,而是保姆的话,就回去带孩子吧。

听到"乡下"两个字,主任带着异样的眼光看着我,那种眼光是上海人特有的。他们把上海之外的任何一块土地都叫乡下,哪怕天安门广场,照样是乡下。他们把上海之外的任何人都叫乡下人,哪怕是伟大领袖毛泽东,照样是乡下人。他们天生就耷拉着眼皮,一副俯视全世界的样子,分明是说,就你们乡下人事情多。

我没有再争辩,就往松江的车祸现场赶。采访完了目击者,又跑到医院采访伤者,还跑到交警队采访故事处理情况。我采访完毕,向办公室赶的时候,碰到了春节期间返程的高峰,在公交车上整整堵了几个小时。等我回到办公室,再电话核实了一些数据,采访了一个法律专家,写成一篇两千字的新闻稿,通过两级领导的审定后,才发现上海金子般的一天,就在这种奔波中结束了。窗外已经一片灯火辉煌,这个城市醉生梦死的夜生活,早已经疯狂地开始了。

我离开办公室下楼的时候,突然想起我的女儿还独自一个人待在这个陌生的城市里,没有一盏灯是她熟悉的。这多么像是一粒小小的小小的芝麻,放在一件奇大无比的黑包袱里。这一刻,我产生了打出租回家的冲动,当我拦下一辆出租车钻进去,看着那幽灵般的计价器开始跳动,我的心随之跳动了起来。我还是摆了摆手,下了车。

如果真打出租车回家,十几公里恐怕需要五十块,这是我一天工资的四分之一。如果稿件里再出现几个错别字,每个错别字扣罚二十块,我这篇稿件就等于白写了。如果出现一个小小的数字差错,比如把死亡三个人写成了两个人,或者把两个人写成了三个人,这种关键的差错就得扣罚三百块,我这一天的辛苦就等于是亏本的。这笔账还不算生活花费,特别是悄然消耗掉的美好生命。

我推出锈迹斑斑的自行车,狠命地朝着出租屋蹬去。这一次,自行车没有掉链子,我仅仅花了四十多分钟就骑到了楼下。从楼下朝楼上看,似乎每一扇窗户都不一样,透出来的光也不一样,粉红的,橘黄的,荧光的,温情的,暗淡的,冰冷的,像一只只眼睛在诉说着每家每户各自不同的故事。

光不同,处境就不同,我的那扇窗户远远望去,和以往有点不同,以往这扇窗户总是黑的,只有当自己踏进门,按下开关,才会亮起。一个人是不是孤独,有时候可以从他的窗户体现出来。如果这个人是孤独的,那么他的窗户和他一起打开一起关闭,而且只能靠着他自己才能点亮。

如今这扇窗户,在我不在的时候发出了光,让我顿时体会到了被守候的温暖。

我还没有来得及将钥匙插进锁孔,出租屋的门却突然开了,女儿一下子扑进了我的怀里,开心地说,爸爸回来了!

我说,你怎么知道我回来了?女儿说,我听到的,我一直在听门外的脚步声。我说,爸爸回来晚了,你吃饭了吗?女儿说,我要等着爸爸一起吃。

女儿说着，就进了厨房，从灶台上端出一锅饭。不知道为什么，出租屋的灶台比别人家高一些，所以女儿只有站在凳子上才够得着。我们老家的孩子，从小就是站在凳子上做饭，把自己养大的。

女儿说，水都烧开了三次，我们下面条吧。女儿很快就煮好了面条，我洗了把手说，我胳膊长，让我来吧。女儿说，不用，爸爸上了一天班，应该很累了。我看到女儿高兴的样子，便袖手旁观地说，我女儿长大了，都成大厨了，尤其是颜色，面条是白色的，鸡蛋是黄色的，西红柿是红色的，还有青菜和葱花是绿色的，真是丰富多彩啊。

我在夸奖女儿的时候，女儿手一伸，腿一蹬，把脚下的凳子踩翻了。锅翻在了地上，碗翻在了地上，面条也翻在了地上，发出一串刺耳的撞击声。

看到精心准备的晚饭没有了，女儿委屈地哭了起来。我安慰女儿说，不就两碗面条吗！我本来打算带你出去吃，正好，走吧，我们去吃肯德基。

肯德基这种洋快餐，随着中国人饮食习惯的改变，城市人已经不再热衷于这种食品，但是对于农村的女儿来说，她只是听说过，从来没有吃过，无异于一个传说。我记得离婚之前，有一次准备外出打工，因为舍不得女儿，我问女儿想吃什么？女儿说，想吃肯德基。我带着她，满县城地找肯德基，后来才知道整个县城，根本还没有一家肯德基。

已经是晚上十一点多了，女儿说，会不会和动物园一样关门了吧？我说，这是二十四小时营业的，万一关门了，我们再翻进去。女儿并没有怀疑我，在爸爸的面前她相信一切，相信什么事情都不会难住爸爸。她忘记了刚才的不快，欢快得像一只小麻雀，坐在我的自行车后边，开始叽叽喳喳地找着肯德基。

肯德基店里还是灯光通明，有人在这里蹭免费的网络，有人在这里谈恋爱，有人在这里吃夜宵。反正到了半夜，这家二十四小时的快餐店，就成了时尚青年最清静的去处。我记得十分清楚，我是第四次来吃肯德基。第一次已经是好多年前，有一位女老板请我吃的，我当时的第一感觉就是，果然如孩子们所想的那样，很香、很好吃，比老家过年时炸的馃子要香一百倍。前边几次都是别人埋单，我只知道价格很高，并不用考虑到底要花多少钱，而且没有买房子还贷款的时候，这点钱还是花得起的。之所以一直没有太多光顾，原因是农村人养成的节俭习惯，一只鸡在农村不过五十块，仅仅一对不会飞的小翅膀，放在城市凭什么就要卖十几块呢？我总是想，有吃那东西的钱，不如去吃两碗面条。

现在是自己掏钱，我有点拿不准了，尤其那些名字，新奥尔良，圣代、蛋挞、红豆派、拿铁、卡布基诺，根本不明白是什么东西。我们站在旁边看了很久，发现只有汉堡才是最好的，像老家的馒头，而且从画面上看，那么大，每人一个就足够了。于是，我与女儿每人点了一只汉堡。我还想给女儿再点一杯饮料。过去，女儿口渴了喝的是白开水，对于饮料她应该是陌生的，特别是对于这种杯装的可乐，应该还没有尝试过吧？

我点可乐的时候，服务员说，特大杯八块，大杯七块，中杯六块。女儿抢着说，我要小杯的。我就说，就要小杯的吧，小杯的多少钱？服务员还是说，只有中杯，大杯，特大杯。我忽然想起以前听过老罗的笑话，在这个充满商业陷阱的社会里，根本就没有"小杯"的说法。

女儿说，没有小杯就算了。我摸了摸囊中羞涩的身上，只好顺从了女儿。我对女儿说，这种饮料里边有咖啡因，人喝了是会上瘾的，就像抽大烟。这虽然是借口，却是事实，不过，对于有些人而言，当钱已经不是问题的时候，那么上瘾还是问题吗？对于有些人，当钱已经是最大问题的时候，上不上瘾应该也不是问题了吧？

我们端着两个汉堡坐下来的时候，发现汉堡简直就是一个微缩版，和招牌上的样子小了不少。女儿看了看画面，又看了看面前的实物，然后怀疑地问，爸爸，这么小，是不是搞错了啊？

我端着托盘又回到前台。我指着画面说，上边那么大，实际为什么这么小？服务员说，是一样的啊，我们觉得是一样的。我说，怎么会一样呢？明显小了很多。服务员说，我们觉得是一样的，你如果嫌小的话，可以多点几个。我说，你们这是虚假宣传知道吗？服务员说，你看看下边的小字吧。

我抬头再看了看，在巨大的画面下边写了一行小字——以实物为准。

我简直被气疯了。我没有掏出那张单位自制的临时采访证，而是打电话给负责消费维权的同事小叶。小叶说，这哪是什么新闻呀，六年前就报道过了，报道之后球用不顶，而且人家已经标明了。我说，标明就行了？骗子在下巴上写个"我是骗子"是不是就不犯法了？我看你们这些条线记者是吃了人家的。小叶说，那种食品让我吃我还得考虑一下健康，你也是记者，有点品位行不行？

其他客人好像都已经习以为常，反而很奇怪地看着我，甚至露出了嘲笑的神情。我心想，是自己吃得少，孤陋寡闻罢了，时代早已经适应了这种幻象，所以我赶紧端着托盘回到桌子上。

我递一个给了女儿。女儿问，筷子呢？我说，吃肯德基不用筷子。女儿四周看了一圈，不仅没有筷子，也没有勺子，更没有碗，大家都直接用手抓。在农村，用手抓饭会被骂的，会认为这是脏孩子，但是在文明的城市里，学洋人用手抓着吃，反而成了一种时尚。

女儿用手抓着咬了起来，其实女儿与城市人的动作还是有差别的。女儿是满手抓着，而城市人仅仅用三根指头捏着，其余的指头像唱戏时的兰花指一般翘着，好像在体现自己很文明很优雅很干净的样子。女儿吃完了，突然抬起头，发出一声感慨——没有想到，白菜生着吃也挺香的。我说，你现在明白兔子为什么爱吃生菜叶子了吧？

女儿吃一会儿停一会儿，仔细地打量着手中的那个汉堡。她似乎不是在消灭什么食物，而是在研究什么奇妙的东西。我一直没有动手，安静地等女儿吃完一个，又递上去应该属于自己的那一个。女儿说，这是你的，你吃吧。我说，都是给你买的。女儿摇了摇头说，爸爸吃，爸爸应该也饿了。我说，爸爸不饿，爸爸在单位吃过了。

其实在下午采访结束的时候，我只是匆匆地啃了两个馒头。老实说，看着面前的汉堡，我的口水都出来了。在我的劝说下，女儿看了看汉堡，又看了看我，然后继续吃了起来。这一次，她吃得十分顺畅，没有经过任何停顿，也没有把生菜叶子掉出来。剩下最后一小块的时候，女儿把它递到我的嘴边。我没有拒绝，我明白这一口不能解决温饱，却是父女之间的一种情义，是亲人之间的一种温暖。

等吃完了，女儿才问我，爸爸，它为什么叫汉堡呢？

我还真不知道它为什么叫汉堡，只知道它与我们的馒头一样，都是食品的名字而已。我们吃了一辈子的馒头，只知道咽下肚子就会充饥，谁又追究过它为什么叫馒头呢？馒头到底是什么意思呢？

我们隔壁桌子上坐着的是一对母女，女儿穿着一条粉红色毛裙，裙子下边带着白色蕾丝，打扮得像个巴比娃娃。母亲穿着一件浅蓝色羽绒服，戴着一副黑墨眼镜——据我判断，这不是为了遮光，而是一种装饰，因为她没有把眼镜戴在眼睛上，而是架在了头顶，让人感觉她的眼睛长在了头顶。她们点了汉堡、薯条、鸡腿和鸡翅，还有冰激凌和可乐。她们的可乐也不是中杯大杯特大杯，而是一大瓶。

但是，那么一大瓶可乐刚刚打开，羽绒服就拉着巴比娃娃走了。

我说，太浪费了。

我慢慢地站了起来，装作若无其事的样子走到隔壁，左手插在裤子口袋里，右手拿起那瓶可乐，若无其事地放在女儿的面前。我又要来了一个杯子，满满地倒了一杯。我说，喝吧。女儿摇摇头说，不敢，会上瘾的，天天要喝怎么办？我说，喝上瘾了你就来这里打工。女儿说，而且那是人家喝剩的。我说，这有什么关系啊！不喝掉多可惜呀。

我端起来，一仰头，自己先喝了一杯。我打了一个气嗝，然后又倒了一杯放在女儿的面前说，轮到你了。女儿磨蹭着，把杯子端了起来，小小地抿了一口，夸张地哑了一下嘴巴，舔了舔嘴唇。我说，什么味道？和白开水不一样吧？女儿说，当然不一样，里边有一群小鱼儿，白开水里边没有小鱼儿。我说，小鱼儿咬你喉咙的时候，心里是不是痒痒的？

正在这个时候，羽绒服拉着巴比娃娃又回来了。羽绒服站在我的面前，瞪着桌子上的那瓶可乐，发出了一连串的质问，你们喝的是谁的可乐啊？我跟女儿刚刚转身不到五分钟吧？你们想喝难道自己不会去买吗？什么小鱼儿不小鱼儿的你们喝不起呀？你们又不是乞丐怎么能这样呢？

原来羽绒服并不是走了，而是带着女儿上厕所去了。四周的人都朝这边看着，目光像一把把刀子——他们对待乞丐也许还留有一些同情和恻隐之心，但是他们完全像对待小偷一样毫不留情毫不客气，甚至认为小偷还有万不得已的原因，而这一对父女喝了别人剩下来的可乐，简直就是一个不可思议的笑话。

我尴尬极了，不明白如何解释突然发生的一切。

女儿突然说，对不起阿姨，我以为你们已经走了。

我终于意识到，自己干的这件事情是多么离奇。如果是孩子干的话，也许还有解释的可能。我指着女儿，假装很严厉地说，这孩子，你怎么能拿别人的东西呢？我说完，连忙给羽绒服道歉，对不起，孩子不懂事，要不我赔你一瓶吧？羽绒服不再吱声，提起剩下的半瓶可乐，稀里哗啦地倒进了垃圾桶，然后气呼呼地拉着巴比娃娃真正地走了。

几分钟之后，女儿也站起来离开了。我推着自行车跟着女儿，每走一步就说一句"对不起"，每听到一句"对不起"，女儿的表情就放松了一些，一直走过了大半条街，到后来就在前边偷偷地笑。

路过一家光明超市的时候，我连忙跑过去买了一小瓶可乐，然后递给女儿说，爸爸给你道歉。女儿说，你道什么歉？我说，我不应该拿人家的东西，你尝尝这个可乐，里边的小鱼儿更多，它们会吐出一串串气泡。女儿笑着找到一块草坪坐了下来，抱着双腿望着不再斑斓的夜晚。

我靠着女儿讲了一个故事：我上中学的时候，每天两顿稀溜溜的糊汤都吃不饱，那个饿啊，恨不得咬自己的胳膊。有个同学家里很有钱，顿顿吃半碗倒半碗，然后倒在地上喂蚂蚁。有一次，我要吃他的剩饭，说你喂蚂蚁多浪费啊！他说蚂蚁可以喊他爸爸，如果我喊他一声爸爸，他的剩饭就给我吃。他还朝剩饭里吐了一口唾沫，然后对我说，喊吧，喊一声爸爸，这碗饭就归你了。

女儿问，你喊了吗？

我说，喊了，因为我太饿了。

听完故事，女儿把那瓶可乐的盖子拧开，递到我的嘴边说，爸爸，你喝吧。我喝了一口，又递给女儿说，轮到你了。我们一人一口，推来推去地喝了半天,也不知道喝到了什么时候,等我们站起来的时候,发现那瓶六百毫升的可乐仍然剩下半瓶。

我对女儿说,给你留到明天喝吧。

女儿说,明天我和爸爸一起喝。

大街上的人烟稀少了,霓虹灯大多数熄灭了,窗户变得一片漆黑,像一只只盲人的大眼睛。草坪上开始起了露水,把衣服都打湿了。偶尔有几个路过的人自言自语地说,这么晚了还有人喝酒。在他们看来,在深更半夜让来让去的,除了醉人的酒还有什么呢?

六

第二天就是正月初八,我给女儿买了两个包子与一杯豆浆,顺便还去了一趟菜市场,准备了一点挂面和蔬菜,包括几个土豆、两个萝卜和一斤五花肉。我一再叮嘱女儿,什么时候饿了就什么时候做饭吃,千万不要再等爸爸了。我还拍了拍电视机,说无聊就看看电视,看不清的话就使劲地拍打几下。但是女儿说,什么都不需要,她要在家里做作业了。

临到出门的时候,我突然回过头告诉女儿,今天的报纸上有爸爸的名字,是爸爸昨天忙了大半天采访的,晚上我会带一张报纸回来给她看看。女儿听着,很自豪地问,是不是所有的人都能看到爸爸的名字?我说,不是所有的人,但是有很多的人,是订了我们报纸的人,你说爸爸是不是很厉害?女儿说,好厉害。我们同学都说,县长见到爸爸都是要握手的。

这几天经历了这么多，女儿依然以我为荣，不知道是记者的光环，是上海这座城市的光环，还是"父亲"头上的光环。我赶到办公室以后，立即打开当天的报纸，从第一版一直翻到最后一版，但是都没有自己昨天采访的内容。

主任明白我在找自己的稿件，于是告诉我，收到宣传通知不准报道，因为死的三个人，都是日本人。我说，日本人怎么了？日本人就不发生车祸了吗？主任说，你要有政治意识，目前中日关系紧张，报道可能会引起不必要的麻烦，比如日本媒体拿车祸说事，认为不是一起正常的交通事故，而是一起抗日行动怎么办？这不就误国了吗？

按照报纸的考核规定，由于上边的原因不能见报的，工分只算一半。现在对我来说，算工分虽然很重要，更重要的是早上跟女儿夸下了海口。本来想带一份报纸回家，让女儿看看"本报记者陈小元"，让女儿明白她在上海生活的一天里，身边发生的事情已经被爸爸搬上了报纸，很多人都能看到爸爸的名字与爸爸采写的文章。

白天又发生了一起车祸，主任没有好意思再派我。我一直无所事事，打了几个电话，到处找找线索，看看有没有什么爆炸性的新闻。但是这一天，可能因为还在春节当中，坏人还没有上班，人性恶被节日的气氛冲淡了，所以整个城市安静得连一起像样的偷盗都没有，只有几个小小的因燃放鞭炮引起的小火灾。

天还没有黑透，我就骑着自行车回家了。我还没有掏出钥匙，门又开了。我问女儿，今天是怎么知道我回来的？女儿说，我在窗口看到的，我开始看到的是一只蚂蚁，最后看到的就是爸爸。我明白了，从我出门的时候起，女儿就趴在窗台上，朝着窗外的世界看着，不仅在打量这个陌生的城市，也在等待着唯一一个亲人的归来。

女儿问，你带的报纸呢？

我装作吃惊的样子说，哎呀，忘记了。

女儿告诉我，她回家后要写一篇作文，题目就叫"当记者的爸爸"。我不知道，在女儿的笔下，这个"当记者的爸爸"会是什么样的形象？是对警察的哀求？是和动物园检票员的冲撞？是夜游动物园的冒险？是在肯德基店里的尴尬？对这一切，女儿会作什么样的结论呢？

晚上临睡之前，女儿拿出一个布娃娃问，爸爸，好看吗？我问，从哪里来的？女儿说，我捡的。我问，你从哪里捡的？女儿说，从楼下捡的，又不是偷。我看了看，上边有几个黄蜡蜡的斑块，应该是沾了屎尿，被哪个孩子扔掉的。

我想到人家喝剩下的那瓶可乐，于是缓和了一下语气说，不管从哪里来的，还是扔掉它吧。女儿把它藏在身后说，我已经晒干了，可以抱着睡觉了。女儿紧紧地抱着，好像要被谁抢走似的，而且还拍着它，像一位母亲在哄自己的孩子睡觉。我说，扔掉它，太脏了。

我小时候没有什么玩具，唯一一件玩具是自己用木头制作的一把手枪。说是手枪也不准确，没有枪栓，没有枪筒，没有准星，仅仅只有一个手枪的外形。到了女儿这一代，城里的孩子把变形金刚、遥控飞机都玩腻了，如今已经在玩电脑和手机游戏了，而山里的孩子为了能够走出大山，必须把所有的力气都用在学习上，所以连自制玩具的精力都没有了，他们的童年时光是没有任何玩具的，像一场盛大的运动会没有吉祥物。

女儿把布娃娃伸出窗外，静止了好久，然后双手一松。窗外正好是一条马路，女儿趴在窗台上看着来来往往的车辆一遍一遍地轧来轧去，那些车轮好像不是压在布娃娃的身上，而是压在她的心上。

第二天早上，我上班的时候，在楼下遇到一位遛狗的大妈。大妈穿着一身粉红色的棉衣棉裤，上边印着大红的牡丹花。牡丹大妈对我说，你认识那个扎着马尾巴的小丫头吗？我说，认识呀，怎么了？牡丹大妈说，怪可怜的一个孩子。牡丹大妈告诉我，在中午的时候，女儿从垃圾桶里拾起一只布娃娃，站在楼下不停地问，这是谁的布娃娃呀？这是谁的布娃娃呀？

女儿等了半天，准备离开的时候，有一个剃着光头的小男孩拦住了她，说那是他刚刚扔掉的垃圾。女儿说，既然是你扔掉的垃圾，说明已经不是你的了。小光头说，我扔掉的垃圾还是我的，谁扔掉的垃圾就是谁的。女儿说，那你还要你的垃圾吗？小光头说，你想要的话，你得让我再玩一会儿。小光头接过布娃娃，拐进旁边的墙角，等他再出来的时候，嘿嘿地笑着说，现在它正式归你了。

我说，小光头去墙角干什么？牡丹大妈说，还能干什么？朝着布娃娃撒尿呀。我说，不会那么坏吧？牡丹大妈说，我亲眼所见的。我十分生气，转身回家问女儿，你为什么要捡那只布娃娃？女儿反问，你为什么要吃别人吐了口水的剩饭？

我说，因为我饿。

女儿说，我们是一样的。

我与女儿的遭遇确实是一样的。我对自己当年的行为并不后悔，也没有理由去指责现在的女儿。我说，爸爸会买给你的，你说说你想要什么样子的吧？女儿说，我们同学有一只小熊，那就毛毛熊吧。

事后，我才知道，女儿并不知道那个小伙伴的恶作剧，才把布娃娃抱回了出租屋，然后挂在窗台上晒了晒。女儿说，如果知道那么脏，我才不会要呢。

我是九点半准时跑到办公室的，主任说看在我这么积极的分上，安排我去参加一个交通信息研讨会。我十分高兴，按照潜规则，这样的研讨会一般都有三五百块钱的红包,不要脸的说法是车马费。我想,如果拿到这个红包,就可以给女儿买一只毛毛熊。

离研讨会开始的十点,已经不足半个小时了,要是乘坐公交车的话,恐怕会错过签到的时间,车马费恐怕就泡汤了。我心一狠,破天荒地打了一次出租车。反正一会儿就能拿到红包,相比这点车马费就不算什么了。在指定的时间,赶到指定的会场,我领到了一个预料中的纸袋子。我拿出材料袋子翻了一遍又一遍,但是除了新闻通稿之外,并没有预料之中的红包。我向其他媒体的记者一打听,才知道会议是宣传部门组织的,这样的活动基本都是白跑一趟。

我一下子明白了,这个采访为什么会落到我的头上了。其他记者知道没有红包,谁愿意只发一个豆腐干呢?回到单位,我没有直接为红包的事情发火,只是质问主任,拖欠了几个月的工资什么时候能发?主任说,我只管采编,我和大家一样,也为房贷的事情急得屁股冒烟啊。我说,奶奶的,我的屁股已经着火了。

我把新闻通稿改几个字,加上自己的名字就交差了。我跑到附近的商场转了转,除了想看看毛毛熊,还想看看孩子的衣服。女儿来上海一趟,连一件衣服都不买,来的时候穿什么回去还穿什么,人家还不笑死了?尤其是那个人,又要臭骂陈世美了。但是转了一圈,太平洋百货,百盛广场,发现孩子的东西都贵得吓人,一件羽绒服七八百块,一个毛毛熊竟然需要四百多块。按照这个行情,我恐怕很难满足女儿小小的愿望了。

晚上回到家,房东来了。她在出租屋里转了一圈,只是说,大过年的,按说我不好过来,但是你知道吗?我不过来不行啊!房东一个钱字没有提,但是秃子头上的虱子明摆着。房租年前就到期了,我答应一过年就付。谁知道过了年,报社的情况并没有改观,我们外出采访的交通费，也得由记者们自己垫付。

房东发现多了一个小姑娘，在房子里就又转了一圈，东看看，西看看。她是在检查她家的墙，有没有被小孩子弄脏，家具有没有被小刀子划伤。检查完了，她走到女儿面前说，这孩子挺乖的嘛。

女儿虽然没有乱刻乱画，却在墙上贴着一张她自己刚画的人物素描，笔法很幼稚，线条简简单单，看不出画的是谁。但是我知道，她画的就是我。那天女儿对我说，爸爸，你这叫什么家呀，墙上什么都没有。

我说，墙是人家的，懒得贴。

女儿说，我们住在里边就是我们的家。

于是，女儿让我做模特，现场画了起来。

在外打工的人有所不同，其中一点就是租房子住，这是老家的人无法理解的。老家人不管再穷再苦，天天生活在自己家的屋檐下。房子破了，你可以重新糊一糊；房子漏水了，你可以再翻盖一下；嫌房子太单调了，你可以挂一幅画一幅字，贴一张裸体照片也没人管。但是我们这些在外漂泊的人呢？对于每平米均价几万元的上海，我那套还处在设计图纸上的期房，严格来说已经不在上海的地盘上，哪怕想拥有这样一套自己的小房子，面对每月三千多元的银行贷款，我需要不间断地偿还贷款三十年。三十年后，不出意外的话我已经衰老，一旦出了意外，连骨头都找不到了。

我还算是幸运的，其实大多数打工者是不幸的，他们根本连买房子的首付都交不起，只能一辈子住在出租屋里。房子是租来的，是暂时的容身之地，谁有心情去装饰一下呢？这就像你不会心甘情愿地花钱，给别人的老婆做美容一样。甚至在过年的时候，连贴一副对联的心思都没有。所以，住进这间出租屋之后，我一切都保持着原样，椅子摆放的位置也懒得挪动，只有雪白的墙在一天天变黄。

我现在的处境是，整个人身上连一张完整的百元大钞也没有。再这样下去，别说是交房租了，别说正在一天天逼近的房贷，恐怕连我和女儿的生活费都难以支付。我只好告诉房东，大过年的，再等等吧，至少要过了十五吧。我还无奈地补了一句，你看看，我女儿来了。

房东走后，我装作收拾家务的样子，把自己的衣服口袋全部翻一遍，再把桌子上零散的几枚硬币一个个捡起来。其实白天的时候，我已经去过银行，查询了两张银行卡，把里边少得可怜的余额全部取了出来。应该找的都找了，能省的只好省省了，看看能不能熬到发工资的那一天，起码要熬到女儿离开的日子。

我本来想带着女儿去外滩转转，顺便去云南路吃点陕西小吃。那里的小吃不贵，却是正宗的陕西味，有凉皮，有油泼面，有羊肉泡馍，还有腊汁肉夹馍。现在，我只好改变主意，打开煤气灶煮了一锅阳春面，与女儿各自吃了一碗，才推着自行车出门了。

在上海开放式的旅游景点里，外滩算是最漂亮的了。这里有西洋人霸占上海而建起来的老建筑，在辉煌的灯光投射下变得如梦如幻般美丽，隔着一条延绵的黄浦江就是世界闻名的陆家嘴，近几十年建起的一百层以上的高楼大厦已经有三座了，上海最贵的每平米二十多万的房子也坐落于此。所以，外地人到上海不逛外滩那就等于白来了。

带女儿去外滩的路上，经过我们报社楼下的时候，我远远地指着那座二十多层的高楼告诉女儿，爸爸就在这座楼上上班。女儿听了，赶紧跳下了自行车，抬起头，看着那直入云端的尖尖的楼顶。她不像是在看人间的高楼大厦，而是在看神仙出没的天堂。

女儿眯着眼，笑着说，爸爸，好高啊。

我说，你数数有多少层吧。

女儿像数星星一样，数了很多遍，然后问，二十三层对不对？我说，错了，是二十四层。我指着一扇扇明明暗暗的窗户，和女儿一起从上到下再仔细地数了一遍。报社再怎么萧条不景气，照样是二十四小时运转的：记者交完稿子下班了，编辑开始上班；编辑凌晨下班了，印刷厂开始上班；印刷工人下班了，发行人员又要上班了。所以凡是有报社的大厦，晚上基本是灯火通明的，而其他的写字楼天一黑就黑乎乎的，只剩下外边闪烁着的广告幕墙。

女儿说，那么高，怎么上去啊？

我说，坐电梯呀。

我的出租屋是没有安装电梯的，所以女儿到上海后还没有乘过电梯。如果我没有猜错，女儿恐怕从来没有乘过直上直下的电梯。在农村，一切都是倾斜的，所有的高度需要一步步爬上去；而城市里不一样，一切都是垂直的，只需要轻轻地抬一下脚就一步登天了。

女儿问，电梯是不是很快呀？我说，比小鸟飞得还快，你乘一次就知道了。

女儿问，那会不会头晕呢？小鸟飞的时候是会头晕的。

我说，你又不是小鸟。

我并不想带女儿去单位，因为我作为一名临时聘用的记者，在这家报社不仅没有独立的办公室，连独立的办公桌也没有，只在一个拐角处和另一名记者共用着一张临时支起来的桌子。多数时候要写稿子了，只能看谁的位子空着，见缝插针地用一下。

坐电梯是事先没有设计的，但是我临时改变了主意。我把自行车靠在楼下的法国梧桐上，拉着女儿走进了大厦，我要带女儿去乘坐人生中的第一次电梯，要让她垂直地上升到人生的最高点，体验一下小鸟的头晕感，再俯视一下这个世界。

155

我们走进大堂的时候，两名保安正在打着瞌睡，发现有人进来一下子精神起来，把我拦在了电梯口，盘问，你找谁？

我发现两个保安都不认识，全是新来的。原来上楼，一张脸就是通行证，只有碰到不熟悉的人，他们才会拦下来要求登记预约。我说，我在楼上上班，是二十一层的，现在要上去赶写一篇稿件。两个保安看了看我，又看了看女儿，然后怀疑地问，你带着孩子写稿子？不对头吧？

我说，我真是二十一层的，我有记者证的。我在身上一摸，发现出门时忘记带包了，那张临时采访证装在包里。有人下楼，电梯正好开了，我拉着女儿冲了进去。保安用身体卡在电梯中间，说你们赶紧下来，不下来我就报警了。电梯一开一合，发出刺耳的警报声。另一名保安拿着对讲机，喂喂地喊叫着，正在调集兵力，一副要打仗的样子。

我说，我有身份证，我拿身份证登记一下行吗？上海是一个流动性很大的城市，出门你可以不带钱，不带手机，一定要随身带着身份证，以便于随时接受各种各样的盘查。我从屁股后边摸出来的，却不是身份证，而是居住证。那段时间，正在换领二代身份证，第一代身份证要停用，我刚刚把它寄回了老家，在这个空当期内，我把居住证放在屁股后边，以便于随时证明自己到底是谁。

保安说，你下来再说。

等我走下电梯，保安接过居住证，斜着眼睛对照了一下上边的照片。

在上海，千万不要瞧不起扫马路的、当保安的和开公交的，他们清一色具有上海户口。因为他们都是四十岁到五十岁之间的人，既找不到工作又牛逼哄哄，被称之为"四〇五〇"，政府专门搞了一个安置工程，在招聘"四〇五〇"人员的时候，无论是什么岗位，都有一个绝对标准，那就是"仅限上海户口"。所以，别小看看门的，因为人家是上海人，是上海真正的主人。但是我们呢？虽然叫白领，叫社会精英，甚至叫知识分子，却没有上海户口，没有上海户口就意味着你不是上海市民，连喝水撒尿都无法享受同等的待遇，你的整个生命就是浮着的，漂着的，也就是人们所说的海漂。

这就是一个小小的保安有底气拦着你，还可以斜着眼睛打量你的理由。

保安把居住证扔到我的手上说，你有身份证吗？我们只认身份证。我说，居住证也是身份证，都是国家颁发的。保安说，你搞搞清楚吧，居住证是谁发的？身份证又是谁发的？如果居住证就是身份证的话，那还要身份证干什么？他说着，从屁股后边摸出自己的身份证对我说，晓得吗，这才是正儿八经的身份证。

我瞄了一眼，果然是上海市的，而且是静安区的。静安区因静安寺而得名，是上海中心的中心，是土著中的土著，是牛逼中的牛逼，是菩萨显灵的地方。我说，那你说，居住证是个什么证？保安说，你不是大记者吗？居住证，不就是暂住证吗？说明你暂时寄住在这里而已。

我一时被气得不知道怎么争辩了。另一个保安插话说，为了保证大厦安全，严禁各种各样的推销人员入内，晚上七点至早上七点拒绝一切来访，你就是有身份证，恐怕也不能放你上楼。我说，我不是推销的，也不是来访的，我是上班来的。保安说，上班也不行，现在不是上班时间。我说，我是上夜班的。保安说，关键是你怎么证明自己是上班的。

连自己平时上班的大楼都无法进入，我几乎有点绝望了。我拨打了报社的总机，希望有一个人下来，能够证明我是这个报社的人，但是电话一直处于无人接听中。我又打了编辑部的电话，编辑们接了电话，不等开口就挂掉了。我还打了主任和小叶的手机，要么不要服务区，要么无人接听。

我无奈地走出大楼的时候，女儿却非常高兴地对我说，其实电梯就是一个大箱子。但是在前往外滩的路上，女儿冷不丁地问了一句，爸爸，你真在那么高的地方上班吗？我说，你不相信爸爸是吗？不让随便进，那是因为报社是机密单位，害怕有人泄漏秘密，再说了，不让进很正常，列宁你知道吧，有一次列宁去开会，都被人挡在了门外。

女儿说，在课本上读到过，爸爸和列宁一样。

游外滩的那天晚上，是女儿到上海后最为顺畅的一次。参观像彩虹一样的外白渡桥，瞻仰上海第一任市长陈毅的铜像，骑上那头象征财富的大奔牛，一切都没有阻力、没有围墙与隔阂，只有这里才不会区分谁是本地人，谁是外来人，谁是穷人，谁是富人。但是，我不敢带女儿进和平饭店，因为衣帽不整者严禁入内；不敢告诉女儿对面那几座一百多层的高楼，登上去是要收费的，门票几百块一张，消费都是天价，你站在远处看看的权利是有的，如果要进入其中，爬上楼顶，立即就会把你分成三六九等。

我一下子想到了东方明珠，想到了那个关系不错的蔡经理。于是我拿出手机，希望翻出他的电话号码，虽然已经很久没有联系过了，只要再给他打个电话，相信还是会得到安排的，这样我就可以带着女儿，免费地登上东方明珠了。但是前几天手机进水，储存的电话号码无法显示。我凭着一点模糊的记忆，随便拨打了几个号码，要么是空号，要么人家不姓蔡，说是打错了。

如果放在前几天，我会立即带着女儿，赶到东方明珠的二号门，直接对门口的工作人员说，自己是某某报社的记者，是蔡经理邀请来的朋友。但是现在我不敢轻举妄动了，万一蔡经理当天不值班，万一工作人员让我和蔡经理联系一下，那时候，我应该怎么办？再一次被人当成骗子的话，女儿又会怎么看我呢？

所以，我只能打消了免费登上东方明珠的念头，过几天手机修好了，蔡经理的电话找到了，或者蔡经理碰巧需要我去采访，那时候再顺便带着女儿，将是多么得意而又美好的事情。

我与女儿站在外滩，就这么倚着栏杆从表面欣赏着，即使如此也超出了女儿一百次一千次的想象。当一艘艘游轮从黄浦江驶过的时候，女儿突然问，那上边是坐人的吗？我说，不是，是坐神仙的。女儿说，不可能，世上根本没有神仙。我说，在上海，神仙就有很多。女儿说，不对吧，即使有神仙，也应该住在深山里吧？

我说，有钱坐豪华游轮的那些人，过的就是神仙的日子，在黄浦江上转一圈四十分钟，每个人就要一百四十块。我以为女儿会报以羡慕的目光，但是她却说，这么容易就能当神仙？下次来我一定要攒够这么多钱。

女儿的话再次让我心头一亮。我真想对女儿许诺，不需要等到下一次，也不需要花她的钱，过几天我就带她乘一次游轮，让她当一次小神仙，从雾蒙蒙的江心穿过。坐在游轮上看两岸的风景，与平时看到的风景是不一样的，每盏灯被复制成了一百盏灯，所有景色水上一个水下还有一个，随着水波荡漾开来，所有景色又都虚晃成了一幅幅水彩画，宛如仙境一般的美妙。

但是我忍住了，我欠女儿的实在太多了，她想要的一只毛毛熊，如今还没有兑现，怎么还敢承诺别的什么呢。承诺得太多，不能实现的话，真和骗子没有两样了。好在物欲横流的上海，并没有激发出她太多的愿望，反而为她增添了更多的生活勇气。

我指着外滩对面的一个个建筑介绍，那是东方明珠，有着大珠小珠落玉盘之意；那是环球金融中心，是日本人盖的，有一百零一层；旁边正在建的叫上海中心大厦，据说有一百一十八层吧。女儿问，是你那年说过的坐在上边可以给我摘星星的那个吗？我说，是呀，当年差点就当建筑工人去了，你觉得我当记者好，还是当建筑工人好？

女儿说，写文章和盖大楼，都好！

女儿说，我还向那个工地上寄过信呢，爸爸肯定没有收到吧？我说，寄到那里干什么呀？你都说了什么啊？女儿笑了笑，不再吱声了。

对面那个只建到一大半的大厦，如今已经可以戳破天了，但是它还在向上延伸着，白云在它的半腰上缭绕着，顶上的星星十分大十分低，如果真的坐在上边，好像一切都触手可及的样子。我伸手朝着空中一抓，然后笑着说，我摘到了，给你吧，星星。女儿在我的手心一抓，也笑着说，收到了，谢谢爸爸。

那天晚上，女儿甜蜜而满足的笑脸，让我没有理由不相信，她已经收到了我摘给她的星星，而且被她深深地藏在了心底。

七

我心想，等到署着自己名字的新闻发出来，一定要带一张报纸回家给女儿看看。不管大小，哪怕是一条豆腐干，只要有自己的名字，有具体的日期，有通信地址，发出淡淡的油墨香，可以向女儿证明，爸爸还在这家报社工作，是坐在那座大楼二十一层上班的记者，这比让女儿看到这座城市的任何风景要美妙得多。

比较幸运的是，当我再一次来到报社楼下，正不知道怎么证明自己是自己的时候，发现昨天的那两名保安不见了，又换成了两名熟悉的老保安。我像过去一样点点头，便凭着一张脸进入了大楼。非常不幸的是，当我来到办公室，找来一张当天的报纸，在B叠第11版的边栏里，找到了那条研讨会的新闻。

看完了这条可以忽略不计的两百字的消息，我一下子火冒三丈，拿着报纸冲进了主任的房间，摊开报纸质问，为什么我的名字不见了？

我无法忍受的，不是稿子发得太短，也不是版面排得太后，更不是因为发在边栏。我忍无可忍的，是稿子虽然发了，在稿子的末尾没有署名，也就是说，没有人能够证明，这条新闻就是我写的。主任说，你是拿通稿发的吧？我说，是啊，大家不都这样吗？主任说，你知道吗？报社有规定，通稿是不署名的。

我说，但是我没有照抄呀！主任说，你没有照抄，但是你也没有重新采访对吗？没有重新采访的稿件，你就没有付出劳动，你只不过是做了打字员的工作，难道我们在署名的时候，不说记者陈某某，而是说打字员陈某某吗？主任最后解释说，报社的传真也收到了通稿，现在谁能证明编辑发的是你写的呢？

我再一次哑口无言了。我把这张报纸揉做一团，扔进了垃圾桶里。我知道，没有署名的稿件，就不可能计分，没有计工分，就没有工资，我那一天又白跑了。

我骂了一句，狗日的！

这阵子，我发现自己变得越来越粗俗，原来从不骂人的自己，已经被逼得满口的脏字。我想，等把女儿送走，一定要下决心跳槽了。

过年以前，几个月不发工资，很多有门路的记者编辑，跳到了别的报社，有一些干脆跳到了企业。因为在微博等新媒体的冲击下，报纸成了夕阳产业，日子一天不如一天。我曾有过跳槽的打算，去建筑工地干自己的老本行，但是你盖一千层的大楼有何用呢？这大楼只要不是你家的，盖得越高对一个建筑工人来说，显得就更加渺小了。当你从盖好的大楼撤离的时候，你就是爬着离开的一只蚂蚁。

我还是心有不甘，陆续找了好几家报社，人家招收记者编辑的条件，要么要求有高学历，起码是名牌大学新闻系的本科毕业；要么要求是上海本地人，说是外地人水土不服，不会上海话，交流采访有困难。最后，被统统拒之门外了。

再后来，倒是有一家企业有意挖我，让我去做他们的宣传员，顺便编编他们的内刊。开出的薪水比较高，一个月有八千多块。但是这家企业不是银行，不是房产公司，而是一家叫福寿园的企业，是专门埋死人的地方，那本杂志就叫《殡葬》。

我之所以放弃，最重要的不是怕死人，而是从小听着鬼故事长大，所以特别怕鬼。按说在城市里，人更多了，更热闹了，这种恐怖的心理应该更少了，但是恰恰相反，身边的大部分人都是陌生的，陌生得让你很难判断，刚刚与你擦身而过的人会不会是鬼。

辛苦一天就这样不明不白，我心里实在堵得慌，主任再安排我去采访一个为讨薪而跳楼的新闻时，我拒绝了，说报社再不发工资，我也快跳楼了。按说跳楼的事情，挖一挖跳楼的原因，如果有点花边的话，报纸一般会重点处理。但是往往这种新闻，关系到社会稳定，上边一个电话下来，一个字都别想见报了。

无所事事就不好再待在办公室，我背着包下了楼。报社楼下是一个文物市场，或许是文物的定义不够明确，秦始皇踩过的一块砖是文物，武则天用过的一只马桶也是文物，所以这个市场变成了大杂烩，有真卖瓶瓶罐罐的，有卖花卉盆景的，还有卖烤红薯的。我想，红薯放一百年，说不定也是文物，天下什么东西只要经受住了时间的考验，那就珍贵起来了。

有一个小商贩推着一个三轮车，在市场里大声叫卖着儿童玩具。我想起了女儿的毛毛熊，就跑过去挑了一个白色的，一问价钱，只要八十块。我说，你这是三无产品，太贵了吧？小贩说，贵什么呀，在商场里起码得三百块。我说，你怎么和商场比呢？质量不一样，人家那毛毛熊是绒的，你这是什么的？而且人家能开发票，你能开发票吗？小贩松口了，最后报价六十块。

我勉强还是付得了的，但是付完这六十块钱，也许就身无分文了。我准备狠狠心掏钱买下来的时候，有一位女同事手中捧着几个水仙，从市场里走了出来。女同事拿手捏了捏说，这里边塞的全是黑心棉，你闻闻甲醛的味道多重，拿这种东西欺骗哪位女朋友对吧？小心女朋友得癌症啊。我说，我这是在暗访呢。女同事说，相信你也不是这个品位。

小贩发现遇到了记者，以为是暗访检查的，夺回那只毛毛熊，推着车子走了。如今在社会上流传着一句顺口溜：防火，防盗，防记者。也就是说，记者已经不是什么好东西，而是与火灾、小偷一起，成了三大安全隐患。

我明白女同事所说的，哪怕让女儿的愿望落空，也不能让她的健康受损。在一起走出市场的时候，我真想说，能不能借点钱给我，但是一直不好意思张口。在报社楼下，女同事说，我害得你新闻没做成，我请你吃东西吧？她钻进楼下的一家超市，买了两个冰激凌，并没有付现金，而是掏出食堂的饭卡刷了刷。我发现食堂的饭卡，原来可以在超市买东西。我心里暗暗高兴起来，工资虽然没发，每月两百块钱伙食费，报社还是准时打到了饭卡里。

中午在食堂吃了点饭，我再次遛到楼下的超市，正好遇到了同事小叶。小叶说，对不起啊，没有把车子借给你，你是不是生气了？不瞒你，那天我和我们家的老母猪打了一架，你看看我这脸上被她抓的。我一看，小叶脸上果然有两道爪痕。

小叶手中拿着三百块钱，要买三条子红双喜。我说，这里可以刷卡，刷饭卡你知道吗？小叶摸了摸，他的饭卡并没有带在身边。我抢着说，你刷我的。小叶以为我要贿赂他，还想借他的那辆助动车，便有点不好意思地说，怎么能抽你的烟呀？

小叶把三百块钱从售货员手中拿回来，塞到了我的手中。我用饭卡成功地兑换了三百块钱，估摸着可以买到一只毛毛熊了，便直接奔向不远处的梅龙镇广场。

当天晚上，我回到家，把一只雪白雪白的憨态可掬的毛毛熊，突然从背后晃到女儿的眼前。她被惊呆了，迟疑了一分钟，接过毛毛熊高兴地问，爸爸，你看看它像谁？我说，像北极熊。女儿说，北极熊是什么样子的？我说，像大熊猫。女儿说，大熊猫有纯白色的吗？我说，像一只狗。女儿说，狗哪有这么乖呀。我说，像雪人，像你堆的雪人。女儿说，基本正确，它就是雪人，不过我堆的雪人是谁？我说，还能有谁，爸爸呀！

女儿对我说，她之所以想要一只毛毛熊，就因为毛毛熊长得有点像爸爸。它以后就是她的爸爸了，她每天要抱着爸爸上学，抱着爸爸睡觉。那天晚上，女儿把毛毛熊抱在怀里，盯着看了一会儿，然后安静地睡了。

正月十一，女儿到上海后的第七天，我突然接到了一个陌生的电话。这个电话是那个人打来的,她张口就是:陈世美,让你的女儿接电话!

女儿到上海以后,她第一次打电话给我,也是好多年来第一次打电话给我。电话号码应该是从塔尔坪找到的吧?在县城,尤其是在塔尔坪,许多人都有我的电话号码,他们逢到孩子考大学,要打电话来咨询专业,逢到有孩子没有事情干,要打电话问我能不能介绍个工作,有人在外边打工要不到工钱,也要打电话给我说,你是上海日报的总编呢,你给我在报纸上登一登,让那些狗娘养的,把血汗钱快点发了吧。

这个春节前,还接到不下十个电话,是几个女人打来的,她们家的男人在河南金矿偷矿石,被一起抓进了看守所,求我帮帮忙把他们给放出来。她们都说是我的嫂子或者表姐,之所以打电话给我,因为在她们眼里,我是老家里最了不起的人物,是上海滩的无所不能的大记者。但是事实如何呢?这之中的辛酸与狼狈,我的女儿应该明白了吧?

我在老家的名声越大,对那个人来说,仇恨就越深,疙瘩就越发难以解开了。女儿接完那个人的电话,似乎是被臭骂了一顿,两个人还争吵了起来。女儿拖着哭腔对我说,爸爸,明天我要回去了。

我真是舍不得女儿就这样离开,她没有真正地游过一次公园,没有正正经经地吃过一顿像样的饭,连商场还来不及逛,更别说去游乐场坐一次小火车与大转盘。我有着许多不甘心,但是也有着更深的无奈。我擦了擦女儿的眼泪说,再玩几天吧,东方明珠,南京路,海边,好多地方还没有玩呢;南翔小笼,冰激凌,寿司,好多东西还没有吃呢。

女儿哭得更厉害了,一下子扑进我的怀里说,我什么都不想看,我什么都不想吃，我只想看到爸爸，但是得上学了，明天就要报名了，你什么时候回家看我呀？

我说，过了这个春天我就回去。我所说的，就是等报社发了工资，拿到几个月的工资，交完了房租，还完了房贷，就可以回一趟家了。我要回家去看看女儿，看看女儿念书的学校，如果可以再看看女儿写的作文，有关爸爸当记者的作文。而且那个时候，老家的冬天就过去了，就不会下大雪了，应该就是山花烂漫的季节了。

天再一次黑了，窗外再次被无数的灯光，照耀得无比辉煌。本来打算带女儿去陆家嘴，哪怕就是近距离地仰视一下东方明珠，对女儿来说也许是很开心的吧？不空来上海一趟了吧？但是女儿明天就要走了，她已经沉浸于无限的离愁别绪中，提前进入了孤独无助的状态中。

女儿一边收拾东西，一边擦着眼泪。而我一动不动地站在一旁，呆呆地看着女儿把作业本收起来，把毛毛熊收拾起来，把可乐瓶子收起来——这个已经被喝空了的瓶子，她说要带在路上当成喝水的杯子，我明白这是她在上海为数不多的纪念品。我再也忍不住了，别过头去看着窗外，眼泪唰唰地流了下来。

我是花了两包红双喜香烟，让一个陕西老乡把没有购票的女儿，带上了前往西安的火车。火车开走以后，我才想起来，女儿为我缴掉的四十五块钱，至今还没有还给她；女儿依然穿着来时的黑棉袄与一双布鞋……但是女儿再一次成了断线的风筝。我在站台上奔跑着，大声喊叫着：麦子，爸爸对不起你啊！

我看着一辆辆火车进站，出站，进站，再出站，我希望一辆辆奔跑的火车是在梦中，希望看不到头也看不尾的火车并不存在。我甚至有些仇恨发明火车的人，如果世界上还没有火车的话，我就不会被带到如此遥远的地方；如果世界上还没有火车的话，我的女儿就不会迅速地离开我的身边。

上海再次成为一座空城，而且经过七天，被女儿掏得更空了，空得连一丝空气都没有了。

正好是个周末，按说要去报社值班，但是无心回到那么高的位置，去浮着，去漂着，我从火车站直接回到了出租屋。我一点点地检查着出租屋，很想找到女儿遗留下来的东西。但是整个出租屋像是一个火柴盒，只剩下我这一根火柴。

火柴？我突然发现女儿离开后的异样：桌子上书写着"爸爸"两个字。而这两个字，是用十几根火柴摆成的。也许是火柴不够了，所以缺少"爸爸"的最后一笔。缺少一笔的"爸爸"，像我的身体一样一下子失去了平衡，跟随着世界一起摇晃了起来。

我取下"爸爸"最上边的一根火柴擦亮了，又取下一根擦亮了，每一次燃烧的好像不是一根火柴，而是我自己的身体。

我从来没有如此怕风，用手遮挡着，守护着这小小的火苗。

那年的口罩

夏天的某个晚上,我在派出所值班,似乎天下太平,除几个咨询电话之外,再没有什么其他异常。我坚持到后半夜,正准备趴在桌子上眯一会儿的时候,门被推开了。

进来个十几岁的孩子,用网络流行语来形容样子有些"娘炮",不过用我这个落伍阿姨的眼光从背后看,有点像当年的那个谁来着?呵,想起来了,超级女声李宇春,估计也就我这样的过气"玉米"才会有这样的感觉。我说像她主要是发型,猛然看上去像男孩,仔细一看倒是有几分清纯的女生。她背着一个绿色的双肩包,双手插在裤子口袋里,百分之百是个学生,具体小学生还是中学生,有待进一步观察判断。

她进了接待室,在我的对面一坐下来就问我,你觉得我是男生还是女生?我说,当然是女生。她说,还是警察厉害,不愧是经常抓坏人的,但是我妈说怎么看都像假小子,天天嚷嚷着让我留长头发,说女生留长头发好看。

我说，你这是上学去吗？

她说，请问现在几点了？

我看了看对面墙上的钟表，说是三点零八分。她说那离上学还有两个小时，我平时是五点零八分起床，然后到你们派出所对面乘坐公交。

我突然想起处于两个时间之中的一首诗《这是凌晨四点零八分的北京》：终于抓住了什么东西 / 管他是谁的手，不能松 / 因为这是我的北京 / 是我的最后的北京……

派出所对面有趟公交，中途有一站是学校，首班车是四点二十二分的，很多学生会乘车去上学。我猜她应该是起早了，所以顺便溜达到了派出所。她戴着个白色的口罩，和娇小的脸庞相比比较大，像防毒面具一样遮挡住了整个下巴。

她说，我把口罩摘下来好吗？我说，当然可以，今天又没有雾霾，而且新冠肺炎疫情已经过去了。她说，这和雾霾无关，和春天的那场疫情无关，我戴着它是为了预防感冒。我说，你感冒了吗？她说，我是防止别人把感冒传染给我，阿姨你没有感冒吧？我说，我很健康。她说，我爸妈都感冒了，咳嗽，发热，胸闷，浑身无力，还不停地流着鼻涕，和新冠肺炎的症状一样，但是他们肯定是感冒，他们害怕传染给了我，所以口罩是他们给我的，要求我必须戴着。

我说，他们感冒了，要求你来戴口罩？

她说，是呀，即使他们没有感冒，他们也总是要求我戴着口罩，我估计是被新冠病毒给吓的吧？

我说，他们戴不戴？

她说，他们不戴，家里口罩不多，新冠肺炎的时候排了大半天领回来的，最后竟然剩下来了。

她把口罩摘下来放在桌子上，深深地出了一口气，然后拿着一部手机，看颜色就知道是华为，一边说话一边盯着屏幕，这是现代人最惯常的动作，虽然她还是孩子，也并不例外。

她开始主动地介绍自己，说自己叫杜鹃，这名字是她妈取的，并非出自于"杜鹃啼血猿哀鸣"之句，因为她妈不是那么有文化，只知道在收麦子的时候，有一种会叫的鸟叫布谷，并不知道它还有个名字叫杜鹃。她正好是七月出生的，当时满山遍野的杜鹃花开了，她妈生下她的时候，就问那是什么花，她爸说它年年都会开，你怎么不认识了？她妈说，我指的是名字，这花叫什么名字？她爸说，叫映山红，也叫杜鹃。她妈说，它叫杜鹃？它怎么和你一个姓呀？她爸说，就是啊，它可能是我的老祖先。她妈说，你的老祖先有这么好看吗？她应该是你的女儿，你的女儿就叫杜鹃吧！

她说，你知道我们老家是怎么取名字的吗？我说，是不是根据生辰八字？她说，当然不是，是看到什么就取什么。我说，那看到狗怎么办？她说，那小名就叫狗子。我说，那你呢？小名叫什么？她说，因为杜鹃一叫麦子就熟了，所以我的小名叫麦子。我说，这小名挺好的，你老家是哪里的？

她说，我爸是陕西丹凤的，我妈是湖南汨罗的，我是在湖南那边出生的，所以我认为自己是湖南汨罗人。我说，汨罗是好个地方，有汨罗江，有洞庭湖，还有大诗人屈原，他就在那里跳江的，关键是没有屈原呀，我们每年就会少三天假期。她说，你说的是端午节吧？我从来没有过过端午节，其实吧，我家那里只有山，其他什么都没有。我安慰她说，山也挺好的，有很多野生动物，比如梅花鹿呀，金雕呀，老鹰呀，是不是到处乱跑乱飞啊？她说，你以为是几百年前吗？我爸说几十年前能看到云豹和狼，也有穿山甲，现在估计都灭绝了。

我说，那兔子和锦鸡呢？

她说，也许有吧，反正我没有见过。

我说，你现在住在哪里？她说，住在真如镇。我说，是租房吗？她说，不是，是外婆留下来的。我说，你外婆是上海人？她说，我外婆是上海知青，我妈是知青子女，我是孽二代。我说，这什么意思？她说，《孽债》你看过吧？我说，当然看过，你的意思你是第二代孽债对吗？她说，是啊，所以说，在同学眼里，我是上海人，也不是上海人。

我没有想到与这么个孩子，有了一点点的共鸣。按照她的说法，我就是第一代孽债，我父亲当年去新疆支边，在那边结婚生子，等到退休之后回到上海，但是已经不适应了，干脆还是回到新疆安度晚年去了，所以在北方人眼里，我是上海人，在上海人眼里，我是北方人，如今我都不知道自己是哪里人了。

我说，真如是上海最后一个城市副中心，水产市场已经搬迁了，旁边正在盖着摩天大楼，以后应该会非常热闹，现在最高的是真如寺里的真如塔。她说，我坐在家里能看到塔顶，你知道为什么塔顶都是尖的吗？我说，不知道，会不会为了好看？如果塔顶不是尖尖的，会不会像大头儿子似的不太好看？她说，你错了，是为了发射信号，和我们的手机一样，向天上发射信号，这样神仙和我们才能接通，你说奇怪吧，我们用手机要充话费，为什么神仙和我们通话是免费的呢？

她说着，就拿起自己的手机按了按，翻了翻，似乎在等待着什么信息，又似乎并不在乎我对她的想法有什么反应。

我说，你怎么知道是免费的？说不定费用是人家神仙交的，你的手机费是不是你爸妈交的？她点了点头，又摇了摇头，说你知道塔顶有什么吗？我说，有云。她说，有时候没有云。我说，有雾。她说，大多数时候没有雾。我说，会不会是天灯？她说，不是。

我说，那是神仙吗？

她说，你见过神仙吗？我说的东西，你是见过的。

我笑了笑说，我是警察，神仙是不敢见警察的。

她说，神仙又不是小偷。

我说，神仙就是小偷，而且是高明的小偷，他偷走的东西我们是找不回来的。

我觉得自己的话有些不对，不太适合自己的身份，也不太适合与一个孩子交流，于是又补了一句说，那是搞封建迷信，比如装神弄鬼，也是违法行为，我们见了，也得抓。

她说，塔顶有麻雀，你知道它们是从哪里来的吗？我说，不知道。她说，你知道它们飞哪里去了吗？我说，也不知道。她说，它们整天叽叽喳喳地叫，绕着塔顶飞来飞去，你知道它们在干什么吗？我说，我又不是麻雀，我怎么知道呢，难道你知道吗？她说，我当然知道，它们每天就干两件事情，我要是一只小麻雀多好。我说，哪两件事情？她说，第一件是捉虫子，有时候自己吃，有时候喂小麻雀；第二件是唱歌，它们唱的歌你觉得好听吗？

我说，叽叽喳喳的，挺好听的。

她说，它们天一黑就睡觉，天一亮就醒了，你猜猜它们有家吗？

我说，应该有，但是不知道在哪里。

她说，它们的家就在塔顶。

我说，你是怎么知道的？

她说，我刚才说了，从我家能看到塔顶，我平时一边做作业一边看着它们，那一群麻雀，谁是爷爷奶奶，谁是爸爸妈妈，谁是它们的校长，我一眼就能认出来。我说，麻雀也有校长？她说，是啊，你们派出所有所长吧？所以，我们有校长，它们也有校长。我说，你怎么知道它是校长？她说，它和其他麻雀不一样，其他麻雀有的两鬓斑白，有的灰白相间，有的是褐色的，只有校长全身油光发亮，而且是金黄色的，被太阳一照，更像一疙瘩金子。

我被她逗乐了。我想到了我们的所长，所长正好梳着个油光发亮的大背头，下班之后喜欢换上米黄色的便装，真有点像她描述出来的麻雀。

我说，麻雀校长是干什么的？她说，我们校长教音乐，麻雀校长也一样，只教麻雀们唱歌，早晨第一束光线刚刚出来，天还没有彻底亮起来，它会一边跳一边张开嘴叫出第一声，其他的麻雀才会跟着它叫成一片。

她盯了一眼口罩说，为什么麻雀不用戴口罩？

我笑了，说你真是孩子，你见过动物戴口罩的吗？

她说，那就奇怪了，它们不戴口罩为什么不传染新冠肺炎啊？我说，它们可能抵抗力比我们强，关键是它们嘴不馋，永远只吃虫子。她说，有时候还吃小草。我说，它们还吃小草？她说，是呀，我亲眼看见的，小草刚刚冒出来，嫩嫩的，鹅黄色的，像我们吃甘蔗一样，它们会抱着一根小草津津有味地啃半天，而且它们还吃露水呢，像喝冰镇汽水一样爽。我想这小丫头也许是小麻雀变的，笑着说，它们尽挑保健食品吃，哪里像我们人类啊，除了不吃人，没有什么不敢吃的，上次非典怀疑吃果子狸闹的，这次新冠肺炎怀疑是吃蝙蝠闹的，如果不乱吃东西，也不会害得大家少过一个春天。

她说，我叔叔上次从汨罗来上海玩，回去以后被查出来感染了病毒，我们一家被隔离了好长时间，等小区开放以后出去，桃花都落了，但是要我说呀，隔离的日子挺好过的，我不用去学校，我特别讨厌学校，每次看见学校闪闪发光的大铁门，我就特别郁闷，特别想哭，阿姨你不怀念疫情吗？

我说，有什么好怀念的，死了那么多人，你的叔叔最后怎么样了？

她说，他死了，死的时候身边没有一个人，阿姨你说说，病毒会不会再来？

她毕竟是涉世未深的孩子，对过去不远的疫情没有切肤之痛，相反还充满着青葱岁月的留恋。我不想再谈论那场灾难了，因为想起那个春天就让人忧郁，当时上海并没有湖北那么惨烈，但是和春节形成了反差，在封闭的日子里，发生了许多不愉快的案件，比如老人出现精神异常呀，忧郁症患者病情加重呀，邻里之间为口罩打架呀，整个城市看似清清静静，其实是烦躁不安的，是暗潮涌动的，是忧伤的，甚至是病态的。

我知道此时透过我背后的窗子看出去，有一轮下弦月早已经升起来了，正好挂在真如塔的尖顶上，于是转开了话题，说我这里也能看到真如塔。

她把自己的口罩又戴上了，戴上口罩之后她的大半张脸就消失了，露出的两只眼睛骨碌骨碌地转动着，像两只正在觅食的老鼠。

她说，你看看塔顶上是什么。

我没有回头，很肯定地说是月亮。

她说，错了，是口罩，是老天爷戴着的口罩。

我觉得她的比喻挺形象的，说麻雀都不用戴口罩，老天爷为什么要戴口罩啊？她说，估计和我一样，也是被逼的吧？我说，谁敢逼老天爷啊？她说，当然是我爸我妈，我爸我妈最害怕两个人被传染，其中一个是我，另一个就是老天爷。

我说，老天爷会传染吗？

她说，怎么不会？！刮风下雨不就是老天爷被传染上了感冒吗？

我感觉她的作文水平应该不错，但是我并没有暴露自己的想法，恢复一个警察冷静的目光静静地盯着她，等着这个天真而又带着淡淡的神情慌张的丫头说话。

我说，你到底念几年级了？她低头迅速地翻了翻手机，似乎我的问题很高深，需要用手机查询相关的答案，但是答案是不存在的，所以沮丧地把手机一扔，说你不要提学习的事情好吗？

我又看了看对面墙上的钟表，时间已经过了四点。我说，上学时间差不多了，你是不是应该走了？她说，上学？我不上学了，我初中刚刚毕业了。我说，初中毕业了？难道你不是起早了，在这里等着公交车？她说，我不等公交车，我来办事情。

我好奇地问，你办什么事情？

她说，报警。

我说，你报什么警？她说，我爸妈打我，严格来说是我妈打我。我说，怎么打的，有伤吗？她笑着撇了撇嘴，说是内伤。我说，需要去检查吗？旁边就是中心医院。她说，不用，是伤心，伤心是检查不出来的。我说，所以呀，你指的伤心除非是冷暴力，不然警察是管不了的。

我认为"报警"只是她想待在这里的一个理由，因为晚上在派出所值班，有酒喝多了闹事的，有夫妻间打架的，有丢东西的，多数通过110转过来要求我们出警，真正上门报警的其实并不多。

她又翻了翻手机，似乎在看自己的朋友圈，如今连小学生都在刷朋友圈了。

她说，我妈第一次打我是因为我文身。我说，你这么小，文在哪里？她说，在领子下边。

她穿着的T恤根本没有领子，而且被双肩包紧紧地勒着。我看到书包很沉，建议她放下来，但是被她拒绝了。

我说，你文的是什么？肯定不是精忠报国，或者为中华之崛起而读书。她说，阿姨真聪明，你猜猜到底是什么？我说，应该是动物。她说，什么动物？我说，懒得猜。她说，开始想文一只杜鹃的。我说，是花杜鹃，还是鸟杜鹃？她说，我不喜欢花，我喜欢鸟，因为花一飞就谢了，而鸟一飞就上天了，我听到过杜鹃布谷布谷的叫声，但是从来没有见过它的样子，阿姨你知道它长什么样子吗？

我说，不知道，它会不会像麻雀，或者像鸽子？她说，不应该吧？诗里说了，它会吐血。我说，诗里说的，不见得是那个意思。她说，所以最后文了一只蝴蝶，其实也不是文的，在肺炎疫情中间，我们停课了，只能上网课，那天我去同学家里蹭电脑的时候，同学趁机帮我画上去的，她正画着呢，就开课了，所以那只蝴蝶画了一大半，阿姨你知道什么地方没有画完吗？

我说，应该是翅膀。

她说，为什么？

我说，蝴蝶的翅膀是不是比较难画，所以一般会放在最后？

她说，是的，就是翅膀，只画好了一只翅膀，你说说一只翅膀能飞吗？

我说，我不知道，一条腿走路都难，何况是飞，所以估计不行，这个你得去问问你们老师，他们应该知道。她说，我当时就问过了，被老师给臭骂了一顿。我笑了笑说，应该被骂，这和考试没有关系吧？她说，你是警察阿姨，怎么也这么说呀！当然和考试有关系了，那只蝴蝶不就是我吗？我没有翅膀，你让我怎么考试？我说，考试和翅膀的关系是什么,我还真不知道。她说,梦想就是翅膀,这是老师自己说的。我说,那也对。

她说,不过,我告诉你,那只蝴蝶非常好看,像什么来着?对了,像断臂维纳斯。

我说,残缺的美。

她摸了摸 T 恤的领口,想露出来给我看看,最后还是羞涩地放下了。她说,在衣领下边的胸口,我们同学说我走路的时候,隐隐约约地可以看到蝴蝶在飞。

我们派出所接待室后边是个花圃,里边种着许多花卉,有桂花,有海棠,有玫瑰,有月季,这个季节还有几簇粉红色的即将凋零的杜鹃花开着。如果白天的话,我背后的窗口经常可以看到蝴蝶,有时候打开窗子透气,还会有一两只钻进来,像小侦探的幽灵一样,在接待室飞来飞去。现在是夜晚,确切地说正好是凌晨四点零八分,我不知道蝴蝶像麻雀一样,都是从哪里来的,又去了哪里,它们有没有家,晚上会不会回家睡觉,睡觉的时候会不会做梦。不过,不管如何虚无和神秘,并不影响它们的美。

她说,阿姨你在想什么?你在想象那只蝴蝶是什么样子对吗?我告诉你吧,它是黑色的,不太大,却画着两只绿豆那么大的眼睛,所以被我妈发现了,说那只蝴蝶太招惹人了,她很生气,就打了我,我说是画的,不是文身,她说画的也不行,马上就要中考了,必须把全部心思用在学习上。

她一提学习,总有些沮丧,说我想洗掉它,香皂呀,沐浴液呀,疫情中剩下来的酒精呀,什么都用遍了,还是保持了一周,总感觉它像新冠病毒一样,是很难杀死的,是活生生的,最后不是被清洗掉了,而是爬进了我的胸口,在我的心里飞啊飞,飞到学校外边,飞到花丛中，飞到山上，我刚刚说过了，我是在山里出生的，当时和现在差不多，麦子已经黄了，布谷鸟已经在叫了，满山遍野的杜鹃花已经开了，当然还有成群的蝴蝶飞来飞去。

我说，真美。

她说，是的，真是太美了，阿姨你说说，蝴蝶有没有灵魂啊？

我说，应该有吧？活着的东西都是有灵魂的，没有灵魂的话就等于死了。

我不知道为什么又说出了唯心主义的话，所以虚伪地强调了一句，从来没有人见过灵魂，灵魂是人想象出来的，所以是一种封建迷信。她说，当然不是迷信，我文身以后，像灵魂附体一样，从那天起每次只要做梦，总是梦见蝴蝶，蝴蝶不在我身上，也不在我心里，反过来，是蝴蝶驮着我，我骑在蝴蝶身上，像骑着侏罗纪时代的恐龙在天上到处飞。

也许是凌晨，外边太安静了，连虫子吱吱的叫声也熄灭了，加上脑子处于睡意朦胧的状态，我的意识总是被她的话题牵着鼻子，所以恍惚中忘记了自己是干什么的，也忘记了面前这个孩子是干什么的。

我说，我们别跑题，继续说你妈。

她没有征求我的意见，又把口罩摘下来了，然后翻了翻自己的手机说，我妈第二次打我是吃哈根达斯。我说，那有什么好吃的。她说，阿姨你吃过吗？估计你没有吃过，所以才会这么说吧？我说，真没有吃过。她说，你还不如我。

她继续说，我们恢复上学的时候，也就两个多月前吧，有一天放学回家，路过一家冷饮店，看到在卖哈根达斯，我和同学小米一起进去看了看，后来写作文的时候，同学小米说他最大的理想是吃一杯哈根达斯。老师把他的作文念出来了，而且当着全班同学的面说，你怎么只知道吃啊？你这理想，不用再念书了，直接回家当个厨师就实现了。小米听到这句话，哇的一声哭了。老师的话引起了全班同学的嘲笑，我当时没有笑，我知道他吃不起哈根达斯，因为他爸是外卖小哥，在疫情期间给隔离的居民送菜，倒是没有感染病毒，却发生了车祸，现在还躺在医院里没有苏醒，搞不好就成了植物人。

我不知道为什么，差点流出了眼泪，在那段不太寻常的日子，我们很多人都可以回避，无法回避的是医生护士和外卖小哥，它们经受的压力超出一般人的想象。

她说，阿姨你说说，植物人是植物还是人？

我说，当然是人。

她说，但是像外边的一棵树或者一根草，不能自己吃饭自己说话对吧？我说，差不多吧。她说，有风的时候树和草还摇啊摇，到春天就会返青了，小米他爸会不会醒过来呢？我说，应该会的。

她说，其实我也吃不起哈根达斯，我妈每月给我的零花钱是二十块，这二十块钱我早就花光了，我也不知道是怎么花光的，从大家嘲笑小米那天起，我回家的时候一直低着头，多么希望捡到一百块钱，世界上那么多钱，干什么都要用钱，人人身上都装着钱，为什么连一百块钱都捡不到呢？

我笑了笑说，估计捡钱的人太多了吧。

她说，那丢钱的人不多吗？

我说，现在的人这么贪，谁舍得丢钱啊！

她得意地笑了笑说，我终于逮住了发财的机会，我妈买了一只高压锅，她很高兴地说，马上要考试了，要炖鸡汤给我补补脑子，把停课那段时间耽误的成绩补回来，哪怕多考几分也是值得的，但是买回家的当天晚上，那只高压锅就不见了。

我说，估计是被你偷走了。

她说，你怎么知道的？

我说，我是警察。

她说，我妈说是邻居偷走的，当时也打 110 报警了，是阿姨你去处理的吧？我说，不是我，是我们同事处理的，还把你们的邻居阿姨叫来做了笔录，最后证据不足，不了了之。她说，其实并没有完，后边的事情你知道吗？我说，不知道。

她说，我告诉小米买哈根达斯的钱是我妈给的，第二天小米遇到我妈，说是谢谢我妈，让他吃到了哈根达斯。我说，所以穿帮了对吧？她说，我妈问什么是哈根达斯，同学说是一种冰激凌，从国外空运过来的，那么一杯子六十块钱，就这么穿帮的。

我说，你把高压锅卖给谁了？是不是收废品的？她说，我妈平时一有空闲就捡废品，她和收废品的都认识，所以我卖给学校旁边的小卖部，一百八十块，正好三杯哈根达斯，是不是很划算呀？我说，所以你妈打你了？她说，我妈说，要报案，让你们警察把我抓起来，我偷自己家里的东西也违法吗？我说，当然违法，不过一般不按罪犯处理。

她说，如果我妈打我呢，或者我打我妈呢，会当罪犯处理吗？

我说，这肯定是要处理的，这属于家庭暴力。

她说，我妈非常生气，问我是不是喜欢上了小米，她其实想说早恋，但是我装作不懂，故意问喜欢是什么意思，她说喜欢就是那个那个的意思，我说到底是哪个哪个呀，把她急得脸红脖子粗，说她连根冰棍都舍不得吃，我竟然请别人吃什么坐飞机的冰激凌，如果我孝顺就好好学习，长大了买一杯给她尝尝，我说明天就能孝顺她，她被吓坏了，害怕我再卖家里的炒锅，竟然把炒锅用绳子绑在煤气灶上，后来，我妈用炒锅熬鸡汤，熬了半天还是生的，一气之下就拿着锅铲子开始打我。

我说，她用锅铲子？那你还不跑吗？

她说，我用不着跑，其实她不是打我。

我说，那她打谁？不会拿你爸出气吧？

她说，她也没有打我爸，而是打我的衣服，她说那是在打灰尘。

我说，估计是从皇帝那里学的。她说，皇帝也以这样的方式打过他们家的孩子？我说，前边有个电视剧，说皇帝为了表示法律面前人人平等，把自己的袍子脱下来，打了三十大板。她说，皇帝真聪明啊，我妈可不是这样的，她简直太笨了，她打完了我的衣服，又一边哭一边在那里狠狠地打自己。她仍然说是在打灰尘，她衣服上的灰尘太厚了。她说她太没有用了，刚刚换好的新衣服，怎么就弄脏了呢。其实那不是新衣服，那件衣服她已经穿了三年了，那是她唯一漂亮的衣服，我理解她所说的新衣服，只不过是刚刚洗过的，这件衣服已经有些发白了。

我说，那不是打你。

她说，不是打我，比打我还痛。

我说，那是她爱你。

她说着说着又把口罩戴上了，不知道为什么，每次戴完口罩或者摘完口罩的时候，她都会拿起手机不停地翻几下，估计在看朋友圈里有没有什么留言。

她说，阿姨你猜猜，月亮还在不在天上？我说，还在。她说，为什么。我说，因为是下弦月，所以一直会到天亮。她说，如果到天亮？太阳出来了怎么办？

我说，你担心什么？

她说，担心它们碰见了会不会打架。

我说，你以为它们是你们孩子吗？天空那么大，它们是可以和平共处的。

她说，这种现象是不是日月同辉？我们刚刚中考的作文题目就是《日月同辉》。我说，你是怎么写的？她说，我也不记得是怎么写的，估计是考砸了，因为我从来没有见过日月同辉，不知道发生在什么时候，它们从东南西北什么地方跑出来，它们发出来的光和平时是不是一样，阳光暖暖的，月亮淡淡的，一个像金子，一个像银子。

我说，你挺会比喻的嘛。这种天象一般发生在农历下半月，在早晨，在南边，不过需要天气非常好、没有雾霾的时候肉眼才看得见，今天天气不错，天空蓝蓝的，等会儿太阳升起来，说不定就是日月同辉。她说，我如果早几天来派出所就好了，我做作业的时候，透过窗子能看到真如寺的尖顶和在上边安家的小麻雀，但是从来看不到太阳，也看不到月亮，你知道为什么吗？

我说，因为你的窗子是朝北的，真如寺在你的北边。

她说，其实吧，就是朝南也白搭，阳光和月光也照不进来，更别说什么日月同辉了。

我说，什么意思？你又不是盲人。她说，我要是盲人多好呀，就不用整天忙着学习啊学习，连头都不敢从课本中间抬起来了。我说，有这么惨吗？她说，阿姨，你是不是没有上过学啊？我老实告诉你吧，我妈为了让我好好上学，手中总是拿着锅铲子，寒光闪闪地围着我不停地转圈子。我说，我上过学，不过并不像现在的学生负担这么重，我们那时候整天只知道瞎玩。

她说，你们都玩什么？

我说，花样多了，最多的是看流星雨。

她很惊讶，张了张嘴说，你们看过流星雨？流星雨是不是很美？

我说，当然很美，像有人在天上擦呀擦呀，突然划亮了几百根火柴。她说，我都没有见过火柴，把那么多火柴划亮的感觉挺好吧？我说，你想想吧，你坐在山上或者楼顶上，四周都是乌漆麻黑的，都是静悄悄的，几百根火柴同时划亮的那一刻，像一群金鱼游啊游啊，游到天边去了。

她说，我想象不出来。

我说，我们看到流星雨以后，还使劲地追啊追啊，是不是挺傻的？

她抬起头好奇地盯着我问，当然不傻！你们追上了吗？我说，流星那么快，而且一闪而过，是追不上的，其实当时的目标是陨石，陨石你知道吧？它们就是星星，准确地说是被摔碎的星星，它们在落地的过程中速度非常非常快，因为摩擦而燃烧，残留下来的就是陨石，心想能捡到一块星星挂在脖子上多好啊。

她两眼放光地说，你们捡到星星了吗？

我说，没有。

她说，你跑了多远。

我说，其实也没有多远，骑着马大概跑了几十公里吧。

她的眼睛像流星一样暗淡了一下，有些怀疑地说，你们骑着马？上海有马吗？

我说，我当时在新疆，所以才有马骑，在上海见过一次马，估计是马戏团里的，拴在大楼背后的阴影里，感觉哪里像马呀，还不如牛。她说，骑马的感觉很威风吧？我长这么大还没有骑过马，听说共青森林公园有马，转两圈子需要六十块，我妈说以后考上北大清华就带我去骑一次马。我说，当然威风，如果再佩一把剑，简直像英雄一样了，

183

我们骑着马跑啊跑啊，开始感觉离天边真近，伸手就能摸到天空似的，但是我们朝前跑了半天，天空还是那么近。

她说，天是没有边的对吧？

我说，但是我们以为天有边。

她说，我也觉得天有边。

我想到青春年少的时候驰骋在大漠戈壁上的日子就有些忘乎所以。我看了看对面墙上的钟表，已经四点二十分了，再过一会儿估计小麻雀就要叽叽喳喳地叫了，随着它们的叫声，天边就会慢慢泛白，就会慢慢发红，就会慢慢变亮，似乎这些天光都是小麻雀们叫出来的。

我说，天快亮了，你的事情聊完了吗？

她说，我还没有开始呢，我来都是为了我妈。

我说，她又打自己了？她说，没有。我说，她打你爸了？她说，没有。我说，她真打你了？她说，还没有到打的时候，我估计到时候她会打自己的，而且会把自己打死，不是用锅铲子，而是用菜刀，甚至是跳楼。

我说，你的意思就是还没有发生对吗？她说，已经发生了。我说，她不会像预防病毒一样颠倒过来，逼着你拿锅铲子打她吧？她说，比这严重多了。我说，怎么个严重法？她说，我就是来报警的。

我盯着眼前这个假小子同情地笑了笑，她的话分明无法引起我的重视，我一直认为这么个小屁孩子，可能学习压力太大，把我当成倾诉对象而已。

她翻了翻手机，突然有些绝望地哭了。她低着头哭着哭着就有些气喘，所以又把口罩摘下来了。我给她递了一张纸巾，说你别哭，好好把事情讲出来。

她说，都是他们逼的，我把我妈还有我爸都杀了。

她说完这句话，似乎一下子轻松多了，把口罩拾起来一把扔到了旁边，这个白色的口罩像一只被击落的鸽子在桌子上翻了几个跟斗以后一头栽在地上，然后她赌气似的关掉了手机，同样远远地扔在了一边。

我直到听到"杀"字才意识到不对，顿时慌乱得像被抓进来的嫌犯，而不是久经沙场的警察。我赶紧找出纸和笔，开始按照程序一边问询一边记录。

我说，你叫什么名字？她说，不是早就说了吗？大名叫杜鹃，小名叫麦子。我说，你年龄多大？她说，十五周岁。我说，你刚才说的"杀"是什么意思？她说，这还有什么意思？当然是杀害的意思了。我说，你是拿什么杀害他们的？她说，我打开了家里的煤气。我说，作案地点在哪里？她说，在我家里，我家在真如镇上，地址你们是知道的，从我们家里的窗户可以看到真如寺，你们去处理过高压锅的案子。

我没有想到这个结果，无法判断她说的情况，更无法判断她有没有什么精神问题，但是人命关天，容不得任何侥幸心理，于是喊来另一位值班的同事，交代他赶紧去真如镇走一趟，在某某小区的几楼几号，那里可能发生了煤气中毒，请他们赶紧救人，然后保护好现场。

警笛声很快响了起来，划破了即将到来的黎明，那声音对沉睡中的人们十分刺耳，但是对我而言内心踏实了许多。

我必须承认，从这个假小子一进来，我就被她的学生身份和奇思妙想给迷惑了，忽视了她的不安和那淡淡的忧伤，竟然被她一步步牵着鼻子，谈论蝴蝶，谈论哈根达斯，谈论日月同辉，谈论流星雨，还谈论了马以及她那望女成凤的母亲，作为一名派出所的女警察，面对安安静静的夜色和朦朦胧胧的月亮，我竟然忘记给当事人做笔录。我处理过很多棘手的案子,但是我的手第一次微微地发抖。

她说在中考结束之后,她心里就忐忑不安,她感觉她考砸了,而且她知道考砸了的后果,她真想离家出走,但是世界那么大那么大,她去过的地方太少太少,她不知道去哪里,她不知道怎么去,她不知道到哪里找到那只可以让她骑着到处飞的蝴蝶。她干脆继续待在家里,天天看着窗外的真如塔,看着真如塔上的麻雀,从早到晚,看麻雀怎么吃东西,数麻雀的多少,辨认每一只麻雀的差别,给每一只麻雀起名字,这些名字和她的老师和同学是一一对应的,她很想在自己的胸口真正地文一只麻雀,但是她找不到那个会画画的同学,一天两天三天,时间过去两周以后,她隐隐地有了一种幻觉,她的身体里布满了麻雀窝,她突然发现在黄昏的时候一只只麻雀随着一束束光线慢慢地飞进了她的身体,第二天早晨天亮的时候又随着一束束光线从她的身体里飞出来了……最后,她彻底崩溃了,心想干脆自杀算了,从自己家的窗户跳下去,或者从真如塔的顶上跳下去,但是她想到了她妈她爸,他们根本离不开她,如果她死了,他们也活不下去了。

自从关掉手机和扔掉口罩以后,她的口气其实挺平淡的,更像在讲述别人的故事或者是妄想症患者凭空想象出来的,尤其提到那群欢呼跳跃的麻雀的时候,似乎她自己是可以供它们安家的一棵树,所以我稍微镇定了一点。

她说,你知道明天是什么日子吧?

我说,不知道。

她说,其实对你们是没有什么特殊的。我说,对你呢?对你有什么特殊的吗?她说,简直太特殊了!因为再过一会儿明天的天就亮了,再过几个小时中考成绩就公布了。我说,这样啊!你往下说吧。

她说,我害怕公布成绩之后,我妈我爸看到那几个数字的时候,他们失望的表情会像什么样子，我估计我爸会不停地抽烟，我妈肯定会提着锅铲子，像拍打灰尘一样，先是打我的衣服，然后打自己的衣服，打完自己的衣服之后，估计她会站在窗口发呆，然后大家就会听到楼下扑通一声，随后又会听到扑通一声，你知道是什么东西落下去了吗？

我一愣，问是不是她妈把锅铲子扔下去了？她说，当然不是，锅铲子只有一声。我说，是不是还有菜刀？她说，锅铲子与菜刀落下去，如果摔在地板上，发出的肯定是叮当声，如果砍到人的话，肯定是恐怖的惨叫声。我说，是不是衣服什么的？她说，衣服声音也不会那么沉重。我说，你快点说啊。

她说，是我妈从楼上跳下去了。

我说，然后呢？

她说，我爸紧跟着也跳下去了。

我说，你家住在几楼？

她说，你知道的，我们家住在六楼，虽然不是太高，从那么高的地方跳下去照样是没命了。

她说她妈像迎接过年一样，几天前就开始打扮自己，而且唠叨过无数遍，如果考得好，再请小米一起吃哈根达斯，如果考不好，就从楼上跳下去。这一次中考确实太重要了，为了挣钱给她请外教，她妈多找了一份送牛奶的工作，每天这个时候都要出门，把牛奶放进客户门外的箱子里，把空瓶子再收回去，她妈的客户都在真如地区，多数住着老房子，没有电梯，必须一层一层地爬楼梯。

她说，有一天半夜，听到有人吵起来了，打开窗子一看，竟然是我妈，你知道为什么吗？

我说，估计把牛奶送迟了。

她说，你再猜猜。

我说，估计少送了，或者把瓶子打碎了。

她说，你再仔细猜猜。

我说，不猜了，你赶紧说吧。

她说，我妈每次收回空瓶子，都会躲在楼道里，把空瓶子颠倒过来，对着自己的嘴里倒啊倒啊，你知道她干什么吗？她在喝牛奶！她在喝人家剩下来的几滴牛奶，正好被人家看到了，那时候新冠肺炎还没有结束，人家就骂她，说这样太不干净了，小心传染病毒。

我说，空瓶子拿回去会消毒的。

她说，是啊，我妈就是这么解释的，但是怎么也解释不清，最后就吵起来了，闹得我妈被开除了。最可怜的其实是我爸，我爸得了肝硬化，他偷偷地把药都停了，用省下来的钱给我交了补习费，为了送我去各种各样的补习班。他们说，不能让我和他们一样没用，他们希望我考上重点高中，然后考上重点大学，然后继续上研究生，他们说只有这样，我才会真正成为上海人，才有底气坐在高高的玻璃窗户后边过上白领的日子，阿姨你说说，真的到了那时候，我是不是就能看到日月同辉啦？

我说，这都是你想象出来的吧？你刚才说你放煤气杀了他们，这到底是怎么回事？

她说，我想，如果我一死，我们全家都完蛋了，那么最好的办法是什么呢？

我说，是什么？

她说，我想到了口罩。

我说，口罩怎么了？

她说，他们感冒了，反而让我戴着口罩，我以此类推想了想，反正他们好坏都活不成了，而且人迟早都得一死，干脆让他们先死，在成绩没有公布之前，在我没有自杀之前，他们如果已经死了，你想想会是什么样子？我无论考成什么样子，他们都不会再痛苦了。

这种反向思维来自一个十五岁丫头，让人不免有些心痛而悲凉，我赶紧给出警的同事打了一个电话，但是电话不在服务区。

她说，我不愿意用刀，你知道为什么吗？

我说，不知道。

她说，我不想看到我妈我爸的血，我也不想给他们下毒，比如让他们传染新冠病毒，你知道为什么吗？

我说，不知道！而且病毒已经被消灭了。

她说，病毒应该藏起来了，我就是打个比方，我不能让他们死得太痛苦，所以我在网上百度了一下，说最好的办法是把他们用雪埋起来，被雪埋死的人，据说再过几百年技术发达了还可以复活，但是现在是夏天，哪里有雪呢？而且上海是很少下雪的，你知道我最后想到了什么吗？我最后就想到了煤气，我们小区里有煤气中毒去世的，我见过那个人，是二十多岁的小姐姐，她的脸当时红扑扑的，像涂着胭脂睡着了一样，特别安详，特别漂亮。

她突然哇的一声哭了起来，一边哭一边告诉我，所以在晚上十一点多，她趁着他们睡着的时候就把煤气打开了。她说她在出门的时候，听到她爸在使劲地咳嗽，他已经咳嗽两个多月了，她回过头真想把自己的口罩给他戴上，如果给他戴上口罩的话，他就不会煤气中毒了。但是她在楼道里碰到了邻居阿姨，说杜鹃啊，你考得怎么样？明天就可以查分数了。她一想到分数，想到日月同辉，她就想哭，她心一硬就离开了家。

她说，我在离开家的时候发了一条微信朋友圈，你知道我在朋友圈发了什么吗？

我说，你是不是发了一张自己的照片？她说，不是，你猜猜。我说，你是不是发了一张你妈的照片？她说，不是，你再猜。我说，你快说吧！她说，我发了一句话。我说，什么话？她说，是提醒的话。

我说，提醒谁？提醒什么？

她说，提醒我妈，如果她醒了，赶紧看看煤气。

我说，你不想干傻事对吗？她说，是啊，所以我希望她能把煤气关掉。我说，最后她关掉了吗？她说，最后没有任何消息，估计她还没有看到我的朋友圈，有可能她这一辈子再也看不到我的朋友圈了，其实我的朋友圈也没有别人，仅仅只有三个人。

我说，哪三个人？

她说，我，我妈，还有我爸。

我说，这不叫朋友圈。

她说她在外边转了很久，她坐在真如寺外边，双手合十地向佛祈祷，她不知道她祈祷什么。她祈祷分数出现意外吗？她祈祷她妈她爸安然无事吗？其实，她祈祷他们不要痛苦，好好去天堂，如果去天堂，他们就好过多了。她说她希望他们下辈子，不要让她做他们的女儿，她这样的女儿太笨了。

我把她的手机拿过来打开了，我看到她的朋友圈除了提醒她妈关煤气的那句话之外，还有一声"对不起"。这时，我的同事开着警车回来了，他欣慰地笑着附在我的耳朵边悄悄地把结果告诉了我……我沉着的心放下了，我的手不再发抖，我把写了几页的所谓的笔录撕下来放进了碎纸机，然后告诉她，丫头，你说完了吗？

她说，说完了。

我说，你可以走了。

她说，你为什么不抓我？

我说，我为什么要抓你？她说，我杀人了呀。我说，他们是你的父母。她说，杀死父母不犯罪吗？我说，当然犯罪了。她说，所以，我是杀人犯。我说，你还小，才十五岁。她说，十五岁杀人不犯法吗？我说，再小杀人也是犯罪，不过你没有杀人。她说，这怎么可能。我说，这怎么不可能？

她似乎有些惊讶，又有一些不安。她说，那怎么办啊？

我说，还能怎么办，赶紧回家吧。

她说，我真的可以回家了吗？

我说，你得保守秘密。

她说，什么秘密？

我说，你刚才对我说的话都是秘密。

正说着，接待室的门被推开了，是一位中年妇女，这是杜鹃她妈。杜鹃好像这辈子第一次见到她妈，一下子扑进了她妈的怀里。她妈不停地咳嗽着，还没有开口说话呢，就冲上去拾起了那个口罩，严严实实地给杜鹃戴上了，说你这丫头，我提醒过你多少次，你为什么还把口罩摘下来？

我说，她又没有感冒。

她妈说，但是我们感冒了。

我说，你们感冒了，应该给你们戴口罩才对吧？

她妈尴尬地笑了笑说，她是不是犯什么事情了？我说，没有。她妈说，没有犯事情，半夜三更不睡觉，跑到派出所干什么？我说，她来派出所聊天。她妈说，你们警察多忙，找你们聊什么天？我说，她有道题不会，想问问我们。她妈说，她问了什么题？

我说，她问什么是日月同辉。她妈说，那到底什么是日月同辉？

我说，你看看我的背后吧。她妈就好奇地看到窗外，突然惊喜地说，这就是日月同辉？我说，是啊。她妈说，这不是这丫头的作文题目吗？这丫头不知道什么是日月同辉？我说，她当然知道了，不过我们还聊了别的。

她妈说，是不是聊那只蝴蝶？

我说，不是。

她妈说，是不是聊我冤枉她偷了高压锅？

我说，不是。

她妈说，是不是说我不给她吃什么哈达？

我说，不是哈达，是哈根达斯，我们聊了聊你打人的事情。

她妈在接待室转了一圈，从门背后拿起一把扫帚，狠狠地抽打了一下自己说，我没有打人，我打的是衣服。我说，你身上这件衣服穿几年了吧？她妈说，你怎么知道的？我说，杜鹃说你为了供她上学，舍不得买衣服。她妈说，这件衣服还是新的。

我说，其实你打的不是衣服。

她妈说，那我打的是什么？

我说，杜鹃说你在打她的心。

她妈说，我总算明白了，她是来告状的对不对？这个没有良心的。我说，她可以告状，但是她今天来确实是和我聊了聊天，今天是不是查分数的日子？她妈说，是啊，我正担心呢。我说，有什么好担心的，以后日子还长着，如果杜鹃考不好，你可不要怪她，更不能打她，打她是家庭暴力，那是犯法的，也不能打自己，打自己是家庭冷暴力，也是犯法的，我今天下午去你们家，顺便请你们吃哈根达斯。

杜鹃说，阿姨，你说话算数？

我说，当然，但是你现在可以回家了。

她妈说，是啊，赶紧回家吧，天都亮了。

麻雀已经叽叽喳喳地叫起来了。我站起来，目送着那个戴着口罩的丫头牵着她妈的手消失了，我终于回过头看了看背后的窗外，太阳正在冉冉地上升，把东方染红了一片，那轮下弦月还在天上，真像给老天爷戴着一个口罩，旁边是几朵白云，形状似乎是蝴蝶，似乎是一匹马。我摸出了自己的手机伸出窗外拍了一张日月同辉的照片，在这张照片里除了太阳和月亮之外，还可以看到那尖尖的真如塔和几只跳跃的麻雀，然后发出了我人生中的第一条朋友圈。

虽然我的朋友圈里只有我一个人。

留 鸟

一

等到疫情告一段落的时候,我终于回了一次老家,那已经是清明节后了,满山遍野开满了金灿灿的连翘花。我刚刚走到村口,就遇到了堂兄陈小元,他坐在大核桃树下抽烟,把浓烈的烟吐在中午的阳光中。收音机正在播放着豫剧《卷席筒》——

苍 娃:你日后见了我哥哥面,把我的心思对他谈。
我死后你买条芦席把我卷,挖个坑埋了就算完。

曹张氏:兄弟待嫂嫂有恩典,情重如山难报完。
万一兄弟有凶险,命儿女给你戴孝把坟添。

堂兄陈小元看见我,立即拄着拐杖站了起来,高兴地拉住我的手,说他从收音机里听到消息,江中市那边已经彻底解放了。

我说，是解封，不是解放，咱们村一切都好吧？陈小元叹了口气说，还是死了个人。我很吃惊地问，谁死了？陈小元说，柳月欠，论辈分的话，我们都要叫她表妹。我说，是得了新冠肺炎去世的吗？陈小元说，对呀，这该死的病毒怎么这么厉害啊？听说一个唾沫星子就会要了人的命。我说，她不在江中市打工吗？陈小元说，她在江中市那边死的，你也在江中市那边上班，你们怎么也不联系呀？我只能说，江中市太大了，江东江西的，见面不太方便。

我顺着陈小元指着的方向看了看，发现不远处的山脚下有一座新坟，月欠表妹家的两个孩子玉米和麦子，正在整理妈妈坟头的清明吊子，刚刚挂了不几天的清明吊子被风吹倒了。

我们大庙村属于秦岭东麓的商央县庚家河镇，至今不通班车、不通电话，也没有手机信号。我原以为这么偏僻闭塞的地方，应该是安全的，没有想到灾难临头的时候，任何人都无法幸免，这就像刮过了一阵风，所有的树所有的叶子都得随之摇晃起来。

我问表妹是什么时候去世的。陈小元说，就春节期间的事情，七七还没有过呢。堂兄陈小元又猛烈地吸了一口烟，把烟再一次吐入这正午的阳光中，原本明亮而灿烂的阳光顿时变得模糊了起来，像那不太久远而又萦绕不散的回忆。

二

时间得从前一年的秋天说起，当时刚刚开学不久，玉米听到妈妈要回家的消息以后，像兔子一样嘟嘟嘟地跑到妹妹麦子的班级，兴奋地告诉妹妹他们很快就能见到妈妈啦。

当时正是课间休息时间，其他同学都跑出教室，踢沙包、上厕所、玩单杠，只有麦子一个人仍然坐在教室里，支着下巴看着窗外发呆。窗外的围墙里长着几株花，她从春天的时候就盯着它们，一直到了秋天，天气凉了，有些地方已经下霜了，它们慢慢地开出来了花，而且那花是黄灿灿的，她才认出来那是野菊花。

玉米拍了拍窗子说，麦子，你快点出来！妈妈要回来啦！妹妹麦子愣了一下，然后冲出教室东张西望地说，哥，妈妈回来了对吗？玉米说，不是，是妈妈捎信回来了，说今年要回家过年。玉米说话的声音很大，不仅是说给妹妹听的，也是说给所有同学听的，甚至是说给整个大庙村听的。妹妹听到消息以后，瘪了瘪嘴，哇的一声哭了，因为她实在太高兴了。

麦子一边顺着操场跑一边喊，我妈要回来过年啦！小伙伴们都替他们高兴，跟着在操场上跑了起来，而且也跟着喊，玉米麦子的妈妈要回家过年啦！因为喊的人太多，声音很大，这股暖流在大山间回荡着，有了久久不散的回音。

玉米他妈已经三年没有回家了，也就是说他和妹妹已经三年没有看见妈妈了。村子里的人经常开玩笑，说他妈不要他们了，早已经改嫁了。每次听到这样的话，玉米和妹妹就十分生气，说她忙着挣钱呢。确实如此，妈妈每隔一段时间就会给他们寄钱回来，有时候几百块，最多的一次两千块，妹妹麦子拿着妈妈的汇款单，像拿着胜利的捷报一样，满村子嚷嚷着说，哎呀呀，这么多钱，我和我哥怎么花呀？

小伙伴羡慕极了，就纷纷出主意，说你们可以买糖果吃呀。麦子说，两千块呢，估计要买一万个糖果，好几年也吃不完呀。小伙伴说，你可以买玩具啊。麦子说，我玩具多着呢，毛毛熊呀、奥特曼呀、乐高呀，什么都有。小伙伴就说，那你买衣服吧。麦子说，衣服就更多了，夏天的裙子、冬天的羽绒服，还有运动服，家里一大堆。麦子说得没有错，妈妈除寄钱回来，每到换季的时候，入夏了呀、立秋了呀、天冷了呀，还会大包小包地寄衣服和玩具。各种各样的衣服真是好看极了，搞得同学们都说麦子像美丽的公主。

只有同学花花会打击麦子说，你妈寄这么多东西，更加证明你妈不要你们啦。这句话确实打击了麦子，她哭着问她哥玉米，妈妈是不是真的不要我们了呀？玉米说，怎么会呀，麻雀都不会抛弃小麻雀，何况我们的妈妈。

玉米他爸原本是村里最聪明的人，理发、配钥匙、修理收音机，可以说样样精通，可惜身体不好，长年病歪歪的，几年前因为肝癌去世了。他妈本来叫柳月倩，但是村里很多人不认识"倩"字，后来被人慢慢写成了"欠"字。他妈经常对着他爸抱怨，嫁给你这个病包子，我的命为什么这么苦啊？他爸就会笑呵呵地说，因为你上辈子欠我的，所以你才叫柳月欠嘛。

玉米他妈经常要给别人解释，我不叫柳月欠，我叫柳月倩，"倩"就是美丽的意思，你们这些文盲可以去查查字典。玉米专门查了几次，发现"倩"字确实是"美丽"的意思，可以组成的词有"倩装""倩影"。他妈听到以后，就到处嚷嚷着说，你们还不如我儿子，谁以后再叫我"欠"，就是我的龟孙子。

只可惜不知道什么时候，他妈的身份证上也写成了"欠"。她跑过几次派出所，想把名字改过来，但是被派出所回绝了，说改名字的理由不充分。他妈说，我不欠任何人的，你们非得叫我"欠"，这不是在污蔑我吗？民警说，当初办身份证的时候你干吗去了？而且这个"欠"，你感觉是"欠"别人的，我们理解是全世界都欠你的。他妈就说,既然全世界都欠我,那就赶紧把全世界都还给我。

改名字的事情自然不了了之,他妈第一次外出打工的那天,她流着眼泪擦着麦子的眼泪,说她在这个世界上,觉得唯一亏欠的,只有玉米和麦子两个人,等她到城里赚了钱,再回来好好补偿他们。

玉米他妈是在他爸去世的那年秋天外出打工去的。其他人打工都喜欢去西安,但是他妈顺着门前的小河一直朝下,武关河、丹江、汉江、长江,一口气跑到了江中市,她说江中市有几座长江大桥,还有几条从长江下边穿过的隧道,所以上天入地应该是最方便的地方。可惜她只有高中毕业,开始在饭店里洗碗端盘子,后来又在一家洗脚店当了半年的按摩师,再后来又去了一家大酒店的餐厅当了一名服务员。有一次,酒店入住了一位老板,带着儿子吃早餐,三岁左右的儿子不懂事,不仅打碎了几个碗,而且把牛奶呀蛋糕呀果汁呀弄得满地都是。老板一训儿子,儿子就张嘴哇哇大哭,搞得其他客人都朝这边看,指指点点地说素质简直太差了。老板十分尴尬的时候,玉米他妈跪在地上,把地板认真地清理干净,然后抱着孩子哄得孩子咯咯地笑。老板十分感激,吃完早餐的时候留下了他妈的电话,不久就打电话问他妈,愿意不愿意去机场上班。

玉米他妈说,哎呀,我去飞机场能干什么啊?我一不会开飞机,二不会当空姐,连飞机也没有坐过一次,还想着看看飞机是什么样子呢。老板说,你可以来当保洁员啊。他妈立即答应了,就这样去了江中机场,不仅工资待遇好,而且天天可以看到飞机扇着大翅膀飞起来落下去,她的心情简直是好极了。

这些故事是玉米他妈自己说出来的。三年前的那年正月十五过后,他妈回过一次家,也是唯一一次回家。回家的那天晚上,他妈笑着说,看到人在空中飞来飞去,像是待在下凡的神仙堆里一样。

麦子躺在妈妈的怀里，不停地问这问那，她妈就断断续续地说出了工作上的事情。麦子问，飞机像不像老鸹？她妈说，样子像，不过老鸹是黑色的，人家飞机都是白色的。麦子又问，飞机那么大，人是怎么上去的呀？她妈说，有一个天桥，直接就通到飞机的肚子里了。麦子还问，飞机飞得那么高，撞到了太阳怎么办？她妈就说，你们好好学习，等有机会了，我带着你们去坐飞机吧。

村里人知道玉米他妈在机场工作，也都羡慕得不得了。最得意的还是玉米和妹妹麦子，其他孩子经常显摆自己爸妈在西安，每天上班下班都要从城墙下边穿来穿去，远远地还可以看到大雁塔。同学花花说，大雁塔你们知道吧？那是唐僧西天取经回来念经的地方。尤其有一位同学，他爸是当兵的，退伍以后在北京开上了出租车，说他爸天天开着车经过天安门广场，天安门城楼上的毛主席一见他爸啊，就笑着朝他爸挥手呢。

麦子实在忍不住，就告诉小伙伴们，她妈不点头的话，飞机就不能起飞。其中有一个孩子就说，你妈不是飞行员，也不是空姐，怎么可能指挥飞机呀？同学花花的妈妈在西安一家洗脚店打工，懵懵懂懂地知道了几个新名词，于是又说，你妈呀，估计就是一个打飞机的。

麦子回到家就问她哥玉米，妈妈在飞机场到底干什么？玉米就告诉妹妹，妈妈是给飞机洗澡的，比飞行员和空姐还厉害呢。他说是这么说，心里还是非常生气，第二天就捉一只蜈蚣什么的，偷偷地放在了花花的书包里。

玉米他妈要回来过年的消息，先由人捎到了商央县城，再由班车司机捎到了庚家河镇，最后再由邮递员传给了陈小元。陈小元之所以成了瘸子，是去榆林神木煤矿挖煤，在一次塌方事故中砸断了两条腿，就再没有办法外出打工了。留在大庙村的，都是一帮老弱病残，比如一个哑巴和一个傻子,还有一群孩子和老人。陈小元的老婆在新疆一家建筑工地给人家做饭,儿子常年在西安蹬着三轮车拉客拉货,所以他是一个人生活在村子里的。

　　陈小元虽然腿不好,但是每隔一两个月就要拄着拐杖去四十里外的镇上转悠一趟,也没有什么太正经的事情,无非借着置办油盐酱醋的机会,给村子里的孩子们向外传递一些家里的消息,或者把山外大人们的消息带回大庙村。

　　玉米他妈要回家过年的消息传递回来的那天晚上,玉米和妹妹两个人兴奋得怎么也睡不着,躺在床上黑漆漆地瞪着四只眼睛,有一句没一句地聊着关于妈妈回家的事情。妹妹说,哥,你还认得妈妈吗?玉米说,当然认识啊,她是这个世界上长得最漂亮的女人。妹妹说,我怎么也想不起妈妈长什么样子,她回来了我认不出来怎么办?

　　麦子说得不错,最后一次见到妈妈,她哥玉米只有八岁,她自己才五岁,还没有上小学呢,如今已经是二年级了。她平时非常想妈妈的时候,就努力地回忆着妈妈的样子,但妈妈在她心中是虚幻的,还不如房顶上的一股炊烟,或者空中飘过的一朵白云。

　　玉米说,很简单啊,你看到像仙女一样的人,那肯定就是妈妈了。妹妹说,关键是我不认识仙女呀,哥你快点说说,仙女长什么样子吧。玉米说,长头发,大眼睛,下巴上长着一颗黑痣。妹妹高兴了一会儿,又有些忧伤地说,好几年不见了,妈妈会不会变了呀?

　　玉米真的不敢确定妈妈会不会变,但是为了安慰妹妹,还是很确定地说,顶多像陈小元表舅那样,多几根白头发,或者多一点皱纹。妹妹说,花花的妈妈也有几颗黑痣,听说在美容院祛掉了,上次回来的时候已经不见了。玉米说,花花她妈那是雀斑,而且看相先生说过,妈妈的痣是福气,怎么可能祛掉呢,还有一个办法认识妈妈,妈妈一见人就笑，一笑起来脸上就有两个小酒窝。

妹妹突然指着窗子外边的天空说，哥，你快点看，那一闪一闪的是不是飞机？玉米透过玻璃窗看出去，天上确实有一个指头蛋子大小的红色光点，在满天的繁星之中从东朝西移动着。玉米说，是啊，是飞机，这么晚了竟然还有飞机。

妹妹突然爬了起来，欢呼着说，我的妈呀，会不会是妈妈回来坐的飞机呀？如果妈妈坐的就是这趟飞机，是不是马上就要降落到商央县城啦？玉米说，县城还没有飞机场呢。妹妹说，怎么没有？！县城西郊就有一个。玉米说，那是飞播造林用的，妈妈又不是种子。

妹妹说，西安有飞机场对吧？妈妈会不会坐到西安呢？玉米说，这是有可能的。妹妹说，我们赶紧起床去接妈妈吧。玉米说，即使这样，哪有这么快呀，而且妈妈已经说了，是回来过年，现在离过年还有几个月，我们还是赶紧睡觉吧。

那天晚上，玉米一夜未睡，盯着窗子外边的星空，满脑子想的都是妈妈回家的事情。比如提前准备一些妈妈爱吃的东西；比如什么时候趁着晴天，把床上的被子拿出来洗一洗，放在太阳底下晒一晒。妹妹麦子倒是很快就睡着了，有几次还说了梦话，大声地叫着妈妈。我们可怜的麦子，也许已经在梦里见到了妈妈。

三

第二天是个周末，天气真是好极了，地里的庄稼已经收完，平地里都种上了麦子，坡地还依然空着，是留给来年开春种洋芋和苞谷的,如今已经开满了野菊花,偶尔还有一两只洋叶,也就是蝴蝶,飞来飞去。

玉米他们家的地不多,也就两亩多一点,全部种上了核桃树,吃的粮食是直接买回来的白米白面。玉米和妹妹麦子正在吃早饭的时候,表舅陈小元一瘸一瘸地来了,拉了一条板凳坐在太阳下边,一边抽烟一边羡慕地说,你们两个小家伙挺会吃,锅盔、糊汤,还有腊肉炒洋芋片,差不多像过年了啊。麦子就说,我哥是大厨师呢。表舅说,你妈最不放心的,就是你们两个的吃饭问题,有一阵子想让你们到我那里搭伙,其实我吃得还不如你们。

玉米就问,你知道我妈最爱吃什么吗?表舅说,她啊,从小就爱喝鸡汤,记得麦子出世的时候,你妈身体特别虚弱,也没有奶水,饿得麦子天天张嘴哇哇大哭,你爸就杀了一只老母鸡给她,她一喝那鸡汤啊,奶水就上来了。麦子说,我哇哇大哭,我怎么不知道呀?表舅说,你呀,那时候和虫子差不多,还没有长耳朵呢。

麦子不好意思地说,表舅你说说,鸡汤到底怎么熬呀?表舅说,鸡汤鸡汤,首先需要有鸡,再加黑豆子和党参,用小火熬个半天就可以,我明白了,你们在想怎么招待你妈对吗?玉米说,是呀,也不知道我妈胃口变了没有。表舅说,人在外边,对过去吃的东西只会越来越想,我家有黑豆子,党参野生的很多,你们空了去挖一些,只是现在我们已经不养鸡了,县城的菜市场有现成的鸡肉,听说都是用激素养的,恐怕熬不出当年的那个味道了。

麦子盯着玉米说,哥,我们自己养鸡吧。玉米说,这个办法不错,离过年还有几个月,现在开始养鸡,鸡长大了,正好妈妈也回来了。表舅说,你们两个小傻瓜,鸡有这么好养的吗?关键是抓不到鸡娃子啊。玉米说,这有什么难的,我们自己孵化不就行了吗?表舅说,老母鸡呢？而且都秋天了，老母鸡也不会抱窝了。玉米说，表舅你放心吧，我很小的时候我爸就教过我，在床上孵化是一样的。表舅笑着说，这倒是真的，你爸在世的时候，经常鼓捣这些稀奇古怪的事情。

表舅显得十分兴奋，权当陪着两个孩子玩玩吧，于是回家提了十二个鸡蛋过来，说这是刚刚买回来的，上边还沾着泥巴和鸡粪，新鲜着呢。麦子说，这么小，不会是麻雀蛋吧？表舅说，你这丫头就放心吧。

玉米家的厢房里有一张床，自从他爸去世以后就一直空着，玉米在床上垫了一层麦草，翻出一张电热毯铺在麦草上，在几个塑料袋子里装满水，平放在电热毯上，再把鸡蛋一个个放在上边，最后捂了一层被子，把电热毯的温度控制在40摄氏度左右。

表舅说，这样就行了？玉米说，是啊。表舅说，我能帮什么忙吗？玉米说，每隔两个小时，鸡蛋就要翻一次身，我和妹妹上学以后，你就帮着鸡蛋们翻身吧。表舅说，哎呀，你和你爸一样，简直太聪明了。

麦子说，哥，我呢？我能干什么呀？玉米说，小鸡出壳的时候，第一眼看见谁，就会把谁当成妈妈，你等着当鸡妈妈，给它们喂东西吃吧。麦子高兴地说，我多久才能当鸡妈妈呀？表舅说，老母鸡抱窝是二十一天，我们自己孵化会不会要快一些？

玉米他爸是在去世的前两年，教玉米孵化小鸡的，玉米当时五六岁的样子，所以很多细节已经不记得了。玉米说，我们现在就是老母鸡，所以应该一样，都是二十一天。

从那天起，表舅一清早就来到玉米他们家，像坐月子似的，满脸幸福地看护着。他顺便还带着收音机，除了收听一些节目，比如豫剧啊，比如天气预报啊，另外一个目的就是掌握时间。他总会在收音机整点报时的时候，不早一分钟，不晚一分钟，揭开被子，小心翼翼地拿着鸡蛋，迅速地翻一下，再迅速地盖上被子。

晚上翻蛋的事情就由麦子来负责，她每次翻蛋的时候都特别兴奋，大呼小叫着说，亲爱的小鸡们，你们应该翻身啦。有时候翻完了一个鸡蛋，她又怀疑是不是记错了上边与下边，着急地哭起来。到了最后几天，麦子干脆就守在床边，说它们第一眼看见了别人，她这个鸡妈妈就当不成了。

时间很快就过去了，又是一个周末，表舅也早早地来了，三个人围着几个鸡蛋，紧张得不知所措起来。玉米突然说，哎呀，我差点忘记了，出壳之前要朝鸡蛋上喷水。麦子说，哥，你确定吗？是喷冷水还是热水？玉米说，是温水。

麦子赶紧倒了半碗温水，用嘴抿了一口，朝着鸡蛋瀑了瀑说，哥，我想当小鸡的妈妈，你们能不能躲起来啊？玉米与表舅就挪了挪地方，让麦子坐得更近一些。时间已经到了中午，麦子突然说，你们快看呀！

有个鸡蛋已经被啄破了，洞在不停地扩大。也就十几分钟吧，第一只小鸡正式出壳了。麦子高兴地跑出门，大声地喊着说，我当了鸡妈妈啦！我妈回来有鸡汤喝啦！

玉米看着第一只小鸡迈着细碎而零乱的步子站了起来，他的心从来没有过的温暖和感动。玉米说，我们有十二只呢，到时候送给表舅两只。表舅说，真的吗？如果送我两只，我就一直养着它们。麦子说，你养着它们干什么呀？表舅说，当然是下蛋了，下了蛋再孵化小鸡，鸡鸡蛋蛋，蛋蛋鸡鸡，这样下去啊，我等于开了个养鸡场，那样就要发财了。麦子说，那样的话，我妈任何时候回来，就都有鸡汤喝啦！

他们总共孵化出了六只小鸡，根据出壳的先后顺序，分别叫老大老二老三老四老五老六。麦子说，这六只鸡，每天一只，从大年三十开始，正好可以吃到正月初五。

鸡孩子们很快就下地了，围着麦子在家里叽叽叽地叫着。麦子真像鸡妈妈似的，咯咯地带着它们在家里跑来跑去。表舅感慨地对玉米说，你爸去世以后，尤其你妈外出打工以后，你们这个家太安静了，安静得像没人似的，如今有了几只鸡，顿时就有了生气，这才是过日子的样子。

麦子每天早晨起来第一件事情就是喂鸡，不仅喂大米饭和苞谷糊汤，还喂一些剁碎了的野菜。有时候怕它们冷，就生一炉火；有时候怕它们闷，就给它们扇扇风。麦子还问玉米，小鸡吃不吃肉？玉米说，当然吃啊，它们是杂食动物，不仅吃素，也吃荤，还吃小石子呢。麦子就在做饭的时候，故意剩下一点肉骨头，砸碎了拌在饭里。

有一天，麦子突然给鸡唱起了歌，玉米说这是什么意思啊？麦子说，小时候，妈妈给我们唱摇篮曲，现在我是鸡妈妈，也得给它们唱唱摇篮曲，说不定，听了歌，它们一高兴呀，就长得更快了。玉米说，估计那肉和汤，妈妈也更爱吃爱喝了。

大概一周吧，麦子起床去喂鸡的时候，突然哇哇大哭了起来。玉米跑过去一看，最后出壳的老六躺在鸡窝里一动不动，它的头软塌塌地耷拉在一边，两只爪子僵硬地伸着。表舅听到哭声就过来了，他摸着麦子的头说，死就死了吧，反正最后都是要杀掉的，我们孵化这么几只鸡，目的不就是为了杀吗？

玉米他爸去世的时候，玉米已经记事了。他爸最后就是老六这么一个姿势，就是这样的凄凉，所以玉米很容易就接受了鸡的死亡。但是可怜的妹妹麦子，她爸去世的时候她还很小，还没有一点记忆，这是第一次经历与自己相关的死，虽然死的是一只鸡，毕竟她是这只鸡的"妈妈"呢，而且是为日思夜想的妈妈养的，所以她非常难过地哭了半天。

接下来，麦子放学回家以后，发现老五不见了，就不停地追问表舅，是不是又死了？表舅则说，老五逃跑了。麦子就问，为什么不抓回来啊？表舅说，老五竟然会飞，翅膀一扇就飞到房背后的山上去了。麦子说，它在外边吃什么啊？在哪里睡觉啊？遇见了黄鼠狼怎么办啊？玉米知道表舅是骗妹妹的，就帮着安慰妹妹说，这怎么会呢，你看看那么多锦鸡，晒晒太阳，吃吃树籽，生活得多舒服啊。

麦子从此喂起鸡来更加用心，剩下的四只鸡也没有辜负她，不仅一天天长大，而且越来越好看了，老大老二老四长出了金黄色的羽毛，老三不仅长出了鲜红而高大的头冠，而且高高地翘起了尾巴。玉米告诉妹妹，前三只是母鸡，后一只是公鸡，再过一段时间公鸡就会喔喔地叫了。

麦子经常看着几只鸡感慨地说，它们长得真漂亮呀。尤其是她的性格也像鸡一样活泼多了，总能听到咯咯咯的笑声从他们家传出来。每次听到妹妹的赞美，看到妹妹开心的样子，玉米都有些担心，等几只鸡长大了，妈妈真的回来了，要杀鸡熬汤的时候，妹妹会不会舍不得了呢？

别说妹妹了，每天一睁开眼睛，玉米自己最想看到的就是鸡，每天放学以后不再在外边停留，而是急急地回到家，似乎家里有一个亲人在静静地等着他们。

玉米在心里暗暗地琢磨着一个问题，如果要狠心地杀掉这些小伙伴，有没有不动声色的而且不会让妹妹伤心的办法呢？

四

自从得到妈妈要回来的消息以后，玉米他们的心情一天比一天急切了，总觉得妈妈正在一步步地靠近他们，所以无论坐在教室里上课，还是回家躺在床上，玉米和妹妹的一只耳朵总是飞出了窗外，说不定什么时候就能听到那风铃一样悦耳的声音——我回来啦！

有一天下午，课间休息的时候，玉米在操场边遇到了妹妹。妹妹说，如果妈妈突然回来了，看到门关着，那多伤心呀。玉米说，妈妈身上有钥匙呢。妹妹还是提议，每天早晨上学之前，和每天放学以后，去村口的大核桃树下绕两圈。

玉米觉得妹妹这个主意不错，尤其是放学以后，他们还会顺着通往镇上的小路走上那么一段，经常走着走着就爬上了第一座山，然后静静地坐在山上等啊等啊。太阳落下去了，夜色涌上来把山山岭岭填平了，有时候听到沙沙沙的声音，他们就屏住了呼吸，但是等风小了，才知道那不是人的脚步声，而是满山树叶子摇动的声音。

有那么几次，他们在山上坐了很久很久，回到家的时候，天已经黑透了。表舅说，你们那不是白费力气吗？你们又不知道你妈具体什么时候回来。麦子说，我们就想听听脚步声。表舅说，想听脚步声，不用爬上山头的，你们可以练练顺风耳啊。

表舅告诉他们，有一种功夫叫顺风耳，过去是用来侦察敌情的，只要待在村子里，耳朵一竖，就能听到二三十里以外的脚步声，而且凭着走路的脚步声，可以判断有多少人，是男人还是女人，朝着哪个方向走,身上背着多少枪炮子弹。

　　麦子说,你哄人的吧?表舅说,我哄你们干什么?当年红军长征来到了庾家河镇,正在一家中药铺开会,中药铺的杨掌柜匆匆来报,说有敌人正朝这边突袭,而且有几百人呢。首长就问,你的情报哪里来的?杨掌柜说,我长着一双顺风耳。首长顾不得那么多,赶紧调集红军战士,提前占领了有利地形,终于打赢了那场战斗。杨掌柜立了一功,就被请到各地部队,给大家讲述顺风耳是如何练成的。

　　麦子问她哥玉米,这是真的吗?玉米说,打仗的故事是真的,镇那边的山上还建起了一个纪念亭。表舅说,从此,顺风耳就在方圆几百里的民间流传了下来,比如有人来做客呀,大家就用这种办法,来判断客人还有多远,也好提前准备饭菜。尤其有人结婚的时候,孩子们一旦判断迎亲的队伍差不多快进村了,就迎上去要喜糖。

　　麦子说,我们怎么从来没有听说过啊?表舅说,这是你们出生以前,你们出生以前啊,村子里可热闹了,尤其办喜事的时候,抬嫁妆,接新娘,拜天地,要闹腾好几天呢,现在变了,大家都进城了,已经没有人在村子里结婚了。

　　麦子高兴地说,那顺风耳怎么练呀?表舅你赶紧教教我们吧。表舅说,很简单,趴在地上,把耳朵紧紧地贴着路面就行。

　　麦子趴在门前的地面上,好奇地听了一会儿,然后抬起头问,怎么什么声音都没有呀?表舅说,这功夫虽然简单,也不是那么好练的,必须屏住呼吸,把世界上所有的东西都忘光,只留下自己的两只耳朵。

　　麦子一边听一边问,把大庙村也要忘掉吗?表舅说,是啊,包括我,包括你哥。麦子说,我自己呢?表舅说,必须的,包括你的头发、鼻子和嘴巴,我刚才已经说了,只留下你的耳朵。麦子说,把江中市也要忘掉吗?表舅说,那当然。麦子说,把我妈也要忘掉?表舅说,我说的就是那个意思，能忘掉的都忘掉吧。

麦子有些沮丧地说，关键是我忘不掉我妈怎么办呀？

表舅站了起来，朝着村口走了走，又朝回走了走，然后告诉麦子，你再仔细听听吧。

麦子又听了听，小声地嚷嚷着说，妈呀，听到了！我听到了！表舅说，你听到了什么？麦子说，我听到你是一个瘸子，不过怎么会有三条腿呀？表舅说，那当然了，我拄着拐杖嘛。

麦子说，声音越来越弱就是朝外走，越来越响就是朝回走。表舅说，不过，你想听得更清楚，听得更远一些，最好去村口那边，这和看病号脉是一样的道理，医生把手搭在病人的手腕上，根据脉搏的跳动就知道人的病情，为什么要搭在手腕上，因为心呀肝呀肺呀，不管哪里不舒服，都会顺着血液传过来。

第二天开始，麦子像着了魔一样，稍微有点空闲时间就跑到村口，把耳朵贴着石拱桥的桥头听啊听啊。不几天吧，她就神秘地告诉她哥，她的顺风耳已经练成了。玉米说，你把我和表舅忘掉了？麦子不好意思地说，那只是暂时的。玉米说，你把妈妈也忘掉了？麦子说，没有，我只留下了妈妈和我的耳朵，我的耳朵像一朵喇叭花，妈妈像是花里的一只蝴蝶，所以一点也不影响我的功力，不信你检验一下吧。

玉米就检验了一下，果然发现，无论是人，还是锦鸡和松鼠，甚至是一片树叶子，只要落在这条路上，都可以被她辨认出来。

有一天黄昏，麦子听到一阵沙沙声，朝着村口一步步靠近，她的心怦怦地跳动着。她自言自语地描述着她听到的声音——哇，这么轻，像跳芭蕾舞一样；哇，她似乎挺高兴的；哇，她应该累了，不过挺急切的。她分析说，这不是什么动物，因为动物的脚步声是沉闷的，也不是秋天落下的树叶，因为落叶的声音是细碎的。她判断，应该是一个人，而且是一个女人！

麦子说，她来了，两百米、一百米、五十米、十米……麦子说到这里，昂起头一看，真的看到了一个穿着裙子的女人，从石拱桥的另一头走了过来。玉米当时坐在核桃树下听着麻雀的叫声发呆呢，就笑着问麦子，你是不是在说梦话啊？麦子说，也许吧……

此时的暮色已经十分浓重，加上麦子是匍匐在地上的，这个美丽的女人并没有看见麦子。她分明是第一次踏上新修的石拱桥，走到桥中间就停住了脚步，扶着栏杆看着桥下哗哗啦啦的溪水激动地说，真好看！

麦子像士兵一样，继续一动不动地匍匐在地上，昂着头仔细地看了看。她没有看到这个女人下巴上的黑痣，也没有看到一笑起来就涌现的两个酒窝。她想，也许天太暗了吧，就试探性地叫了一声"妈"。

这个女人终于看到了地上的麦子，有些不开心地说，谁是你妈啊？麦子你不认识我了吗？麦子有些不好意思地从地上爬了起来。这不是自己的妈妈，而是同学花花的妈妈。前两天，花花说过，中秋节马上到了，她妈要回来接她去西安玩上几天。

麦子学会顺风耳以后，更多的时候是失望的，什么声音也听不到，只能感受到地面的冰凉，但是她真像梦游一样，有机会就迷迷瞪瞪地跑到村口，有那么几次都趴在地上睡着了。

某一天中午，麦子忽然发现，村子里的这条路，竟然变成了一根管子。像放大了的吸管，白色的，非常粗，非常长，一头连着大庙村，一头连着高楼大厦。她妈像一个玻璃瓶子，空的，半透明的，浑身都是蓝色的，包括衣服和鞋子也是蓝色的，竟然咔嚓咔嚓地走进了管子。她妈一边走一边笑，很快就走到了这一头。

麦子就喊了一声，妈你回来啦！玻璃瓶子说，你怎么知道我是你妈呀？麦子说，因为你下巴上长着一颗黑痣，你一笑起来就有两个酒窝子。玻璃瓶子说，你是谁啊？麦子说，我是麦子呀。玻璃瓶子说，麦子是谁啊？是一滴水吗？麦子说，麦子就是你宝贝女儿呀。玻璃瓶子说，这里又是什么地方呀？麦子说，这是我们大庙村呀。玻璃瓶子说，这就是大庙村啊！

玻璃瓶子说着话，就从管子里走了出来。她走出管子的时候，不小心摔了一跤，哗啦一声就摔碎了，变成了一堆玻璃碴子。麦子伤心极了，捧起玻璃碴子贴在自己的脸上，不停地呼唤着"妈妈"。

原来，麦子趴在地上做了一个梦，她从梦中醒来的时候，地面的碎石子像玻璃碴子一样把她的脸扎得火辣辣的一阵刺痛。

又一天黄昏，麦子激动地告诉玉米，她听到了一阵脚步声，不走远，也不靠近，而是在山背后的路上原地踏步。玉米说，你又做梦了吧？妹妹生气地说，我什么时候做过梦呀？玉米说，你前几天就梦见妈妈变成了玻璃瓶子，走进了一根吸管呢。妹妹说，你不信算了！玉米说，那你说说，这和妈妈又有什么关系啊？即使真的是妈妈回来了，为什么要停在半路上呢？妹妹说，她也许迷路了。玉米说，这怎么可能啊，这条路又不是什么迷宫。

麦子一连几天都听到了这种声音，就央求着说，哥，我们去看看吧。玉米不以为然，为了安慰妹妹，他还是带着妹妹朝着山背后走去。他们爬上第一座山的时候，太阳像个鸡蛋黄，软软地挂在天边，秋末冬初的阳光显得更加灿烂而温暖，把那条通向外部世界的绕来绕去的山路照耀得像一条金色的项链一样闪闪发光。

刚刚翻过山梁，麦子匍匐在路上听了听，便小声地告诉玉米，那种声音又出现了，而且离他们已经不远，特别像穿着高跟鞋的女人，花花的妈妈穿着高跟鞋敲打着路面的声音就是这样的。玉米说，妈妈从来不穿高跟鞋的。麦子说，在江中市生活了几年，说不定已经变时髦了。

他们逆着夕阳向前又走了不一会儿，在一个拐弯处，玉米看见一棵长在路边的树。这是一棵挺拔的香椿树，大概有盆子那么粗，直直地戳进了半空，而且还散发着淡淡的香味。他们家的房后曾经就有这么一棵，妈妈每年春天的时候会采一些椿苗，在开水里烫一下，放在太阳下晒干，如果用来炒腊肉，简直是太香了。但是玉米他爸去世的时候，那棵香椿树被砍下来打成了棺材。

玉米被树上的一只鸟吸引住了。鹅黄色的喙，黑白相间的翅膀，油光发亮的羽毛，还有红彤彤的肚子，很明显是一只啄木鸟。它正爬在树干上，轻轻地不急不躁地啄着，发出了笃笃笃的声响。

玉米指了指啄木鸟，对着妹妹说，你再听听看吧。麦子贴着耳朵再一听，和啄木鸟的声音是合拍的。妹妹说，太奇怪了，它又不走路，声音怎么会传得那么远呢？玉米说，它啄的是树，树长在路上，根扎在土里，这和走路是一样的。

麦子失望地哭了。玉米为了安慰妹妹，说啄木鸟很有可能是妈妈派来的。妹妹说，真的吗？它认识妈妈对吗？玉米说，当然是真的，你还记得我们家房后的那棵香椿树吗？妈妈经常喂它吃的，每次采椿苗，为了不吓着它，都要等着它不在的时候。妹妹说，所以他们成了好朋友对吗？玉米说，对呀，我们家的香椿树被砍掉以后，它就搬到这里来了，说不定也在等着妈妈呢。

天又一次黑了，在返回的路上，玉米告诉妹妹，啄木鸟号称森林中的医生，它们喜欢吃天牛、吉丁虫、透翅蛾、蟓象等害虫，而且饭量又特别大，每天能吃掉一千五百条左右。它们不像麻雀和喜鹊站在树枝上，而是抓着树干，像演杂技一样，不仅可以上下跳动，还可以向两侧转圈子。

麦子说，它们的本事真大呀。玉米说，它们是一种留鸟，一年四季都生活在一个地方，不会随着气候的变化而迁徙，比如燕子就是候鸟，天冷就飞走了，春天又飞回来了。

麦子说，我们一直生活在大庙村，我们可以算留鸟吗？玉米说，当然算的呀，如果我们是两只鸟的话。

五

有一天，表舅拄着拐杖一瘸一瘸地从村东头走到西头，又从村西头走到东头。麦子就问，你在锻炼身体吗？表舅气喘吁吁地说，我又不是运动员，我在找信号呢。表舅每次走到一个地方，就把手举到半空，然后叹着气说，我们这个破村子，还是没有手机信号。

玉米与麦子这才发现，表舅手中举着的是一部手机。表舅的儿子上次回来留下一部淘汰下来的旧手机，说等到大庙村什么时候有了信号，让表舅用来打打电话，这样就不用往镇上跑了。

表舅说，如果有信号多好啊，我随时可以打电话给你表哥，问他有没有谈恋爱，这么大了再不结婚，我陈小元就要断香火了。表舅又说，如果有信号的话，我就把手机借给你们，你们就可以随时联系你妈，听说微什么信，不仅可以听声音，还可以看到人呢。

麦子十分好奇地问，信号是什么东西呀？表舅说，我也说不清楚，比如我的收音机，没有信号的话，就收不到节目了。麦子说，那信号是怎么来的呢？表舅说，是人家发射过来的，看不见，摸不着，没有颜色。玉米说，像不像架在山头的电视大锅？表舅说，对的对的，你一提醒，我突然想起来了，我们房后边的山顶上也许就有信号。

麦子一听，兴奋地问，你的意思是爬上山顶，就可以给我妈打电话了对吗？表舅说，我们可以试试。天黑还有一段时间，太阳还红彤彤地挂在西边，麻雀们叽叽喳喳地叫着，还没有要回巢的样子。房后边的山是大庙村最高最陡的，像一把铁锹一样竖着，山顶长着一棵合抱粗的松树，年龄起码有三百年，经常有一只老鹰绕着树盘旋着。

麦子说，表舅，你的腿不行，把手机借给我们好不好？表舅扬了扬自己的拐杖说，你们别小看我，我是有三条腿的人。但是还没有走几步呢，就滑倒了好几回。他就劝他们，明天再爬吧。但是两个心急的孩子，似乎马上就要见到妈妈一样，很快就爬上了山顶。

玉米说，你是妹妹，由你来打吧。妹妹咧着嘴笑了笑说，哥，这又不是吃糖，让来让去的干什么，我就不客气了啊。麦子把手机放在耳边的时候，玉米的心随之怦怦地跳了起来。他甚至有些抱怨自己，以前为什么没有想到呢。虽然打电话无法取代妈妈，但是听到妈妈的声音，听到她叫一声"玉米"，自己再叫一声"妈妈"，那将是多么开心啊。

"玉米""麦子"和"妈妈"这三个词，再不相互叫一声，差不多都要生锈了。

麦子拿着手机摆弄了半天，有些沮丧地问，哥，手机怎么用呀？玉米说，拨妈妈的电话号码就行了。妹妹说，我不记得妈妈的号码呀。玉米说，放心吧，我记得。玉米把妈妈的号码在心里不知道念叨过多少遍，他觉得那十一个数字铺成了一座大桥，可以直接通往妈妈的心脏。

玉米把十一个数字慢慢地念了出来，但是妹妹却说，算了，还是你打吧。玉米把手机拿在手中，慌乱地拨完了号码，然后轻轻地叫了一声，妈，我们是玉米和麦子……

玉米刚刚说出这句话，眼泪一下子流出来了，妹妹也跟着哭了。妹妹把自己的脸贴着手机，哭着说，妈，我们可想你了，你什么时候回来呀？妈，知道你爱喝鸡汤，我们就养了六只鸡。玉米插嘴说，不是六只，是四只，一只公的，三只母的。妹妹说，本来有六只，后来一只死了，一只飞走了……

那天黄昏，玉米和妹妹一遍一遍地拨打啊拨打啊，把电都耗完了，始终没有听到妈妈的声音。也就是说，根本没有接通妈妈的电话。

太阳又一次落下去了，天又一次黑了，坐在山顶看大庙村，只有零零星星的几盏灯昏黄地亮着，被茫茫无边的黑漆漆的大山包围着，像一个宽大无比的包袱里放着几粒苞谷。

妹妹说，山真高呀。玉米说，是啊，简直太高了，下边那些灯真像蚂蚁。妹妹抬头又看了看天空，说我们离星星好近呀。玉米说，是啊，那边还有月亮呢。妹妹说，哥，你说说妈妈这时候在干吗呀？玉米说，妈妈啊，也许正在看月亮。妹妹说，那妈妈知道我们也在看月亮吗？玉米说，应该知道，妈妈在看月亮，我们也在看月亮，这等于我们见到了妈妈。妹妹说，那我们多看一会儿月亮再回去吧。

那天晚上，两个孩子坐在大庙村最高的山顶，坐在一棵三百年的大树下，看着天空，看着天空的那轮弯月，坐到了很晚很晚。

他们回到村子的时候，表舅生气地说，我以为你们被老鹰叼走了呢。麦子说，老鹰如果有那么大本事，我们就骑着去江中市。表舅说，电话打通了吗？玉米说，没有，应该还是没有信号。麦子说，不过，我们见到妈妈了。表舅说，丫头，你说胡话吧？除非是在梦里。麦子说，是在月亮上。表舅笑了，抬起头看了看大庙村巴掌那么狭窄的天空,而天空的那轮弯月已经不见了。

元旦放假期间,麦子不停地吵着要去镇上逛逛,说我们真笨呀,以前为什么没有想到去镇上给妈妈打电话呢?玉米就答应了。第二天一清早,临行前,表舅把手机交给玉米,同时还有一张纸条,上边写着一个号码,说这是你表哥的,你们记得告诉他,今天是腊八节,别忘记了腊八粥。

玉米和妹妹在午饭前来到了庾家河镇,这里并不比大庙村宽阔,因为是通往县城和河南的必经之地,又是周边农民采购生活用品和搭班车之地,就形成了一个腰带那么宽的街道,顺着一条小河弯弯曲曲地延伸着。镇政府、中心医院、中小学、邮电局、储蓄所、车站,都是应有尽有的,所以显得相对热闹而繁华些。

玉米几年前的夏天来过一次,是代表学校参加六一节目汇演,他们六个同学合唱了一首《童年》,他爸当时还在世,不过已经卧床不起了。他爸塞给他二十块钱,说中午去饭店好好地吃一顿。等到演出结束以后,当同学们坐在饭店吃饺子的时候,玉米撒谎说,自己一点也不饿。他跑到隔壁的一家商店,用二十块钱买了一把大白兔奶糖。玉米带着大白兔奶糖回到家,给妈妈和妹妹分别塞了两颗,剩余的全部留给了他爸。

他爸说,我又不是孩子。玉米说,你经常说自己嘴苦,以后嘴再苦的时候,就抿一个奶糖吧。他爸摸出两个奶糖递给他,说你也吃一个吧。玉米说,我吃过了。他爸说,你吃个屁!你哄我的。他爸摸了摸他的头说,儿子你长大了,爸爸不在了,你要好好照顾妹妹和妈妈。

两个孩子在街头的一座水泥桥上停了下来,妹妹着急地说,哥,你快点看看手机吧。玉米掏出手机一看,兴奋地说,妈呀,有信号了!

这一次，玉米一拨出去，立即听到了通话的声音，可惜是"你拨打的电话不在服务区"。妹妹说，这是谁的声音呀？玉米焦急地又拨打了一遍，响起的还是"你拨打的电话不在服务区"。妹妹指了指不远处的电器维修店说，我们去问问吧。

他们来到维修店，问维修师傅，手机怎么用不了，麻烦叔叔帮忙看看。这位胖乎乎的师傅说，应该欠费了吧？麦子说，手机是我们自己的，还要交电话费吗？胖师傅说，这当然了啊。胖师傅把手机拿过去试了试，告诉他们，没有欠费，手机也是正常的，只是对方不在服务区而已。

麦子说，不在服务区是什么意思啊？胖师傅说，也就是对方的手机没有信号，你们给谁打电话呢？麦子说，是我妈，我妈在江中市工作。胖师傅说，我知道了，你妈叫柳月欠对吧？麦子说，是呀，叔叔你认识我妈对吗？胖师傅说，认识啊，谁不认识啊，她在江中市的飞机场工作，是我们这边的大名人，而且我和你妈初中同学过一学期，只是毕业以后再没有联系了。

胖师傅又用自己的手机拨打了几遍，仍然是"你拨打的电话不在服务区"。胖师傅无奈地说，估计是飞机场的信号弱，你们先回去吧，我这两天再试试，你们有什么想说的，我把话捎给她。麦子说，你就告诉我妈，我们想她了，特别特别地想。玉米说，今天都腊八了，你问问她什么时候回家。

玉米和妹妹回到街头的小桥上坐了下来，又一遍一遍地拨打着，拨打到最后的时候，竟然变成了"你拨打的电话已关机"。

他们是接近黄昏的时候才离开小镇往回走的，等翻过了一座山，玉米突然说，我们忘记给表哥打电话了。但是掏出手机一看，已经不在服务区了。

回到村子已经晚上九点多，远远地听到收音机又在播放豫剧《卷席筒》——

  曹张氏：你母子定计将人害，害得我披枷戴锁好不凄惨。
     前思后想你心何忍，撇下我一双儿女实在可怜。

  苍　娃：嫂嫂莫要错怪我，兄弟我没有害人心。
     我出门三天回家转，进门不见一个人。
     两个孩子在屋内哭，才带他们寻娘亲。

人们已经熄灯入睡了，黑漆漆的村子除了这凄凉的唱腔和小河发出潺潺的流动声，安静得像是不存在似的。村口的大核桃树下有小小的一团火光，在一明一灭地闪着，照亮了一张皱巴巴的脸，这是表舅正在吧嗒吧嗒地抽烟。

过完腊八节后不几天，学校就放了寒假，玉米和妹妹又去了一次镇上，终于把妈妈的电话打通了。打通电话的时候，对方问了一句，你是谁呀？

这声音有些沙哑，而且是一个男人。玉米被吓了一跳，不知道怎么回答。在他惊慌失措的时候，电话被对方挂断了。玉米说，听声音好像不是妈妈。妹妹说，你把号码记错了吧？玉米说，打死我都不会记错的。妹妹说，哥，你听过手机吗？玉米说，从来没有，这是第一次。妹妹说，你知道手机里的声音是什么样子的吗？玉米说，不知道。妹妹说，这就对了，手机连一根线都没有，妈妈的声音从那么远的空气中飘过来，肯定会变的。

玉米觉得妹妹说的有些道理，天上的白云飘着飘着都会被吹散，鸟飞一段时间还要落在树梢上歇一会儿，何况是人的声音呢。玉米说，你的意思是，刚刚就是妈妈？妹妹说，对呀。玉米说，那太糟糕了，我竟然没有认出她。

玉米又拨了一遍，电话再一次被接通了。玉米说，妈，你别挂呀。对方说，你是推销的吧？现在的公司太缺德了，竟然让一个孩子来搞推销。玉米突然意识到，可能真的打错了，就不安地问，你怎么知道我是孩子？对方说，我又不是聋子。玉米说，那么，你也不是女的吧？对方说，你想推销什么，快点说吧。玉米说，我推销我妈，不不不，我找我妈，这个电话不是我妈的吗？

对方愣了一下，顿时温和地问，你妈叫什么名字？玉米说，我妈叫柳月倩，不是欠钱的欠，而是美好的倩，我叫玉米。对方说，不好意思，我误会你了，我还以为你是骗子呢，现在的骗子花样太多，也不管什么场合，你妹妹麦子呢？

玉米很吃惊地问，你知道我妹妹的名字？对方说，你妈念叨过你们。妹妹把电话抢了过去，高兴地说，妈，我在呢。对方说，我不是你妈。妹妹说，妈，你别开玩笑了，我们都好想你啊。对方说，我真不是你妈。妹妹瘪了瘪嘴，委屈地哭了。

玉米又把电话接了过来，有些奇怪地问，那你是谁啊？对方说，我是医生。玉米紧张地说，我妈是不是生病了，你是给她看病的医生对吗？医生犹豫了一下说，我是你妈的朋友，你就叫我叔叔吧。

玉米说，叔叔你能不能让我妈接一下电话？医生叹着气说，你妈呀，她不方便。玉米带着哭腔说，叔叔，你能告诉我，我妈到底怎么了？医生说，她上班去了，不方便带着手机，手机就放在这里了。玉米说，那我们等着她。医生说，你们别等了，你们的妈妈说了，她也非常非常想念你们，今年过年应该可以回家。玉米说，马上就要过年了,她有没有说,具体哪一天?

挂断电话的那一刻,玉米再次听到了一声叹息。没有听到妈妈的声音,玉米似乎感到有些不妙。妈妈的电话为什么在医生手中?这个医生和妈妈真是朋友关系吗?这个朋友为什么吞吞吐吐而且不停地叹气呢?

玉米不断地胡思乱想着,但是妹妹放下电话以后,依然挺兴奋地问,哥,从我们这里到江中市有多远啊?玉米说,大概有一千三百多里吧。妹妹说,要经过好多地方吧?玉米说,对呀,到县城东拐,走312国道,要经过著名的武关,到了河南要经过西峡、南阳和信阳,然后朝南一拐,大概几百里就到了江中市。妹妹说,妈呀,这中间有很多景色吧?

玉米说,对呀,西峡有一个恐龙园,有很多很多恐龙蛋化石;南阳有一个卧龙岗,是诸葛亮当年住的地方,刘备曾经三顾茅庐去请他;到了江中市就更厉害,首先需要跨过长江大桥,桥有二三里长呢,宽得几辆汽车可以手拉着手往前跑呢,人在桥上通过的时候啊,成群结队的江鸥在你面前飞来飞去,大桥上二十四小时有解放军站岗放哨,如果有人搞破坏的话,他们就会把坏人抓起来!妹妹说,假的吧?这么长,一眼都望不到头。玉米说,当然是真的,长江就一眼望不到边。妹妹说,长江这么宽,那么多水,都是从哪里来的呀?

打通电话的那天中午,天空蓝得不留一丝白云,风却冷飕飕地吹着。玉米指了指桥下哗哗啦啦的小河说,你看看这些水,它们先流入武关河,再流入丹江和汉江,你知道最后流到哪里去了吗?妹妹说,流到外国去了吗?玉米说,流到长江里去了!万里长江哗啦一声,就从江中市中间穿过去了。

妹妹瞪大了眼睛说,人不被淹死了吗?玉米说,江中江中,那里的人从小在江中泡大的,都会打江水,人家叫游泳,根本不怕。妹妹说,哥,你怎么知道这么多呀?你的意思是,我们小河里的水一下子就流到妈妈那里去了?

玉米说,是啊,你刚刚哭下来的眼泪,也跟着流到妈妈那边去了。

妹妹说,哎呀,那我要多哭几次。

玉米笑了笑说,你哭得再多,妈妈也不会知道的。妹妹说,为什么呀?玉米说,因为眼泪和河水掺在一起早就分不清楚了。妹妹瘪着嘴说,那我也得哭,我去不了江中市,就让我的眼泪去江中市吧。

玉米看着桥下的小河不停地打着漩涡朝着远处流去,突然被妹妹的想法逗笑了。玉米说,其实吧,我们已经去过一次江中市了。妹妹歪着头问,什么时候?玉米说,就在刚才,我们的声音!声音比飞机还快,它们已经翻过大山、跨过长江,去江中市转了一圈,感觉我们也去了江中市似的。妹妹拍着手说,哎呀,我们现在正在江中市跟着妈妈逛街呢。

两个孩子这么一想,也就不怎么难过了。他们又拨打了几个电话,可惜又变成了"你拨打的电话不在服务区"。

六

时间是一根橡皮筋,稍微用力一抻就显得很长,稍微一松手又过得很快。按照妹妹麦子的说法,进入腊月就等于进入了过年模式,每天都会是妈妈回来的日子。

去镇上打电话的那天,他们顺便置办了一些年货,瓜子呀、糖果呀、对联呀、福字呀，还买了几挂鞭炮和烟花。随后的几天时间，他们把家里好好地收拾了一番，玉米负责打扫天花板和墙角的灰土和蜘蛛网，妹妹负责擦桌子和柜子。他们还找了一些旧书，捣了一碗糨糊，把妈妈曾经睡过的房间好好地糊了糊，在床里的那面墙上贴上了一张年历画，年历画上的明星感觉太像妈妈了。

玉米本来想把床上的被子褥子拆掉，加上床单一起浆洗一下，把棉胎拿在太阳底下晒一晒。麦子却说，还是买新的吧。表舅知道了他们的想法，说他们家有一套现成的，让玉米拿回来用用算了。

表舅家的被面是红绸子的，床单上印着鲜艳的牡丹花，尤其一对枕套上，各绣着两只喜鹊，站在梅花枝上。麦子对着梅花闻了闻，说像真的一样，还挺香的呢。玉米笑着说，你没有听到喜鹊的叫声吗？麦子说，听到了呀，它们喳喳地叫，是在朝我们报喜呢。

他们忙完了，麦子又说，如果弄些木炭回来就好了。玉米说，要木炭干什么啊？妹妹说，哥你真笨，你想想呀，过年的时候多冷呀，外边下着大雪，家里生一盆木炭火，我们和妈妈一起围着，一边烤火一边嗑瓜子，听妈妈讲讲江中市，那多开心呀。

玉米说，我们可以烧柴火。妹妹说，柴火有烟，熏着妈妈了怎么办？而且我们还要给妈妈煨鸡汤呢，听花花她妈说，在木炭火上煨汤，更好喝。玉米说，你真聪明，关键是去哪里弄木炭啊？大庙村好多年没有木炭了。妹妹眨着眼睛说，我们可以自己烧呀。玉米说，自己烧炭？我不会呀。妹妹说，我们可以把表舅请过来。

大冬天的，没有什么农活，表舅正为无所事事而唉声叹气呢，听到他们想烧炭，顿时开心得像孩子似的说，哎呀，你们算是找对人了，我什么都不如你爸，只有烧炭比你爸强，但是我现在成了瘸子，上不了大山啊。玉米说，我们不上山，就在村子里怎么样？

村子里有座废弃的砖瓦窑，表舅用废墟上遗留下来的青砖，又和了一些泥巴，很快垒起了一个不大的炭窑。玉米和妹妹则花费了三天时间，爬到自留山上砍了二十几棵杂木，锯成一段一段的，然后背下了山。按照表舅的指挥，他们把这些木头竖着装进窑，就正式点火了。表舅告诉他们，点火以后不用再操心，等着出炭就行了。

村子里升起了一股烟，高过了屋顶，高过了大核桃树，等到高过山头的时候，就变成了灰灰白白的云。有一天黄昏，他们坐在大核桃树下，看着那股袅袅的烟聊天。麦子说，原来云都是烟变来的呀。表舅说，是呀，你看看天上的云那么多，因为人人都要吃饭，家家都在做饭嘛。麦子说，你看看这窑像不像墓？表舅听了就说，其实吧，它就是墓，不埋人，而是埋树的。

麦子她爸的墓就在不远处，真像一座熄火的炭窑。麦子就问，树埋下去变成了炭，炭可以用来烧火，我爸埋下去怎么一点反应都没有？表舅不知道怎么回答，玉米叹了一口气，说你看看吧，爸爸的坟头上长出了那么多草。

三天两夜以后，那股烟由黑变白，然后慢慢地变淡，淡成了一丝雾气。表舅激动地告诉他们，晚上八点多就可以出炭了。麦子问，要用水浇灭吗？表舅笑着说，是要放在锅里煮的。麦子说，那我赶紧到厨房烧水去。玉米说，表舅是骗你的，你以为杀猪呀！出炭很简单，从窑里拉出来，埋在地下就行了。麦子说，那用什么出炭呢？表舅又笑着说，用筷子，像吃饭夹菜一样。麦子噘着嘴说，表舅你又骗人了！

天黑了，雾气也消失了。表舅已经吃完了晚饭，拿着镢头和铁锨，在窑的旁边挖出了一个坑，像洋芋窖一样。麦子问这是干什么用的？玉米说，这就是埋炭用的。表舅又扛来了一根炭钩，一丈来长，二十几斤重，由于多年没有用过，已经锈迹斑斑了。整个村子里的老人与孩子都围了过来，满打满算也就十几口人，因为放寒假以后，许多孩子随着在外打工的爸妈过年去了。

炭出完了，表舅拿来几个苞谷棒子剥了剥，放在铁锹里，伸进炭窑里，炒了半盆子苞谷花。这样炒出来的苞谷花又香又脆，大家咯嘣咯嘣地吃了，说木炭火炒出来的就是香。

炭烧好了，麦子又好奇地问，树本来是绿的，放到窑里一烧，却成了红色的，再在地下一埋，又变成了黑色的，再一烧又变成了红色的，最后就变成了灰，这到底为什么呀？表舅摇着头说，这就把我难住了，等你妈回来你问她吧。

腊月二十三小年，那天一清早，表舅就来到了玉米家，在里里外外转了两圈，摸摸铺在床上的新被子，瞅瞅糊得一新的房子和年历画，说已经万事俱备只欠东风。麦子说，不是东风，是我妈，我感觉我妈正在徐徐地朝这边吹呢。

四只鸡已经长大了，三只母鸡在地上扑腾着，一只公鸡站在门前的干柴垛上，仰着头，翘着大尾巴，喔喔地叫了起来。表舅问麦子，这么好看的鸡，你舍得杀吗？麦子说，这有什么舍不得的。表舅说，你敢杀吗？麦子说，我不敢，我都没有踩死过蚂蚁。表舅笑了笑说，今天过小年，你请我吃饭，到时候我帮你们杀。

大庙村晴朗了一个冬天的天气，终于阴沉了下来。表舅坐在门枕上，抬着头看了看灰暗的天空，挥着拐杖敲打着自己的双腿，忧心忡忡地说，这两条破腿就是一个气象台，每次要变天的时候就会酸溜溜地痛，我估计要下大雪了。

玉米说，今年冬天还没有下过雪呢。表舅说，不下雪吧，心里总是失落落的，但是一旦下了大雪，麻烦也就来了。麦子说，这有什么好麻烦的呀，我妈回来看到白花花一片，应该更开心，我到时候要按照妈妈的样子堆一个雪人。表舅说，如果一下大雪，公路就被封掉了，班车就停开了，你妈只怕是回不来了。

麦子有些着急地说，这样啊，你快点想想办法呀。表舅说，我要是老天爷就好了。麦子说，大雪能挡住火车和飞机吗？表舅说，那挡不住，火车有轨道，飞机是从天上走的，大庙村要有一个火车站或者飞机场，那就好了，别说下大雪，即使下刀子，也挡不住你妈。麦子说，这有什么难的，如果坐飞机，飞到大庙村的时候，我们就让她打着降落伞跳下来。

有一阵风旋转着，吹过来一片落叶。麦子伸手接住了这片落叶，看了看天空说，降落伞和雪花是一样的，我妈如果打着雪花从天而降，肯定像仙女下凡。表舅说，这太危险了，万一落在山顶上，挂在哪棵松树上，那就麻烦了，我看呀，你还是修一个飞机场比较好。

麦子瞪着眼睛说，对呀对呀，如果修一个飞机场，不就什么问题都解决了吗？表舅说，有了机场，还得有飞机呢。麦子说，这个简单，我妈在飞机场上班，那么多飞机，随便开一架就行，但是飞机场是什么样子的呀？表舅说，我也没有见过，估计像你们学校的操场吧。

麦子盯着玉米说，哥，快点走，我们去学校看看吧。玉米苦笑了笑说，你们别开玩笑了，大庙村要通飞机，等到下辈子吧。麦子瘪了瘪嘴说，表舅你又骗人！表舅把腿敲打得更重了，说，一旦下了大雪，你妈回县城问题不大，关键是怎么回到大庙村，八十里的公路，四十多里的小路呢。

玉米说，我们可以把路上的雪扫掉。麦子说，是啊，四十里加八十里，不就一百二十里吗？表舅说，等你们把雪扫光了，别说年已经过了，估计正月十五都过了。

表舅突然眼前一亮，使劲敲了一下自己的腿，痛得龇牙咧嘴地说，往年大雪封山的时候，拖拉机还可以跑跑，我们弄台拖拉机回来吧！玉米说，表舅的意思是买一台拖拉机对吗？表舅说，哪里需要买啊，我们村子里就有现成的！

麦子抹了一把眼泪问，表舅你快点说，拖拉机在哪里？表舅说，就停在花花家的房背后，花花她爸当年买了一台手扶拖拉机，专门用来收购药材和贩卖土特产，后来赚了不少钱，换成了一辆小货车，跑到西安专门搞运输去了。

花花已经去西安了，她家的大门上挂着一把大锁，门框上不知道哪一年贴着的对联已经褪色。他们来到花花家的房背后，那台手扶拖拉机果然停在那里，四周蒙着厚厚的蜘蛛网。

玉米揭开了上边盖着的塑料布和苞谷秆，有些失望地说，也不知道还能开不？表舅说，应该可以吧，我记得最后一次是花花她爸，开着它去接新娘子，接完新娘子以后就一直停在这里，你们知道新娘是谁吗？麦子说，是谁呀？表舅说，新娘子就是你妈。

麦子说，天啊，我妈就是坐这台拖拉机嫁给我爸的？表舅说，对呀，你看看车厢上还贴着双喜字，柴油机上还挂着大红花呢。妹妹看了十分亲切，像看到妈妈还坐在拖拉机上一样，伸出手擦了擦双喜字上的灰尘，又拉了拉被压扁的大红花。也许一直被遮盖着的原因，这些虽然不像新的，倒也透出了几分喜气。

几个人提了一桶水，拿着抹布把拖拉机齐齐地擦洗了一遍，这块铁疙瘩顿时油光发亮起来。玉米说，我们试试把它开出去吧。表舅说，谁开呀？你会吗？玉米说，你们开拖拉机的时候，我还没有出生呢。表舅说，这下完了！我勉强会开一点点，可惜这么一个瘸子，没有办法去踩脚踏板啊。玉米说，你可以教我。妹妹就说，我也要学。表舅说,小丫头靠边去。

表舅一边摸索一边告诉玉米,水、柴油、机油,都加在哪里;哪里是脚踏板,也就是刹车,哪里是离合器和挡位;至于共有几个挡位,他已经记不清了,只记得每次挂挡之前,必须先踩离合器。玉米说,有倒挡吗?表舅想了想说,应该有吧,不然怎么掉头啊?

表舅看了看挡位上边的数字说,哎呀,我想起来了,标着1234的是高速挡,标着–1的是低速挡,空挡和倒挡都写在上边了。表舅说着,就从座位下边的工具箱里翻出了三条皮带,皮带还是新的,很轻松就套上了,然后又取出一个"Z"字形的大摇把,插进柴油机试着摇了几圈。

表舅沮丧地说,还是玉米来吧。玉米摇了一圈又一圈,柴油机干声干气地哼哼了几声,怎么也发动不着。表舅说,你看我这脑子,停了这么多年,水、机油和柴油应该熬干了。玉米说,去哪里弄机油和柴油啊?麦子说,我们吃的花生油可以吗?表舅笑着说,花生油哪行啊,应该加猪油。麦子说,我们家的猪油多着呢,你们等着呀。玉米说,表舅开玩笑。麦子很生气地说,表舅真坏,一直骗我!

表舅说,玉米去镇上的加油站跑一趟吧,你们看看,轮胎都瘪了,还得再买一个打气筒。玉米就独自去了一趟镇上,他趁机又拨打了几次妈妈的电话,一直是"你拨打的电话已关机"。

玉米返回到半路的时候,天就黑了。他为了给自己壮胆,就开始放声大哭,他的哭声在山谷间回荡,吓得鸟儿乱飞。他哭着哭着就哭累了,干脆大声唱了起来。他开始唱《让我们荡起双桨》,唱着唱着就变调了,嗓子就沙哑了。他干脆唱起了孝歌,他是在他爸的葬礼上学会唱孝歌的……

突然,玉米一脚踩空了,好在没有掉下悬崖,而是掉进了路边的小河,而且河水并不是很深。

七

玉米回到村子已经差不多晚上九点,他胡乱地吃了一点东西,然后急切地说,走,我们开拖拉机去。表舅说,这么晚了,先睡觉吧。玉米说,你能睡得着吗?表舅说,睡不着啊,感觉那家伙在心里扑腾扑腾地跳。

这一次,他们打着手电筒,玉米试着摇了几圈,就把拖拉机发动了起来。拖拉机冒出一股浓烟,飞轮飞速地旋转着,发出突突突的音响,把地面、草和树都震得瑟瑟发抖。麦子说,天啊,像一头牛一样喘着粗气呢。表舅说,岂止是牛呀,简直像一头浑身是劲的小马驹!玉米摸了摸油箱说,我觉得吧,像一只恐龙!麦子拍着巴掌说,哥你说得太对了!它确实是一只恐龙,我们把灭绝了几千万年的恐龙给复活啦!

玉米已经骑了上去,不知道在哪里一摸索,把前边的灯打开了,瞬间射出一道强烈的光线,像恐龙喷出来的火焰,把大庙村的夜空划开了一条口子。他像一位天才一样,放开脚踏板,踩离合,挂挡,把拖拉机慢慢地开了出去。表舅和麦子则疯疯癫癫地在后边跟着跑,他们一边跑一边喊,我们出发啦!

那天晚上,拖拉机停在村口的大核桃树下,他们则坐在熄火的拖拉机上,兴奋地聊了一夜。麦子说,走吧,我们兜兜风吧。玉米说,那多费油啊。表舅说,我们明天去镇上拉些年货回来吧。玉米说,年货已经办好了啊。麦子说，表舅不是有心脏病吗？我们把他拉到县城去看看吧。玉米说，等过完年了啊，过完年，把妈妈送走了，我就当你们的专职司机，你们想上月球都没有问题。

三个人几乎同时抬起头看了看，可惜天空彻底阴沉了，根本看不到任何光亮。表舅说，我们又不是航天员，我最大的愿望是农忙的时候，你开着拖拉机给我犁犁地，运运麦子和洋芋，这样省我不少力气。

麦子说，我呀，最大的愿望是明年暑假，我们开着拖拉机，过武关，下南阳，跨过长江大桥，去江中市看妈妈，我们突突突地出现在妈妈面前，她会不会大吃一惊呀？麦子说这话的时候，似乎已经威风凛凛地出现在妈妈面前一样。

第二天中午，几个人吃完了午饭，又坐在拖拉机上聊天。表舅说，玉米你还是再练练吧，从大庙村到县城那么远，翻山越岭不说，再一下雪的话，可不是闹着玩的。麦子说，哥你还不会倒车吧？还有上坡、下坡和转弯呢。玉米觉得他们说的有道理，当着妈妈的面出点丑无所谓，万一翻车了，把妈妈摔伤了，麻烦就大了。

接下来的几天，玉米开着拖拉机，拉着妹妹和表舅，在村口来来回回地遛达了几圈。他很快就成了一个熟练的拖拉机手，当他笑眯眯地坐在拖拉机上，真像是一位驾驭恐龙的骑士。

腊月二十八的那天清早，玉米把拖拉机开到了表舅家的门口。表舅还没有睡醒，他揉着眼睛说，我正在做梦，梦见自己遇到了神医马良，马良说可以把我的两条破腿治好，条件是让他坐一回我们的拖拉机。麦子说，你答应他了吗？表舅说，答应了啊，但是，他正给我扎针的时候，你们一嚷嚷，全泡汤了。

玉米说，你说神医叫什么名字？表舅说，叫马良。玉米说，表舅啊，你被骗了，马良不是神医，他是个爱画画的小孩子。表舅说，你怎么知道的？玉米说，我学过一篇课文《神笔马良》，有一位老爷爷送给马良一支笔，那支笔很神奇，想要什么，只要画出来，愿望就实现了。

麦子说，我想要一架飞机呢？玉米说，画出来就行了啊。麦子说，我要有一支神笔的话，就不用担心下大雪了，只要画一条无比宽阔的大路，直接从大庙村通到江中市就好了。玉米说，你费那么多事干什么啊？干脆把妈妈画出来多好！麦子有些沮丧地说，我不记得妈妈长什么样子了，画错了，画成了花花她妈怎么办？

表舅笑着说，小心画出一个妖怪，那就完蛋了，我突然明白了，刚刚在梦里，马良不是给我扎针，好像用毛笔在画我的腿。玉米说，其实，我就是马良，你赶紧起床吧。表舅说，你能治好我的腿？玉米说，是啊，我可以给你四条腿，你赶紧上来吧，我们去镇上跑一趟，练练技术，加加油，顺便给我妈打打电话。麦子拍了拍柴油机，像拍了拍马背，得意地说，关键是不能让这家伙闲着。

玉米开着拖拉机从村子中间穿过的时候，那突突突的回声把家家户户的窗户纸震得嗡嗡直响。每年过年的前两天，如果不下雪的话，有些小商小贩会拉着比较稀罕的年货来转一圈，比如鱼呀香蕉呀苹果呀。但是大家出门一看，发现开拖拉机的竟然是玉米，就好奇地问，这拖拉机从哪里来的？麦子说，我们借的呀。大家问，你们去哪里？麦子说，我们去镇上逛逛呀。

大家纷纷围了过来，央求着说，把我们也捎到镇上去吧。有的想去给儿女打个电话，有的想去买顶帽子，哑巴叔比画了好半天，意思是他这辈子还没有去过镇上呢。留守下来的人本来就不多，满满当当地坐满了拖拉机，嘻嘻哈哈地出发了。可怜的傻子叔，他不明白大家干什么，糊里糊涂地在后边追着，扬起的灰尘很快就淹没了他。

他们是早饭的时候赶到镇上的,因为大年临近,街上已经热火朝天,各种各样的商店里,歌声、吆喝声、喧哗声,响成了一片。不知道谁家孩子,还提前噼里啪啦地放起了鞭炮。玉米在桥头停下了拖拉机,表舅叮咛大家,该吃的吃,该买的买,该逛的逛,一个半小时以后再到桥头集合。

表舅安排好大家,让玉米把拖拉机开到了加油站,不仅加满了柴油机,还灌了两塑料桶放在车斗里,然后掏出手机,交给玉米说,打吧。玉米清了清嗓子,把电话拨打了过去,可惜的是,这一次还没有哼一声呢,手机就传来了"你拨打的电话已停机"。

玉米木然地呆了半天,把电话交给了表舅。表舅拨打了过去,听到的仍然是"你拨打的电话已停机"。表舅又把电话交给了麦子,麦子拨打了过去,然后迷惑地问,停机是什么意思?表舅与玉米都摇了摇头。

他们又来到了维修店,那位胖师傅说,我打过你妈的电话,开始不在服务区,后来是关机,这两天再打已经停机了。麦子说,叔叔,停机是怎么回事呀?胖师傅说,停机有两种情况,要么因为欠费了,要么自己把电话号码注销了,你妈会不会是换号码了啊?玉米说,换号码了是什么意思呀?胖师傅说,就是把以前的号码作废,换了个新的。麦子说,为什么要换号呀?胖师傅说,这个原因就多了,比如换个吉利的号码呀,比如避免有人骚扰呀,比如手机挂失呀。

玉米说,我们再也联系不到我妈了对吗?胖师傅说,你们联系不了她,她可以联系你们,这有点像什么呢?像去世的人和活着的人,你看看我这乌鸦嘴,比喻得太不恰当了。麦子听了,哇哇地哭了起来,说估计妈妈真的不要我们了。

三个人本来想在镇上逛逛的,现在心情十分低落,就直接回到了桥头。大家都在桥头两手空空地等着,因为早上走得比较急,都没有带钱,而且这次来镇上,纯粹为了坐一回拖拉机,散散心,发发疯。表舅说,大家饭吃了吧?大家告诉他,只有哑巴叔捡了一块钱,吃了一个馒头,其他人还饿着肚子呢。表舅就找了一家饭店,买了几十个花卷,每人发了两个,大家一边香喷喷地啃着,一边嘻嘻哈哈高高兴兴地朝回赶。

当天晚上的后半夜,大庙村断断续续地下起了雪,雪下得零零星星的,只是雪花片子特别大、特别圆润,像梨花瓣在刚刚开放的时候被摘了下来,而非自然凋谢了下来。加上风呼呼地刮着,雪花片子还没有落地呢,又被卷上了半空,所以天大亮的时候,才浅浅薄薄地积了一层。

玉米早早地起了床,担心地看了看天。表舅有两个气象台,一个是他的收音机,另一个是他的双腿,玉米必须去问问天气预报,这雪会持续多久,会不会越下越大。玉米来到表舅家,拍了拍窗子说,表舅,你赶紧醒醒吧,雪快要下到被窝里了。

表舅家的窗子已经贴上了窗花,红艳艳的,因为属于鼠年,图案是胖乎乎的可爱的老鼠。玉米从一个窟窿朝里一看,床上并没有人,只能听到微弱的呻吟声。他感觉不妙,推开门跑进了卧室,发现表舅奄奄一息地躺在床前的地上,额头烫得像生起的炉火。

玉米吓坏了,把表舅扶到床上问,表舅,你怎么了啊?表舅有气无力地说,我想喝水……玉米发现表舅家的暖水瓶是空的,就赶紧回自己家提了一壶,倒了一碗热水,里边放了些红糖,又冲了一包感冒灵,服侍着表舅喝了下去。麦子撑了过来,担心地问,表舅你生病了吗?表舅休息了一会儿,感觉好了不少,就睁开眼睛笑了笑说,别怕,我死不了。

表舅告诉他们，天冷了，加上坐着拖拉机喝了些生风，估计是心脏上的老毛病犯了，本来想起床烧点水喝喝药，但是我这没有用的东西，一挣扎，摔在地上，就爬不起来了。表舅摸了摸麦子的头说，好在还有你们，如果不是发现得及时，我死在家里估计也没有人知道。

表舅说着，眼睛里涌出了几滴眼泪。麦子看了，也哇哇地哭了起来。玉米很快把拖拉机开了过来，然后对表舅说，走吧，我们去医院。表舅说，我哪里也不去，明天就过年了，死也要死在家里。麦子说，你不去医院，以后我就不叫你表舅了。表舅说，你准备叫我什么啊？麦子说，我就直接叫你舅舅。表舅说，那我便宜占大了。玉米说，拉你看病其实只是顺便的，我主要是想早点去接接我妈。

表舅经不住两个孩子的纠缠，就勉强答应去打两针开点药，绝不愿意在医院里过年，说我还想见见你们的妈、我的好表妹呢。玉米在拖拉机上边绑了四根柱子，用塑料布搭出了一个雨棚，又在车斗里铺了一层麦草，麦草上垫了一层褥子。麦子说，这么豪华，像吉普车一样。表舅说，不是吉普车，简直是宇宙飞船啊。

他们赶到镇上的时候，雪开始大了起来，而且越下越大，很快把整个大山蒙住了，到处都是白皑皑一片，似乎原本的暗淡混沌并不存在，而是一个神奇浪漫的童话世界。

镇中心医院的医生初步判断，表舅可能是急性心肌梗死，已经引起了肺积水，必须赶紧送去大医院。表舅摆了摆手说，哪里也别去了，赶紧回家吧，再晚一点，雪把路彻底封了。玉米说，我给表哥打个电话吧？表舅说，但是千万不能说我病了，让你表哥安心地做生意。

表舅从怀里掏出了手机。自从有了这部手机，表舅把它一直带在身边，而且天天都会充好电，似乎随时都有电话打进来一样。玉米把电话打通的时候，表哥果然喘着粗气说，我正在蹬三轮车呢，我爸他还好吧？玉米说，他挺好的，叮嘱你注意安全。表哥说，我们那边下雪了吧？玉米说，下了，雪大得很。表哥很高兴地说，西安也下雪了，所以生意好得不得了，我已经跑了二十几趟，赚了好几百块了，你们好好照顾我爸，等我正月回去，买糖果给你们吃。

表舅听了电话，欣慰地说，你们的表哥厉害吧？麦子也高兴了起来，说表哥一天赚几百块，十天就是几千块，一个月就是几万块，我的妈呀，他都成大富翁了，还那么小气，竟然不请我们吃巧克力。

表舅勉强地笑了笑说，你们给你妈再打一个电话试试吧。玉米愣了愣，就打了过去，然后兴奋地说，通了！麦子说，哥，打通了对吗？她说什么了呀？玉米说，通是通了，不过还是不在服务区。表舅也有些激动地说，那比停机强，赶紧再打几次吧。

玉米就一遍一遍地打着，很快，电话真的接通了，不过里边传出来的，依然是一个男人的声音。玉米说，你是医生叔叔吗？对方说，我不是医生，我是咱们县上的。玉米说，我妈的电话前两天还在江中市，什么时候跑到县上了啊？她已经回到县上了对吗？对方说，你是谁呀？玉米说，我是玉米，我妈呢？

对方沉默了一会儿说，你妈呀，正在回家的路上。玉米说，我妈已经在路上了?! 对方说，是啊，正从县城朝着大庙村走呢。玉米说，你让她接一下电话可以吗？对方说，她呀，接不了。玉米说，那你告诉我妈，我已经会开拖拉机了！我马上开着拖拉机去接她！对方说，不用，我们送她，这么大的雪。

玉米挂断电话已经是泪流满面。他把胳膊伸到麦子面前说，麦子，你掐掐我，看看我是不是在做梦？麦子却不掐他，咬了一下自己的手指头，然后痛得眼泪巴巴地说，哥，不是梦，是真的！

两个孩子冲出了中心医院，仰着头对着满天的雪花齐声大喊，我妈马上就回家啦！我妈马上就回家啦！

八

　　玉米坚持要开着拖拉机去路上接妈妈一程。表舅说，这个主意好，我和你们一起去，你妈也是我的表妹呢。玉米说，你就留在医院里继续打吊针吧，我们返回来的时候再带上你。表舅说，好吧，雪太大，你一定要注意安全啊。

　　三个人相互叮嘱了一番，玉米就开着拖拉机突突突地出发了。从镇上前往县城的路，他走过两次，其中一次是夏天，路边长满了青草，从草丛中蹿出了一只兔子，一头撞在了拖拉机上。他当时是坐着拖拉机的，如今却成了开拖拉机的人，关键是如今的路上铺着白雪，轮子轧过去的时候会发出咯嘣咯嘣的声音，而且走着走着，或者拐过一个弯子，或者爬上一道坡，就会与三年未见的妈妈迎面相遇，这是多么奇妙无比的旅途啊。

　　玉米刚刚开出几公里，还没有翻过第一个山坡呢，真的就遇到了一辆白色越野车，慢慢地迎面开了过来。麦子已经等不及了，提前从拖拉机上跳了下来，像滑雪一样摔在了地上，好在雪很厚，像摔在棉花包里。她爬起来，走到了车边，拍打着车窗玻璃。

　　车门被打开了，从车上走下了两个人，其中一个是女的。麦子迷茫地问，你是我妈？你下巴上的痣呢？女人拍了拍麦子身上的雪花说，我不是你妈，你是麦子吧？

　　玉米已经停稳了拖拉机，跑过来问，那你是谁呀？女人说，我是警察，另一个叔叔是民政局的。玉米与麦子这才发现，那是一辆警车，阿姨身上穿着警服。

玉米说，刚刚是你们接的电话吗？叔叔说，是的，我接的。麦子说，那我妈呢？警察阿姨说，你们先上车吧，把拖拉机停在这里。玉米说，这可不行，我是专门来接我妈的。玉米说着，把头钻进警车，发现里边是空的，就有些奇怪地问，我妈她人呢？

阿姨与叔叔对视了一下，叔叔告诉阿姨说，还是你告诉他们吧。警察阿姨就摸了摸麦子的头说，你们的妈妈不在了。玉米说，不在了是什么意思？警察阿姨哽咽着说，去世了！

玉米呵呵一笑，什么是去世了？你们别开玩笑了！叔叔说，她真的去世了，医院本来安排你们去江中市见见她，但是你们的妈妈坚决不同意，害怕传染了你们，而且不允许告诉你们，因为她感染了新冠肺炎……

警察阿姨抹着眼泪说，因为她太爱你们。

麦子开始不知道发生了什么，等终于听明白了以后，扑向警察阿姨，又抓又挠地喊道，你们赔我妈妈！你们赔我妈妈！玉米拉住了妹妹，说，他们骗我们的，估计妈妈忙，又回不来了，这只是借口而已，麦子，我们走，现在就去江中市找妈妈，妈妈应该还在机场那边上班！

玉米发动了拖拉机，猛烈地朝前冲了出去。叔叔拦住玉米说，你们一定要接受事实，你们的妈妈真的已经不在了！玉米说，那尸体呢？人死了尸体在哪里！叔叔提出一个用红布包裹着的东西说，这是骨灰，你们看看吧，我们没有骗你们。

玉米从拖拉机上跳下来，跪在了雪地上，小心地解开了红布，发现是一个黑色的盒子。他又小心地打开了盒子，发现里边装着的，像厨房里的火灰。大庙村一直还是土葬，他从来没有见到过骨灰。他说，这不是火灰吗？警察阿姨说，孩子，这确实是你妈的骨灰，人的骨灰和火灰差不多。

玉米拉着妹妹一起跪了下去，对着放在地上的盒子深深地磕了三个头，把雪地磕出了两个骷髅头一样的窟窿。可怜的两个孩子再也控制不住了，大声哭喊了起来，妈妈呀！我的妈妈呀！你快点回来呀！我们等着你回来过年呀！

他们的哭喊声已经沙哑，在这大雪飘飞的山谷里激烈地回荡着。玉米把骨灰盒重新盖上了，用红布重新包了起来，然后抱上了拖拉机。警察阿姨强烈反对玉米再开拖拉机，说这么大的雪不安全，而且小孩子没有驾照，开拖拉机属于违法行为。但是玉米一句话不吱，默默地拉着他的妈妈，跌跌撞撞地回到了大庙村。

他们进村的时候，天再一次黑透了，为数不多的几户人家都亮着灯，而且飘过一股股香味。按照这里的习俗，大年三十前一天的晚上要炸馃子，比如麻花、圆子、油馍和红薯片。

表舅得到消息以后，第二天早上扯掉了针管，搭着一辆摩托车撵回了大庙村。两位好心的叔叔阿姨本来想帮忙办完了丧事再回县城。表舅的病情稍微有些好转，说你们回去过年吧，这里还有我呢。两个人就留下了一笔慰问金，然后冒着大雪离开了。

玉米没有把妈妈放在香堂，而是放在了提前准备好的床上，盖上被子掖了掖，猛然看上去，妈妈真像躺在床上睡着了。玉米与麦子也如往年一样，一会儿贴对联，一会儿挂灯笼，时不时地对着家里说，妈你快点看看，上下联是不是贴反了？妈你快点看看灯笼，上边的竹子是我们画的……

不到下午的时候，天空像哽咽了似的，雪下得越来越小了，偶尔才会飘下来几片，无声无息地落在雪地里。麦子拿来一把菜刀，从笼子里逮住一只母鸡，用麻绳子捆住了双腿，然后坐在门前的雪地里，回头朝着家里望了望说,妈,我开始杀鸡了!

麦子说完这句话,眼泪顿时又流了下来。这一次,她没有哭出声,只是低着头,一手按住鸡,一手拿着菜刀,在鸡脖子上轻轻地抹了一下,又抹了一下,像用手轻轻地梳理着鸡的羽毛。两根羽毛掉了下来,被一阵旋风卷上了树梢,卷上了屋顶,很快就不见了。

麦子发现刀抹在鸡身上不停地打滑,也许因为刀太钝了,也许因为这只鸡长着金黄色的羽毛,像穿着盔甲一样。她就放下了刀,开始拔鸡身上的羽毛。玉米也过来了,他们一起从鸡脖子开始拔起,然后鸡腿、鸡背和鸡肚子。每拔一根羽毛,鸡就挣扎着尖叫一声,他们单薄的身体就像被针扎了一样跟着颤抖一下。

最后,他们亲手养大的这只鸡,除了高高翘起的尾巴和两只美丽的翅膀,其他部位的羽毛已经被拔光了。他们放开了它,它张开两只翅膀,踮起被捆着的脚,像芭蕾舞演员似的,扑扇着、旋转着。

表舅瘸着腿,拄着拐杖来了。他捉住了鸡,叹着气说,你们还是让我来杀吧。他提起刀,转过身,等他再回过头来的时候,两个孩子发现鸡头已经不见了,只剩下一个鸡身子,血洒在雪白雪白的雪地上,显得格外鲜艳,给大庙村增添了不少节日的气氛。

表舅说,可惜了这么红的鸡血。

麦子在妈妈的房间里生出了一盆木炭火,拿出了她爸曾经煨药的瓦罐子洗了洗,添了水,放入了鸡块,加了盐和大茴,等熬了一段时间,再加入了事先泡好的黑豆子和党参。瓦罐噗噗地响着,水蒸气弥漫了整个房间,带着扑鼻的香气飘了出去,很快就扩散到了整个村子。村子里的人吸了吸鼻子说,肯定是麦子在熬鸡汤。

麦子一边熬鸡汤一边说,妈你知道吧,炭是我们自己烧的,还有鸡也是我们自己孵化自己养的,听表舅说,你最爱喝鸡汤了。麦子没有听到回音，就奇怪地朝着床上看了看，又哭着重复了一遍。

玉米也一样，默默地待在厨房里，边做饭边在心里问，妈，蒸米饭，要硬一点还是软一点？妈，炒洋芋粉，腊肉多放一点还是少放一点？妈，炒洋芋片，你喜欢醋熘的还是酸辣的？你在外边过年，吃不到这么丰盛的菜吧？他想着想着，眼泪大颗大颗地落在烧红的锅里，发出刺溜刺溜的声音。

表舅坐在厨房里帮忙烧火，他的喉咙本来就像风箱一样，如今再吧嗒吧嗒地抽烟，声音就更加破烂了。他说，你们的心意，妈妈是知道的。

年夜饭必须等到天黑以后。做完了饭，玉米带着麦子又去坟地，给他们的爸爸和爷爷奶奶上了坟，然后回家放了鞭炮，往火盆里添了一些木炭，就把年夜饭端上了桌子。麦子放了五双筷子，一双是她哥玉米的，一双是表舅的，一双是自己的，另外两双是她爸她妈的。最后盛了五碗米饭，又单独舀了一碗鸡汤，算是给妈妈的。

表舅笑了笑说，我们呢？不给我们喝吗？麦子说，我们又不爱喝。表舅说，这丫头真偏心。气氛稍微缓和了一些，三个人一天滴水未进，但是都没有什么胃口，就简单吃了几口。吃完了年夜饭，村子里的人陆陆续续地来了，大家默默地坐了一夜，把这个鼠年的春节就这么守了过去。

按照玉米的说法，他妈回家过年，起码要过到初六，初六一过，才会回江中市那边的飞机场上班，所以他妈是正月初六早晨安葬的。安葬的那天，麦子想到了学校围墙边上长着的野菊花，她从春天一直盯着长到了秋天，从秋天盯着长到了放寒假以前。她想，经过了这么大的一场雪，应该已经凋零了吧？她跑过去看了看，万万没有想到的是，它们开得更加鲜艳了，被白雪衬托得更加黄灿灿的了。原来它们都是为了她妈而准备的,她赶紧采了一大束,捧到了她妈的坟前。

　　大庙村的天空又晴了起来,太阳暖暖和和地晒着,被踩踏过的地方雪就化了。从妈妈的新坟回来,玉米和麦子开始翻妈妈的遗物。叔叔阿姨捎回来的东西很简单,一个飞机模型、一个布娃娃、几件衣服,这些东西都是全新的,应该是叔叔阿姨们送的。其实,妈妈真正的遗物只有一件,一部银色的磨损严重的手机。

　　他们一打开手机,屏幕上就出现了一张照片,那是他们两个的合影照。这张照片应该是妈妈上次回来拍的,他们在照片上灿烂地笑着。他们拨打了表舅的号码,又拨打了表哥的号码,还拨打了表婶的号码。除了这三个号码,他们和这个世界之间,再没有别的号码可以联系了。

　　不对,还有一个人可以联系,这个人就是他们的妈妈。他们用表舅的手机拨打了妈妈的手机,多么希望妈妈的手机能够接通,从手机里突然冒出妈妈的声音。他们不停地翻啊翻啊,手机果然发出了声音,而且这声音确实是妈妈的。他们的妈妈说——

　　　　玉米、麦子,妈妈生病了,病得很重很重,本来医院安排了探视,但是新冠病毒传染性很强,我害怕传染给了你们。我现在在隔离医院里,医生护士的照顾很好,你们就放心吧,倒是妈妈放心不下你们,你们一定照顾好自己,妈妈带你们坐飞机的愿望没有实现,等你们有一天长大了,自己去坐一次飞机,别忘记带着妈妈,妈妈也想坐一次飞机……

　　玉米说,我妈妈的电话!麦子说,表舅你快来听呀,我妈妈的电话!表舅正坐在太阳底下迷迷瞪瞪地打盹,听到声音,浑身一激灵,天啊,这确实是玉米他妈的声音,自己表妹的声音。虽然声音十分微弱、断断续续,他还是听得真真切切。

表舅凑了上去,接过手机一看,这并不是什么电话,而是储存在手机里的一段录音。

此时,天空很蓝,蓝得非常虚幻,蓝得轻轻一指头,很有可能就戳破了。从这越来越蓝的天空传来了一阵嗡嗡声,他们三个人同时抬起了头,发现一个指头蛋子那么大的亮点,正从大庙村的上空划过。

他们明白,那是飞机。

九

我的堂兄陈小元,玉米麦子的表舅,他吃力地断断续续地讲完了这个故事,我们的眼睛里已经充满了泪水。两个孩子不知道什么时候挨着陈小元坐着,他们像是听着别人的故事一样,木讷地揩着脸上的泪水。

这期间,湛蓝的空中又飞过一架飞机,这次与以往不一样,这次是一架喷雾式飞机,拖着一条长长的尾巴,像一条飘逸的白纱。堂兄的收音机里还在播放着豫剧《卷席筒》——

> 曹张氏:可怜你受委屈三绞命断,但愿你的灵魂早上九天。
> 　　　　悲切切把二弟死尸来卷,战兢兢不敢看二弟容颜。

我就问堂兄,这收音机怎么老是重复一个节目啊?堂兄有些不好意思地说,这不是人家的节目,是我自己播放的磁带。我说,现在还有磁带吗？堂兄说，这是早几年买的了。他关掉了《卷席筒》，调了调频道，收音机播放出了关于江中市解封的新闻。市民们因为生活再次回归正常或者庸常而欢呼着，我知道那种欢呼是笑中带着泪、泪中带着血的。

我们准备起身回家的时候，听到一阵咯咯嗒咯咯嗒的声音，这种声音我很熟悉。我说，谁家的鸡下蛋了。堂兄说，那是玉米孵化出来的鸡，四只杀了一只，留下了三只，一公两母，两只母鸡每天都会下一个鸡蛋。玉米问我，表舅，你还没有吃午饭吧？去我们家，我给你炒鸡蛋。麦子却说，哥，这些鸡蛋不能吃呀，我们是留着孵化小鸡的。

后来的后来，人们对待新冠疫情像对待禽流感一样不再惊慌失措，但是每次想到当年的那场灾难，我都会想到柳月欠。不，是柳月倩，我那美丽的表妹，曾经和我生活在一个城市的女人，自然就联想到了那两个可怜的孩子。

有一天，我正在江中市的某家医院做核酸检测呢，突然接到了堂兄从庚家河镇打来的电话，他无所事事地告诉我，玉米和麦子这两个孩子特别喜欢养鸡，他们把那些鸡蛋全部孵化成了小鸡，等小鸡养大了又开始下蛋，下完蛋又开始孵化小鸡。

我想了想，先笑了，然后感到一阵心酸。鸡生蛋，蛋生鸡，鸡鸡蛋蛋，蛋蛋鸡鸡，无穷无尽繁衍下去的，其实和鸡和蛋是无关的，而有关于他们对于妈妈的思念和等待。

呵，鸡是一种家禽，源出于野生的原鸡，其驯化历史至少四千年。按照相关的定义，终年生活在一个地区，不随季节迁徙的鸡，也算一种留鸟吧？

后　记

一

《麦子进城》里的陈元是个光头，而现实中的我也是个光头。我着笔的时候，脑海里不时闪耀着我自己，从塔尔坪刚进城的那些日子，我不知道什么是口香糖，不知道什么是按摩，我的字典里没有"情人"。有"小姐"这个词，但是大家千万不要误会，她是我血水相连的亲人。特别是碰见那些幽蓝的店铺，看到它们一直开到深夜，我非常非常迷惑，不知道它们在干什么。有朋友说这是理发店，于是在需要理发的时候，我就带着一头长发走进去。我走进去仅仅是理发，但是理发的时候，令人十分慌乱和恐惧的是，一个娇艳的女人百般地说服我洗头。我统统地拒绝了，我认为是不纯洁的，让异性给自己洗头，那绝对是不纯洁的。后来，朋友说，我请你洗头吧。朋友神秘一笑，解释所谓的洗头，不过是肮脏的交易罢了。

《麦子进城》里有我的影子，任何作家笔下都有自己的影子，哪怕仅仅局限于内心的善恶。可以这么说，我现在不是一个绝对干净的人，随着岁月老去，人生进入倒计时，我开始在反思中进行回归，我相信我能回到没有进城以前，起码可以回到空白的状态。按照开始的构思，麦子进城后会遵照已有的轨迹，受到这样那样的污染，而这种污染是致命的，是她能感受得到的，也是看得见的。比如说，那个被猥亵的小女孩，开始设想的不是别人，正是刚刚进城的单纯的麦子。但是写着写着，我开始心痛，甚至流泪，我就用另外一个看似无关的孩子，把麦子给取代了。我希望这种间接的伤害，能够减轻人们的痛苦，我想让父爱在这里有所作为，不要显得无能为力。如果真是那样无力，那我们就活不下去了。

归根到底，城市是没有问题的，它给我们提供了多姿多彩的可能，真正出了问题的还是爱。如果有爱存在，这无疑是一道防火墙，许多病毒都是很难入侵的。正是有了爱的存在，小说的结尾就被改变了，我希望我不仅仅改变的是一个小说的结尾。

如果我们改变不了什么，我们可以多一点爱。这就是美丽的人生，幸福的生活。当有人问麦子，上海怎么样的时候，麦子仍然发出这样一句感慨：上海很干净啊。麦子的这句话，让我一颗悬着的心落地了，相信也让许多读者安慰了很多。

二

小说里的叔叔，因为去西安坐了一次牢，成了一个令人敬仰的英雄，这个形象是有原型的，这个原型就是我的亲叔叔。不过有几点需要声明：一、现实中的叔叔不在西安坐牢，而是在商州一个砖瓦厂劳动改造；二、叔叔确实因为贩卖粮票而被定罪，不过那是一个在割资本主义尾巴的时代，我们一直不明白他到底何罪之有，所以从来就没有把他等同于坏人；三、叔叔不是因为坐牢才学会写对联和起墓的，他自小就是很有文化与智慧的，如果不是我们家族的成分是地主，他恐怕早就事业大成，不是个大官，起码是个富豪；四、叔叔对我的影响与小说里是一致的，如果没有叔叔的话，我可能还在农村种地放牛，更可怕的还是一个文盲，不可能用小说来书写一个村庄的历史。

叔叔去年夏天得肺癌去世了，他去世的时候，前来参加丧事的人，在我们塔尔坪这条山沟里，排了几里长的队伍，花圈从沟底排到了沟脑，这种壮观场面可谓是第一次。有人把这归结为，他养出了一堆有出息的儿女，是儿女们的面子大，我对此是不赞同的。他的儿女一个在县城任职，一个在石家庄谋事，一个在西安城经商，还有一个在老家农村。他的儿女不可能是他的纪念碑，与我一样却是他忠实的崇拜者。

我当时就没有回去，不是因为对叔叔没有感情，而是人生中确实有比"死"更大的事情，对应的就是"生"，我的儿子当时正怀胎腹中。在叔叔生病住院的最后时光，正好是我这部小说发表的时候，我多么想回去看看他，与他见上最后一面，再把这部小说送他一本。因为在我们塔尔坪，我是一个孤独的人，已经走出大山的同辈人，他们与这个时代一样，对文化人是持漠视态度的，在他们眼里写文章不如回家种洋芋。

我的父辈中，父亲当然与我最亲，但他却是一个文盲，不知何为诗词歌赋，有一个大伯和三叔勉强能识几个字，已经去世多年了。所以我的叔叔是唯一可以阅读我文字的人。早几年，我回家，把我出版的一本诗集《诗上海》，顺手带了一本给他，以为他看不懂诗，还不如给他买的那盒中南海香烟。但是后来,再回去的时候,我赠他的那本书,已经被他读完了,并传给了另一位晚辈。他一脸欣慰地对我说:我们陈家终于出了一个文化人,你可以好好写写我们塔尔坪。

所以,在老家,在塔尔坪,在几百户人家里,在近千人口中,他是第一个读过我作品的人,他就是我的知己。如今,塔尔坪这个在地图上查都查不到的小山村,因为我的原因而被许多人所熟知了,有很多人对我说,抽空会去看看塔尔坪。事实上,除了几间破败不堪的房子,和一条时干时流的小河,你去是看不到什么的,因为一切传奇都不在墓碑上,塔尔坪的墓碑除了名字与生卒年月,再不会雕刻其他的文字。

三

我常去陕西路逛逛。我是陕西人,去逛陕西路,像是流淌在一根亲人的血管里;而且陕西路上散落着怀恩堂、马勒别墅等历史老建筑,逛起来就别有风味。那天黄昏,再去逛时,在与南京路交叉的十字路上,我碰到了一颗石头,脑袋圆圆的,不含金不带玉,也不是一个雕塑。有人踢了一脚又一脚,有条泰迪冲上去闻了又闻,一个捡破烂的人跑上去,拿在手中掂了掂,大家都失望地离开了。

如果这颗石头在陕西老家,它可以靠着另一颗石头,旁边的小草黄了又绿,河水哗哗啦啦地潺潺流过,我可以用它,打水漂,垒石链,烧石灰,盖房子,起墓。但是现在,我不知道它从哪里来,为什么跑到了上海,跑到了一个没有石头的世界。这颗石头,在上海没有兄弟,似乎百无一用，显得那么唐突，被夕阳一照就有一些刺眼，所以别希望有人来认同它融入它。

那个认同你融入你的地方，也许就是你的故乡。上海绝对不是石头的故乡，水泥是石头的亡魂，钢筋是石头的骨头，上海只是钢筋与水泥的故乡。我有一首诗叫《两个碑》，希望死后把我运回故里，不至于在陕西建一个灵魂墓，在上海建一个肉体墓，让一个人撑起两个碑，这是无比沉重的。每个背井离乡的人，其实都有两块碑，碑上雕刻着完全不同的墓志铭。

那天黄昏，我穿过车水马龙，把那颗石头拾了起来，带回了我的新家。《女儿进城》就在那天晚上，在一片爆竹声中动笔的。写作的过程，我不停地出现幻觉，感觉自己就是这颗石头，又感觉这颗石头有话要说。我只是代替它，用文字的形式，道出了一群离乡别土者的内心。

四

大概在十八年前，我听到了一个有关教育方面的新闻，对，是新闻，不是传说，不是谣言，有一个孩子，因为考试不理想，害怕父母接受不了打击，便有了让自己继续活着，让父母一了百了的逆向思维，这便是《那年的口罩》里的原型。

我们不说口罩，再说说十年前吧，我经过层层的筛选，参加了《诗刊》的第二十八届青春诗会，写诗的人都知道，这对一个诗人来说意义非凡。这次诗会是在云南蒙自召开的，当时参加诗会的一个同学,他给我讲了一个故事,大意是他们上中学的时候,父母都外出打工了。父母不在身边,他们的生活非常无聊,所以几个同学突发奇想,集资买了一辆二手的拖拉机,放学以后就开着拖拉机到处跑。有一年的春节前夕,他们想开着拖拉机去城里,把在外打工的母亲接回来过年,不曾想,走到半路上,被警察给拦住了,说他们是无证驾驶。

故事就这么多,看上去非常简单,但是一直萦绕在我的心头,我总觉得这个故事的背后,应该隐藏着许多不为人知的东西,或者说还值得我们再注入一点什么,就像一杯浅黄色的柠檬水里需要再加入一点蜂蜜,或者像一服中药里最后还需要一味药引。直到今年,上海的疫情暴发了,这场疫情像一台放大镜,让身在其中的我看清一些事物的本质,比如老死不相往来的邻居们,或者看上去毫不相干的人,却因为小小的病毒很有可能发生关联,并形成一种蝴蝶效应式的改变,甚至关联到了每个人的命运。

所以,我把十年前的那辆拖拉机,放在了十年后的大背景下,在被封控的情况下写出了《留鸟》。这样一来,《留鸟》所写的,就不仅仅是留守儿童的故事,而变成与命运息息相关的故事。像故事中的大庙村一样,虽然非常偏僻闭塞,似乎和外部世界是隔绝的,却因为进城打工人员的介入,而与城市发生了非常直接的关系。也就是说,不管是留鸟还是候鸟,无论是农村人还是城市人,在大灾大难来临的时候,任何人都是无法幸免的。

2022 年 10 月 18 日修订